SUTTON KRIMI

Beate Baum

AUF SENDUNG

SUTTON KRiMI

Über die Autorin

Beate Baum, 1963 in Dortmund geboren, entdeckte nach dem Studium 1991 bei einem Praktikum in Erfurt den Journalismus und den deutschen Osten für sich. Noch bevor sie ein Volontariat bei »Freies Wort« in Suhl aufnahm, begann sie ihren ersten Krimi um die Erfurter Anfänge des Trios Kirsten Bertram, Andreas Rönn und Dale Ingram, das seit 2001 in Dresden ermittelt. Nun präsentiert sie mit »Auf Sendung« erstmals die komplett überarbeitete Vorgeschichte von Erfolgstiteln wie »Dresdner Silberlinge«, »Mörderische Hitze« oder »Weltverloren«.

Sutton Verlag GmbH
Hochheimer Straße 59
99094 Erfurt
www.suttonverlag.de
www.sutton-belletristik.de

Gestaltung und Satz: Sutton Verlag

ISBN: 978-3-95400-222-1

Druck: CPI books GmbH, Leck

Für Anette

Eins

»Kirsten, kommst du mal eben? Du hast doch noch einen Moment Zeit, oder?«

»So gerade.« Ich war auf dem Sprung zum Rathaus, was Thomas, der Lokalchef des Erfurter *Tageskurier*, sehr wohl wusste.

Gemeinsam gingen wir in das Büro der Chefin vom Dienst. Heidrun Graf, »die Gräfin«, tauchte montags immer erst gegen Mittag auf. Der kleine, mit einem Metallschreibtisch, zwei Stühlen und einem Aktenschrank spartanisch eingerichtete Raum war einer der wenigen Orte in der Redaktion, wo man ungestört unter vier Augen reden konnte. Thomas brachte seine hochgewachsene Gestalt auf dem Platz der Gräfin unter, ich setzte mich ihm gegenüber, unbehaglich, weil ich eine Ahnung hatte, worüber er mit mir reden wollte. Die Morgensonne schien warm durch das schmale, hohe Holzfenster auf den Tisch, der mit Unterlagen übersät war. Thomas schob einige Papiere zur Seite, schaute mich an.

»Andreas und du, ihr habt doch heute Mittag diesen Termin mit den PLT-Leuten?«

Ich nickte, wartete ab.

»Andreas hat gerade angerufen und sich krankgemeldet. Magenprobleme.«

Aufmerksam wartete er auf meine Reaktion. Ich wollte das jedoch nicht kommentieren. »Ich kann da alleine hingehen. Die werden sich sowieso nur aus allem herauswinden«, entgegnete ich. »Dann sehen wir weiter, wenn ich ihr Statement habe.«

Thomas zögerte, wieder taxierte er mich mit seinen braunen Augen, holte dann tief Luft. »So, wie Andreas sich anhörte, ist er nicht krank, sondern hat sich einfach nur fürchterlich volllaufen lassen. Wieder einmal!«

Ich seufzte. Gern hätte ich geraucht, aber das Büro der Gräfin war Nichtraucher-Revier.

»So geht es nicht weiter! Letzte Woche ist er einmal sogar besoffen hier in der Redaktion aufgetaucht.«

Unwillkürlich zuckte ich zusammen. Das hatte ich nicht mitbekommen.

»Seine Arbeit war in letzter Zeit mehr als schlampig und jetzt das. Ich muss dir wohl nicht erklären, dass man sich so was hier nicht leisten kann.«

Nein, in einer Redaktion, die, was Besetzung und technische Ausstattung anging, nicht im Mindesten gewappnet war, all die Nachwende-Wirren aufzuarbeiten, konnte man sich keinerlei Aussetzer leisten. Ich fragte nicht, warum Thomas mir diesen Vortrag hielt; ich war ja froh, dass er mir nicht die Schuld an Andys Zustand zu geben schien, deutete ein zustimmendes Schulterzucken an und hoffte, dass ich damit entlassen war, aber Thomas war noch nicht am Ende.

»Diese Prostitutionsgeschichte war von Anfang an seine Story, vielleicht kann ihn das ja aus seinem Sumpf herausholen.«

»Vielleicht, ja.« Ich blickte auf meine Armbanduhr.

»Also bitte, sprich mit ihm und wenn möglich, nimm ihn mit zu dem Termin. Er soll sich gefälligst zusammenreißen.«

Ich gab ein vage zustimmendes Geräusch von mir und beeilte mich, aus dem Büro zu kommen.

Im Rathaus stellte Oberbürgermeister Manfred Ruge einer großen Gruppe Journalisten die geplanten Veränderungen in der Innenstadt vor. Nach der Wende waren sämtliche West-Medien gen Osten aufgebrochen, und mir kam es manchmal vor, als seien die meisten Vertreter in Thüringen gelandet. Auf einem wackligen Holzstuhl zwischen dem Kollegen einer großen Wochenzeitung und der Redakteurin des ehemaligen SED-Bezirksblattes an einem Tisch eingeklemmt, machte ich mir Notizen. Dabei dachte ich, dass Ruge, mit seinem Rauschebart ein echter Vorzeige-Bürgerrechtler, eigentlich an etwas anderem als den Blumenkübeln, die er da ankündigte, gelegen sein musste. Ich verzichtete jedoch darauf nachzuhaken. Es schien überall das Gleiche zu sein: Obwohl die Konflikte nach wie vor brodelten, alles noch in Bewegung war, versuchte man, einen Status quo zu schaffen.

Viel zu schnell hatte ich die kurze Strecke vom Fischmarkt zu dem großen Plattenbau am Juri-Gagarin-Ring zurückgelegt. Vor dem Gespräch drücken konnte ich mich nach Thomas' Anordnung kaum, und es telefonisch zu erledigen, war leider auch nicht möglich. Andreas hatte kein Telefon in seiner Wohnung – niemand schien hier einen Privatanschluss zu haben, er musste sich für die Krankmeldung zu einer Telefonzelle geschleppt haben.

Auf dem Klingelschild stand »Marberg«. Fast alle Westdeutschen, die ich hier kannte, wohnten in schwarz weitervermieteten Wohnungen. Ich hatte mich mit dem Nötigsten in einem Studentenwohnheim einquartiert – selbst das unter der Hand. Alle waren wir auf der Suche nach einer richtigen, schönen Wohnung, die wir legal mieten konnten. Doch die eigentlich herrlichen Altbauten waren größtenteils in einem Zustand, der einen auch mit geringen Ansprüchen davor zurückschrecken ließ, dort einzuziehen, und sonstige Wohnungen waren nur mit Beziehungen zu bekommen. Die wir nach der kurzen Zeit in der Stadt natürlich nicht hatten.

Nach dem zweiten Klingeln drang eine raue Stimme aus dem Lautsprecher:

»Ja?« Es klang mürrisch, abweisend.

»Ich bin's, Kirsten. Lass mich rein.«

Der Türöffner summte, und ich stand in der stickigen, überheizten Eingangshalle. Zwar war es an diesen ersten Herbsttagen morgens und abends schon recht kühl, warum aber pünktlich am 22. September die Fernwärme auf volle Leistung geschaltet wurde, begriff ich nicht. Da an den einzelnen Heizkörpern keine Regler waren, hatte ich schon am Vorabend in meinem Appartement im T-Shirt geschwitzt, während das Fenster weit offen stand. Und hier wurde sogar der Hausflur beheizt!

Scheppernd trug mich der Aufzug in den neunten Stock. Vor Andreas' Wohnungstür musste ich noch einmal klingeln. Als er öffnete, sah ich gegen das Halbdunkel der Wohnung zunächst nur seine Silhouette. Die Vorhänge der großen Fenster waren zugezogen.

»Bei einem Krankenbesuch bringt man Blumen mit. Hat deine Mutter dir das nicht beigebracht?« Ohne eine Antwort abzuwarten, drehte er sich um und kehrte zurück in den Wohn-Schlafraum.

Ich folgte ihm. Alle diese Appartements waren vom gleichen »sozialistischen« Zuschnitt. Direkt neben der Wohnungstür lag das Bad, dann führte ein schmaler Flur zur Kochnische und in das Zimmer. Andreas hatte bis auf einen Korbstuhl am Fenster und den Esstisch alle Möbel seines »Vermieters« in den Keller geschafft, eigene Regale angebracht, eine breite Matratze auf den Boden gelegt und knallrote Klappstühle an den Tisch gestellt. An der einen Wand hing ein großformatiges Poster von Rosa Luxemburg, der Albert Einstein von gegenüber die Zunge herausstreckte.

Auch hier war es sehr warm, und es stank wie in einer Kneipe am Sonntagmorgen: abgestandener Alkohol und kalter Rauch. Ich schob die Ärmel meines Sweatshirts hoch.

Andy hatte sich an den Tisch gesetzt und eine Zigarette angesteckt. Er war in einem erbärmlichen Zustand, das sah ich sogar in dem diffusen Licht. Die blonden Haare wirr und strähnig, das Gesicht unrasiert, es wirkte aufgedunsen. Seine Augen, unter denen sich dunkel-violette Schatten abzeichneten, konnte ich nicht sehen, da er den Blick starr auf den Aschenbecher gerichtet hielt. Er war ein halbes Jahr jünger als ich, am ersten August hatten wir mit einem Rausch sondergleichen seinen 25. Geburtstag gefeiert. An diesem Vormittag hätte ihn jeder für weit über 30 gehalten.

Ich war unentschieden stehengeblieben, widerstand der Versuchung, Vorhänge und Fenster aufzureißen. Das Bettzeug lag in einem Knäuel auf der Matratze, der Tisch war vollgestellt mit Geschirr, Gläsern, Flaschen. Auf dem billigen Teppichboden sah ich eine Pizzaschachtel inmitten eines Zeitungsstoßes.

»Warst du beim Arzt?«

»Nein.« Er schaute nicht auf.

»Andy, verdammt noch mal, was soll das?«

»Was das soll?« Jetzt blickte er mich an, die grünen Augen unsicher, aber mit einem wütenden Ausdruck. »Was interessiert es dich? Was willst du überhaupt hier? Hau ab und amüsier dich mit deinem Bullen!«

»Vergiss es!« Ich versuchte, ruhig zu bleiben. Es hatte ja keinen Sinn, schon wieder zu streiten. »Erstens ist Dale schon seit Jahren kein Polizist mehr, zweitens habe ich noch lange nicht Feierabend und du übrigens auch nicht. Wir beide haben gleich einen Termin bei PLT. Und drittens finde ich es zum Kotzen, wie du dich selbst immer weiter runterziehst.«

»Ach, ja? Also noch mal: Was interessiert's dich?«

»Überhaupt nicht, natürlich. Es stört mich nur, dass ich für dich mitarbeiten muss.«

»Das ist dein Problem.« Er drückte die Zigarette aus, zog sofort eine neue aus der Packung und steckte sie an.

Er tat mir leid. Und ich fühlte mich schuldig. »Darf ich?«

Schweigend hielt er mir die Schachtel hin, gab dem Feuerzeug einen Stoß, mit dem es in meine Richtung rutschte.

»Andy, ich weiß, dass ich dir wehgetan habe«, sagte ich nach einem tiefen Zug leise. »Aber wir haben das nun schon so oft durchgekaut, dass ich nicht mehr weiß, was ich noch sagen soll.

Seit über zwei Wochen streiten wir uns jetzt, während du dich nebenher in Grund und Boden säufst.«

Er wollte etwas sagen, ich ließ ihn jedoch nicht zu Wort kommen.

»Jetzt versuch nicht, mir was zu erzählen! Seit unserer Trennung säufst du dir doch nur noch die Hucke voll. Verdammt, hast du in letzter Zeit mal in den Spiegel geguckt?« Nun war ich doch wieder wütend geworden.

»Da bin ich aber froh, dass ich dir nicht mehr gefallen muss! Dein Ami wird ja wohl einen Astralkörper nach Madames Wünschen haben.«

Ich begann zu kochen. »Als wenn es darum gehen würde!«

Wir starrten uns an, bis er schließlich den Blick wieder senkte. Ich fühlte mich elend. Am liebsten hätte ich ihn in den Arm genommen. Nein. Am liebsten wäre ich geflüchtet. Raus aus dieser Wohnung, dieser Situation.

Ich machte einen Schritt hinter ihn und umfasste mit beiden Händen seine Schultern. Einen Moment lang drückte er den Hinterkopf gegen meinen Bauch. Ein seltsamer Kompromiss. Keine Umarmung, aber ein bisschen Nähe. Er räusperte sich:

»Heute ist dieser Termin?«

»Ja, aber ich kann da alleine hinfahren. Gönn du dir mal einen freien Tag.«

Thomas hatte Recht, es handelte sich um Andys Geschichte, die ihn vielleicht auch von unserem Beziehungsdilemma ablenken konnte, ich mochte mir aber nicht vorstellen, wie er in seiner momentanen Verfassung das Gespräch durchstehen sollte. Nun war er jedoch entschlossen.

»Auf keinen Fall. Ich stelle mich jetzt unter die Dusche, trink einen Kaffee und dann können wir.«

Wir waren spät dran, deshalb registrierte ich erleichtert, dass auf der Wilhelm-Pieck-Straße, dem äußeren Stadtring, wenig Verkehr herrschte. Noch gab es generell weniger Autos als im Westen, und für mich verkörperten die Trabis und Wartburgs, die Ladas und Wolgas mit ihren DDR-Kennzeichen den Reiz eines fremden Landes. Ebenso wie das Kopfsteinpflaster mit den Schlaglöchern, das einen häufig ausbremste. Der äußere Ring war jedoch in gutem Zustand, so dass ich meine Gedanken schweifen lassen konnte, während der Käfer dahinrollte.

Vor gut zwei Monaten hatte ich mit Andreas eine der geschmacklosen Striptease-Shows besucht, die der Privatsender PLT als Werbekampagne veranstaltete, nachdem der Sendestart in Ostdeutschland die Erwartungen nicht erfüllt hatte. Andy hatte mich damals gebeten mitzukommen, nachdem der Verantwortliche für die Organisation der Shows, ein Herr Haffmann, ihm mehrmals jegliche Auskunft verweigert hatte. Da ein solches Verhalten äußerst unüblich war – schließlich bedeutete die Berichterstattung kostenlose Werbung – witterte Andreas irgendwelche Machenschaften.

Auch mir erschien die Show nicht koscher, die Auswahl der Siegerinnen konnte manipuliert sein. Andys Schlussfolgerung allerdings, dass die Mädchen auf den Strich geschickt werden sollten, fand ich sehr gewagt. Als im vergangenen Monat zwei der fünf Preisträgerinnen nicht von dem Urlaub in Marokko, der ihre Siegesprämie gewesen war, zurückkehrten, schien es jedoch, als hätte er den richtigen Riecher gehabt.

Die Eltern der Mädchen gaben eine Vermisstenmeldung auf, und nach einiger Zeit wurden die Mühlen von Interpol in Gang gesetzt. Bisher war noch keine Spur der beiden aufgetaucht, aber die Polizei schien PLT nicht zu verdächtigen, etwas damit zu tun zu haben. Wir hatten im Prinzip nicht mehr in der Hand als vor zwei Monaten, hatten nichts weiter erreicht als diesen Gesprächstermin mit der Geschäftsführung von PLT Ostdeutschland.

Seitdem wir im Auto saßen, hatten wir kein Wort gewechselt. Andreas verbarg seine Augen hinter einer Sonnenbrille und trug ein knittriges Jackett zur hellen Jeans. Er war rasiert, und die Haare hingen ihm nur noch wirr, nicht mehr ungewaschen in die Stirn. Aus den Augenwinkeln sah es für mich so aus, als beiße er die Zähne aufeinander. Als ich am Steinplatz in eine Parklücke eingeschert war, stieg er aus, noch bevor ich die Zündung abgestellt hatte.

Die Verwaltung von PLT Ost residierte im zweiten Stock eines frisch sanierten Backsteingebäudes, das in der Sonne glänzte. Andy ging zügig voran, betrat das Vorzimmer mit einem knappen Gruß an die Sekretärin, schaute sich um, ohne die getönten Gläser abzusetzen.

»Frau Bertram, Herr Rönn?«, fragte die Frau, die fast unter ihren Schulterpolstern verschwand. Sie kündigte uns über eine Sprechanlage an und wies auf eine Tür zu ihrer Linken. »Die Herren erwarten Sie.«

Es waren drei Männer, die uns in dem weiträumigen Büro begrüßten. Manfred Haffmann hätte ich auch ohne Vorstellung aus Andreas' Beschreibungen erkannt. Ein grobschlächtiger Mann Ende dreißig, mit Bauchansatz und recht feinen, nicht zu seinem sonstigen Aussehen passenden Gesichtszügen. Er wirkte etwas verunsichert. Dem Tonfall nach war er der Einzige, der von hier kam. Sehr gelassen und souverän gab sich der Programmdirektor, Herr Suerth. Er war gute zehn Jahre älter als Haffmann, seinem Aussehen und Auftreten nach hatte er sein gesamtes Berufsleben in der Chefetage verbracht. Der Dritte war der Leiter Ost Produktion und Technik. Er wurde von Suerth mit den Worten »meine rechte Hand, Herr Pohland« vorgestellt. Er hielt sich betont im Hintergrund. Ich schätzte ihn auf etwa vierzig; mit seinem legeren, erdfarbenen Leinenjackett, der etwas helleren Lederkrawatte und dem perfekten Haarschnitt wirkte er wie direkt einem Lifestyle-Magazin entstiegen.

Wir nahmen Platz an einem runden Konferenztisch, auf dem ein kleines Rondell mit Erfrischungsgetränken stand, wurden gefragt, ob wir lieber einen Kaffee hätten, verneinten. Andys Hand zitterte, als er nach einer Apfelsaftflasche griff.

An der strahlend weißen Wand mir gegenüber hing ein Kandinsky, von dem ich nicht hätte sagen können, ob er echt war oder ein sehr guter Druck. Auf dem Boden schimmerte teures Kassetten-Parkett, die Fensterbänke bestanden aus Granit. Der große, mattschwarz glänzende Schreibtisch in der gegenüberliegenden Ecke war, von einer Mappe und einer schmalen Schale mit Stiften abgesehen, leer.

Herr Suerth räusperte sich einmal kurz und begann dann, in einem väterlich-verständnisvollen Tonfall zu sprechen. Er könne ja verstehen, dass dieses unangenehme Vorkommnis unser journalistisches Misstrauen und unsere Sorge erregt habe. Es handele sich hier jedoch mit Sicherheit um familiäre Probleme oder etwas in der Art, wodurch die beiden Mädchen veranlasst worden seien, nicht nach Hause zurückzukehren. Er schaute mir tief in die Augen.

»Frau Bertram, ich habe selbst eine siebzehnjährige Tochter. Ich weiß, welch unangenehme Spannungen auftreten können. Was glauben Sie, wie oft ich mich nach Bekanntwerden dieses Vorfalls gefragt habe, was ich tun würde, wenn meine Sandra einmal so reagieren sollte?«

»In diesen Fällen gab es keine familiären Spannungen«, schaltete Andreas sich ein, bevor ich etwas entgegnen konnte. Seine Stimme klang etwas zu laut. »Ich habe mit beiden Elternpaaren gesprochen, mit ihren Geschwistern, Freunden und so weiter. Beide Mädchen hatten sich auf diesen Urlaub gefreut, für beide stand jedoch außer Frage, dass sie danach ihr Leben hier wieder aufnehmen wollten. Kathleen Breuer sollte am ersten September eine Ausbildungsstelle als Floristin antreten, was erklärtermaßen ihr Traumberuf war, und Cindy Ulmer wollte in diesem Herbst heiraten. Für mich hört sich das nicht nach Situationen an, aus denen junge Menschen flüchten.« Er holte Luft.

»Mein Kompliment, Herr Rönn, Sie haben sorgfältig recherchiert.« Suerth bedachte ihn mit einem souveränen Lächeln. »Aber ist Ihnen auch bewusst, dass PLT die Suche nach den beiden jungen Frauen aktiv unterstützt? Sowohl finanziell als auch mit Sendungen, in denen wir die Bevölkerung um Hinweise bitten. Darüber sollten Sie vielleicht einmal schreiben.«

»Sie brauchen mir nicht zu sagen, was ich schreiben soll!«

Ich legte Andreas, der anscheinend kurz davor war, aus dem Stahlrohrsessel aufzuspringen, eine Hand auf den Oberschenkel, spürte die angespannten Muskeln.

Der Programmdirektor musterte ihn herablassend. »Selbstverständlich nicht, junger Mann. Verzeihen Sie, wenn ich einen falschen Eindruck erweckt habe. Ganz unabhängig davon wissen Sie natürlich, dass wir rein juristisch keinesfalls in Haftung genommen werden können: Die beiden Frauen sind volljährig – ist es nicht so, Herr Pohland?«

Auf den Blick zu seinem Mitarbeiter folgte das bestätigende Nicken. Ich ließ meine Hand vorsichtshalber auf Andys Bein.

Der Stab war weitergereicht. Ich fragte mich, warum Haffmann eigentlich mit am Tisch saß – er sagte kein Wort. Pohland übernahm die weiteren Ausführungen:

»Damit Sie aber sehen, dass in unserem Haus alles seine Richtigkeit hat, haben wir Ihnen sämtliche Unterlagen, diese Veranstaltungsreihe betreffend, fotokopieren lassen.« Er stand auf und holte die Mappe vom Schreibtisch, hielt sie Andreas hin, der nicht reagierte. Daraufhin wandte er sich an mich:

»Hier finden Sie alles von unseren Verträgen mit PLT Köln bis zu den Unterlagen über die Hotels in Marokko.«

»Hochglanzprospekte, falls wir einmal dort Urlaub machen wollen, oder was?« Andreas sprang auf. »Sie hören noch von uns!« Er stürmte hinaus.

Ich nahm Pohland die Mappe ab und verabschiedete mich mit einem Nicken von den Herren. Suerth streckte mir die Hand entgegen.

»Selbstverständlich stehen wir Ihnen für Nachfragen jederzeit zur Verfügung.«

»Mein Gott, du bist aber wirklich mit den Nerven runter! Wieso hast du dich von diesem Typ so provozieren lassen?«, fragte ich Andreas, der mit verkniffenem Gesicht vor der Tür rauchte.

»Die Geschichte stinkt doch zum Himmel! Und dieser geschniegelte Anzug erzählt uns was von seiner Tochter Sandra! Die waren viel zu gut vorbereitet, um keinen Dreck am Stecken zu haben. Normalerweise wäre zu einem solchen Termin nur der Haffmann erschienen, oder bestenfalls noch der Pohland. Stattdessen werden wir von einem Triumvirat empfangen, und Cäsar höchstpersönlich hält uns eine Ansprache!«

Ich musste ihm zustimmen. »Aber bisher haben wir keinen neuen Ansatzpunkt. Verrät dir deine humanistische Bildung, wo wir hier ein Café finden?«

Eigentlich hätte ich dringend zurück in die Redaktion gemusst, ich wollte jedoch sichergehen, dass Andy keine Dummheiten machte. Aufgebracht wie er war, hätte ich ihm zugetraut, dass er allein in das PLT-Gebäude zurückkehrte und die Männer bedrängte.

»Café nicht, aber um die Ecke ist eine Kneipe«, sagte er.

Kurz darauf saßen wir in einem rustikalen »Gasthaus«. Ich fragte nicht, woher Andreas es kannte. Er lebte seit über einem Jahr in Erfurt und hatte vermutlich schon jede Kneipe von innen gesehen. Immerhin bestellte er nun ebenso wie ich einen Kaffee.

»Also müssen wir jetzt diese ganzen Unterlagen überprüfen«, sagte ich, als die dampfenden Tassen vor uns standen. Die umfangreiche Mappe mit dem bunten PLT-Aufdruck lag zwischen uns auf dem Tisch. »Eine Menge Arbeit, die wahrscheinlich nichts bringen wird. Sie werden uns kaum etwas überlassen haben, woraus wir ihnen einen Strick drehen können.«

»Volljährig!«Andreas nahm endlich die Sonnenbrille ab, rieb sich die Augen. »Die eine hat am Abflugtag ihren achtzehnten Geburtstag gefeiert.«

Ich nahm mir eine Zigarette, hielt ihm die Packung hin.

»Trotzdem hat er natürlich Recht. Solange sie keine Gewalt anwenden, können sie Achtzehnjährige zu allem bringen, ohne sich strafbar zu machen.«

»Aber wenn die Shows von Anfang an manipuliert waren, so dass eben die naivsten Mädels gewinnen und dann in Spanien oder sonst wo auf den Strich geschickt werden, ist das schon wieder was anderes.« Er gab uns beiden Feuer.

»Klar.« Ich seufzte. »Aber das müssen wir erst mal beweisen.«

Viele Redaktionsmitglieder warfen Andy bereits vor, weiße Mäuse zu sehen; mir hatten sein Instinkt und sein Einsatz in der Vergangenheit durchaus imponiert, aber nun hatten sich die Dinge für mich eben geändert, und ich konnte und wollte nicht mehr nächtelang mit ihm über die möglichen Hintergründe dieser Geschichte diskutieren.

Um herauszufinden, ob PLT tatsächlich Dreck am Stecken hatte, hätten wir natürlich Dale um Hilfe bitten können. Der hatte in seiner Privatdetektei viel mehr Freizeit als er sich gewünscht hatte, als er vor einem halben Jahr aus New Jersey hergekommen war. Mit seinen Ersparnissen und drei kleinen Aufträgen hatte er sich in diesem Land, das Schnüffler bislang nur im Staatsdienst kannte, durchschlagen können. So langsam holte ihn jedoch auch die Langeweile ein.

Das konnte ich Andreas aber kaum vorschlagen.

Ich drückte meine Zigarette aus, entschuldigte mich und folgte den Hinweisschildern zu den Toiletten im Keller. Durch ein Labyrinth aus rohen Steinen ging es in einen lindgrün gestrichenen Waschraum. Wie häufig hier gab es keinen Spiegel, so dass ich nicht beurteilen konnte, ob mein Gesichtsausdruck meine Gedanken preisgab. Ich wusch mir sorgfältig die Hände, kämmte meine langen rot-braunen Haare mit den Fingern aus.

Als ich an unseren Tisch zurückkam, wirkte Andy abwesend, starrte ins Leere. Ich drängte zum Aufbruch.

Am nächsten Tag schien die Welt wieder halbwegs in Ordnung zu sein. Andreas kam früh in die Redaktion, er war nicht verkatert, wirkte sogar einigermaßen ausgeschlafen. Wir gingen sehr vorsichtig miteinander um.

Er stürzte sich in die Arbeit, blieb an diesem und den folgenden Abenden nach Redaktionsschluss noch im Büro, um die Papiere zu überprüfen. Ich war froh, dass er mich nicht um meine Mitarbeit bat; vielleicht funktionierte es ja, dass er mithilfe dieser Story unsere Trennung verarbeitete.

Als ich mich am Freitag von ihm verabschiedete, deutete er jedoch geheimnisvoll an, er habe einen neuen Ansatzpunkt, über den er mir am Montag berichten werde.

»Ich bin auf der richtigen Fährte. Du wirst überrascht sein!«

Es war das erste freie Wochenende mit Dale, und ich freute mich wie ein Teenager. Vor knapp drei Wochen hatte ich ihn kennengelernt, bei einem beruflichen Termin. Für die Reihe »Neue

Berufe in Erfurt« war ich mit dem ersten Privatdetektiv der Stadt in dem bulgarischen Restaurant verabredet gewesen, dessen Telefonnummer in den Kleinanzeigen angegeben war, die der Detektiv regelmäßig in unserer Zeitung schaltete.

Ich hatte nach meinem Anruf dort einige Tage auf die Rückmeldung warten müssen. Dann erklärte mir eine warme, ruhige Stimme in einem etwas altmodischen, sehr korrekten Deutsch, dass er mir seine Adresse nicht mitteilen werde und sich nicht fotografieren lasse. Nachdem ich zugestimmt hatte, war er bereit gewesen, mich zu treffen.

Ich stellte fest, dass ich das Restaurant kannte – es lag nur fünf Laufminuten von der Wohnung meiner Lieblingskollegin Karla entfernt, und wir waren schon einmal dort gewesen. Ich nickte der Wirtin zu, bestellte einen Kaffee und schaute mich um. Er saß an einem Ecktisch und beobachtete mich aufmerksam.

Ein südländisch aussehender Mann, der älter wirkte als ich – es waren gerade einmal drei Monate, stellte ich später fest – mit pechschwarzen Haaren, dunkelbraunen Augen und einem Lächeln, das mich vom ersten Moment an in seinen Bann zog. Ich wehrte mich dagegen, schließlich hatte ich mich erst vor einem Vierteljahr, als ich nach Erfurt gezogen war, Knall auf Fall in Andreas verliebt und war glücklich mit ihm. Aber ich entkam dem Sog nicht. Hier flogen keine Funken, wie es bei Andy gewesen war, es schien, als berührten wir von Anfang an eine tiefere Ebene.

Ich fragte nach den Dingen, die ich für den Artikel brauchte, ich fragte, weil es mich interessierte; er erzählte in seinem wohlgewählten Deutsch. Seine Mutter hatte alles dafür getan, ihm die bestmögliche Bildung zu verschaffen, und ihn in Trenton, der Hauptstadt New Jerseys, auf die angesehene deutsche Schule geschickt. Kurz nach seinem High-School-Abschluss erlag sie einem Krebsleiden. Der Traum, den sie für ihn gehegt hatte, eine Hochschulausbildung, war damit unmöglich geworden. Er ging auf eine Police Academy und arbeitete danach in Atlantic

City, bis ihm seine Vorstellungen von Gerechtigkeit angesichts der Korruption lächerlich erschienen und er sich eine Lizenz als Privatdetektiv besorgte.

Als die Nachrichten von den Umbrüchen in Ostdeutschland Amerika erreichten, beschloss er, ein neues Leben zu beginnen.

Nun war er hier. Stand in der weit geöffneten Wohnungstür und strahlte mich an, als ich am Freitagabend die Treppe hochkam.

»Hallo.« Er nahm mir meine Tasche ab, ließ mich eintreten, und wir küssten uns. »Du siehst gut aus.«

»Danke!« Ich streckte mich noch einmal auf meine Stiefelspitzen für einen weiteren Kuss. Dabei klimperten die langen Ohrringe.

Nachdem ich einigermaßen früh aus der Redaktion hatte aufbrechen können, war ich in Rekordgeschwindigkeit zum Wohnheim im Stadtteil Rieth gerast, um zu duschen und mich umzukleiden. In meinem Lederminirock und der grünen Bluse mit dem breiten Kragen fühlte ich mich sexy; Dales Blick signalisierte, dass ich mich richtig entschieden hatte.

Ihn fand ich umwerfend attraktiv. Auch wenn ich dabei blieb, dass es darum nicht ging, hatte Andreas Recht: Dales durchtrainierter Körper entsprach genau meinen Vorstellungen; an diesem Abend steckte er in einer Levis 501 und einem verwaschenen, grau-blauen Sweatshirt. Cool und männlich sah er aus. Dabei bekam sein schmales Gesicht, wenn er lächelte, durch zwei Grübchen etwas wundervoll Weiches.

Er hatte zwei Zimmer und Küche in einem unsanierten Altbau im Schobersmühlenweg am Rand der Andreasvorstadt gemietet und selbst notdürftig renoviert. Zentralheizung gab es ebenso wenig wie ein Bad, die Toilette war auf dem Flur, und er hatte eine elektrische Dusche in einer Ecke der Küche installiert – aber es war eine richtige Wohnung. In der ich bereits viel Zeit verbracht hatte.

Andy und ich hatten in unserer gemeinsamen Zeit mehr oder weniger in der Redaktion gelebt. Er arbeitete völlig undiszipliniert und schrieb seine nicht aktuellen Texte irgendwann zwischen Redaktionsschluss und Mitternacht. Auch ich fand die dann herrschende Ruhe manchmal angenehm. Und da unsere Appartements ohnehin nicht dazu angetan waren, sich auf einen gemütlichen Feierabend zu Hause zu freuen, holten wir uns häufig etwas zu essen und saßen noch an unseren Schreibtischen, wenn wir nicht in eine Kneipe gingen.

Am Tag des Termins mit Dale hatten wir uns nur zwischen Tür und Angel gesehen. Ich arbeitete konzentriert zusammen mit Thomas, dem Volontär Markus und Karla an den Seiten für den nächsten Tag. Andy kam herein, als wir uns dazu beglückwünschten, so zeitig fertig geworden zu sein. Er hatte seine aktuellen Artikel am frühen Nachmittag abgeliefert, als ich nicht in der Redaktion gewesen war, und war nun überrascht, mich im Aufbruch zu sehen. Ich murmelte etwas von einer Verabredung und verließ fluchtartig die Redaktion.

Am nächsten Abend hatten wir dann das erste von vielen unangenehmen Gesprächen; danach besuchte ich Dale erstmals in seiner Wohnung.

»Du hast gekocht.« Ich schnupperte in den Flur hinein.

»Ich habe es versucht.« Er ging voran. »Minestrone nach einem Rezept von meiner Mutter. Aber –«

»Was ist das?«, fragte ich.

Dale schaute mich an, als wollte er sich vergewissern, dass ich keinen Witz gemacht hatte. »Italienische Gemüsesuppe. Kennst du das nicht?«

»Wo ich herkomme, isst man beim Italiener Spaghetti oder Pizza, und zu Hause gab es solide deutsche Küche.«

»Thüringer Rostbratwurst«, sagte Dale, für ihn ein Zungenbrecher.

Ich setzte mich auf das alte Küchensofa an den bereits gedeckten Tisch. Ich mochte Dales Küche. Sie war so groß, dass sie früher bestimmt der ganzen Familie als Hauptwohnraum gedient hatte. Die hohen Wände und die Decke waren weiß gestrichen, den Holzfußboden hatte Dale abgezogen und lackiert. Das Sofa war alt, aber die Polsterung noch fest und solide, es stammte ebenso wie der große Tisch, die Stühle und das meiste Geschirr vom Trödel.

»Das nun gerade nicht, ich bin doch nicht hier aufgewachsen«, erinnerte ich ihn. »Eher«, ich musste lachen, als mir das englische Schimpfwort für Deutsche einfiel, »Kraut.«

Dale rührte in einem großen Topf herum. »Sauerkraut.«

»Genau. Oder Kohl.«

Nun drehte er sich um, schaute mich verwirrt an. »Wie der Kanzler?«

»Ja.«

Ich versprach ihm, mir ein Kohlrezept von meiner Mutter zu besorgen und ihn zu bekochen, er füllte Suppe in die leicht angeschlagenen Teller und goss Wein ein.

»Leider habe ich keine Artischocken bekommen, und die gehören eigentlich unbedingt hinein.« Wir prosteten uns zu. »Für Parmesan habe ich die Chefin des *Camino* becirct.«

Das war seltsam, dachte ich. Das *Camino* war Andys und mein Stammitaliener gewesen, Dale hatte das Restaurant durch mich erst kennengelernt.

»Klasse«, murmelte ich, rieb reichlich Käse über die Suppe und kostete. »Lecker! Mir fehlen die Artischocken nicht.«

Aus irgendeinem Grund hatte ich Dale bisher nichts über die PLT-Geschichte gesagt. Ich hatte nicht gewusst, wie ich anfangen sollte, da ich dann auch mehr von Andreas hätte erzählen müssen, und das Thema wollte ich ausklammern. Dale wusste, dass ich mit ihm zusammen gewesen war, als wir uns kennenlernten, mehr aber auch nicht.

Nun redete ich einfach drauflos. Erzählte alles von Anfang an, in allen Einzelheiten und schloss mit Andreas, wie ich ihn am Montag vorgefunden hatte und mit welcher Energie er nun die

Sache von Neuem anging. Als ich zum Ende gekommen war, hatten wir beide die Suppenteller von uns geschoben, und der Rest der Weinflasche war auf unsere Gläser verteilt. Ich zerbröselte ein letztes Stück Weißbrot.

»Espresso?«, fragte Dale zunächst, anstatt auf das Gehörte einzugehen, und machte sich, als ich zustimmte, mit einem Metall-Kocher am Gasherd zu schaffen.

Er stellte Tassen und Zucker auf den Tisch, steckte sich eine Zigarette an und begann dann zu sprechen, die Augen auf die Herdflamme gerichtet:

»Hättest du – hätten wir – nicht ein wenig warten sollen? Ihr wart also sehr ernsthaft befreundet, du und Andreas.«

Ich nahm mir ebenfalls eine Zigarette. »Nein«, sagte ich und musste anfangen zu kichern. Der Wein war mir zu Kopf gestiegen. »Ernst weniger. Chaotisch, wild, verrückt. Das mit uns, das ist ernst.«

Dale stellte das Gas ab und verteilte den tiefschwarzen Sud auf die Tassen.

»Du bist sicher?« Seine Augen fixierten mich.

»Ja«, antwortete ich feierlich.

Wir tranken den Espresso, rauchten und schwiegen. Endlich sagte Dale:

»Ist es nicht möglich, dass bei diesem Fernsehsender wirklich etwas nicht stimmt? Was, wenn Andreas sich allein in eine gefährliche Situation begibt?«

Ich musste an Andys Andeutung vom Nachmittag denken. Ob er an diesem Wochenende etwas unternehmen wollte? Unwillig schüttelte ich den Kopf. »Ich glaube nicht mehr, dass da etwas dran ist«, behauptete ich. »Was meinst du?«

Dale verzog die Mundwinkel sarkastisch. »Ich denke, hier und jetzt ist sehr viel möglich. Gerade, was schmutzige Geschäfte angeht.«

Zwei

Samstag und Sonntag verbrachten wir wie Touristen. Ein wenig fühlte ich mich auch immer noch so. Ich hatte Erfurt kennengelernt, nachdem mir mitgeteilt worden war, dass ich in Dortmund nach meinem Volontariat nicht übernommen würde, die Verlagsleitung mir jedoch eine Redakteursstelle bei der gerade gegründeten Tochterzeitung in Thüringen anbot. Obwohl ich eigentlich das Ruhrgebiet nicht verlassen wollte, war ich schon bei einem Schnupperwochenende von dieser Mischung aus uralter Kultur und Umbruchstimmung fasziniert gewesen. Ohne weiteres Zögern hatte ich nach dem Besuch den Vertrag unterschrieben.

Es tat sich viel in der Stadt, fast zu viel, um auf dem Laufenden zu bleiben; jeder Termin konnte spannend werden. Auf Ratssitzungen wurden Entscheidungen über die Zukunft ganzer Stadtviertel gefällt, die großen Volkseigenen Betriebe lösten sich auf und wurden an mitunter fragwürdige Interessenten verkauft, eine ganz neue Kunstszene entstand. Umbenennungen von Straßen, Plätzen, Einrichtungen verwirrten die Einheimischen wie uns Zugezogene immer wieder aufs Neue, und im Alltag mischten sich die Zeugnisse der DDR-Gesellschaft mit denen des Westens wie die Waren in den Geschäften.

Arm in Arm liefen Dale und ich am Samstagvormittag den Anger hinab. Die mittelalterlichen Handelshäuser entlang dieser innerstädtischen Magistrale waren schon in den siebziger Jahren saniert worden und verliehen der breiten Fußgängerzone Ähnlichkeit mit Städten in Bayern. Ich kaufte Streichholzschachteln und Schuhputzcreme mit Etiketten, die an die fünfziger Jahre erinnerten, sowie einen ganzen Stapel Bücher – Klassiker, die auf dem Ramschtisch gelandet waren, weil ihr Umschlag schlicht beige war, mit einfachem Schriftaufdruck. Ich schüttelte den Kopf.

»Guck dir das an. Eine Mark für Goethes *Wahlverwandtschaften*. Die schenk ich dir – ich hab sie schon.«

Dale nahm mir eine Tüte ab, damit ich die Hände frei hatte. »Ich auch. Wir haben es in der Schule gelesen.«

Ich nahm das Buch trotzdem mit, ich würde schon jemanden finden, dem ich damit eine Freude machen konnte.

Wir besichtigten den Dom und tranken einen Milchshake im *Palast-Kaffee* des Interhotels am Bahnhof, wo Willy Brandt einst für Begeisterungsstürme gesorgt hatte.

Am Sonntag spazierten wir bei herrlichem Sonnenschein über das Gelände von Erfurts grüner Lunge, die vor kurzem von iga – »Internationale Gartenausstellung der Sozialistischen Länder« in ega – »Erfurter Garten- und Ausstellungs GmbH« umbenannt worden war. Als wir am frühen Abend zurück in der Innenstadt waren, schaute ich kurz in der Redaktion vorbei.

Die zweite Etage des Hauses am Domplatz lag verlassen da. Hätte mir jemand etwas mitteilen wollen, hätte hier eine Notiz für mich gelegen. Angesichts der fehlenden Telefonanschlüsse spielten solche Kommunikationswege eine große Rolle. Auf meinem Schreibtisch fand ich jedoch nur einen Zettel mit einem am Freitag noch eingegangenen dienstlichen Anruf.

Dale war das erste Mal in der Redaktion und schaute sich neugierig um.

»So klein und eng hätte ich es mir nicht vorgestellt.«

»Na ja, wir sind nicht die *New York Times*.«

Er hatte natürlich Recht. Mit sechs Schreibtischen, den dazugehörigen Stühlen, einem großen Regal und dem vorsintflutlichen Fotokopierer war der Raum völlig zugestellt. Wenn alle Redaktionsmitglieder gleichzeitig hier waren, was zum Glück eher selten vorkam, herrschten der Lärm und das Gedränge einer Unterstufen-Pausenhalle bei Regen. Die Redaktion in Dortmund war doppelt so groß. Aber ich gehörte eben nun zu den armen Brüder und Schwestern.

»Da sitzt Andreas?« Dale deutete auf den Schreibtisch meinem gegenüber, auf dem sich die Unterlagen türmten. Obenauf lagen einige Zettel mit dem PLT-Logo.

»Ja, er hat anscheinend durchgearbeitet.« Sogar der Rechner war noch eingeschaltet. »Er wird sicher noch einmal zurückkommen.«

Trotzdem verzichtete ich darauf, Andy einen Zettel zu hinterlassen, und wir schlenderten durch das Gassengewirr der Altstadt zur *Feuerkugel*, einer Gaststätte mit traditionell thüringischer Küche. Dale hatte ein Faible für die hausgemachten Klöße und bestellte eine Rindsroulade, zu der er gleich drei als »Sättigungsbeilage«, wie das hier hieß, bekam; ich wählte das Rostbrätl, ein mariniertes und gegrilltes Schweinenackensteak, mit Bratkartoffeln. Wir dehnten das Essen aus, tranken danach einen Kaffee und beschlossen, noch in die *Engelsburg* zu gehen, wo es seit kurzem auch sonntags eine Disco gab.

Immer noch waren Erfurts Straßen spätabends wie ausgestorben. Wir sahen keinen Menschen, während wir einen Schlenker über die mittelalterliche Krämerbrücke unternahmen, die man kaum als Brücke wahrnahm, weil sie durchgängig mit Fachwerkhäusern bebaut war. Bei meinem ersten Besuch in der Stadt war ich ein paarmal darübergelaufen, ohne zu realisieren, dass unter meinen Füßen die Gera floss.

In der schummerig-gelben Beleuchtung hatten die hübsch restaurierten Fassaden etwas Unwirkliches, Verwunschenes. Mitten auf der Brücke blieben wir stehen und küssten uns lange.

Meterdicke Mauern sorgten dafür, dass aus den Kellergewölben des Studentenklubs in der Allerheiligenstraße kaum ein Laut nach draußen drang. Drinnen schufen die Steinquader eine großartige Atmosphäre. Als wir eintraten, zog gerade ein blassblauer Spot Kreise an den breiten Säulen entlang, die die Tanzfläche einrahmten. Darin fing sich die Musik, herrschte im Moment Prince mit »Play in the Sunshine«.

Ich zog Dale sofort auf die Tanzfläche und begann, mich zu dem schnellen Rhythmus zu bewegen. »I'm feelin' kind of lucky tonight«, sang Prince, und nach kurzem Zögern strahlte Dale mich an und fasste nach meinen Händen, wirbelte uns beide herum. Ich machte eine Drehung unter seinem linken Arm hindurch und tanzte nah an ihn heran, schob meine Beine in den engen Leggings links und rechts an seinen linken Oberschenkel und presste mein Becken an ihn. Es schien ihm zu gefallen. »Let's get out of here«, tönte es aus den Boxen, und ich freute mich schon darauf, wieder in seine Wohnung zurückzukommen.

Als wir uns erschöpft, vor Hitze und Verliebtsein glühend, in den angrenzenden Raum zurückzogen, sah ich Andreas. Er schwankte, obwohl er an der Wand lehnte, hielt mit beiden Händen sein Glas fest. Trotz des gedämpften Lichts gab es keinen Zweifel: Er war bis zum Stehkragen abgefüllt.

Ich sagte Dale Bescheid und ging hinüber. Auf meine Begrüßung hin schaute er mich nur fragend mit verschwommenem Blick an, stammelte dann mit Verzögerung: »Er ist tot. Ermordet. Er liegt neben seinem Schreibtisch.«

»Was?« Ich hätte fast geschrien und schlug mir auf den Mund. »Wer ist ermordet?«

»Haffmann. Er liegt einfach …« Andy machte eine Pause, schaute an mir vorbei ins Leere, »da.«

Nach und nach bekam ich aus ihm heraus, dass Haffmann mit ihm ein Treffen vereinbart hatte. Um 18 Uhr sollte Andreas in der PLT-Verwaltung sein. Dort hatte er den Verantwortlichen für die Shows in seinem Büro aufgefunden. Tot.

»Das Gesicht ist blau angelaufen und er, er –« Andy würgte, als müsste er sich übergeben.

Ich nahm ihm sein Bier ab, hakte ich ihn unter und zog ihn durch den ständig voller werdenden Raum zu Dale hinüber. Zusammen suchten wir einen Platz, an dem wir reden konnten. Schließlich saßen wir am letzten Tisch eines kleinen, abgetrennten Cafés, in dem sich nur sehr wenige Gäste aufhielten. Andreas hatte sich willenlos mitziehen lassen. Nun starrte er Dale ins Gesicht, anscheinend zu benommen, um feindselig zu werden. Ich gab das wenige, was er mir erzählt hatte, wieder.

»Du bist nicht zur Polizei gegangen?«, fragte Dale mit ruhiger Stimme.

Andreas schüttelte den Kopf.

»Was hast du danach getan?«

Er zuckte nur die Schultern. Es war klar: Vielleicht konnte ich noch ein paar Worte aus ihm herausholen, Dale auf jeden Fall nicht. Wir berieten uns leise, während Andy versuchte, sich eine Zigarette anzustecken. Erst als er beide Ellenbogen auf den Holztisch aufsetzte, gelang es ihm.

»Er muss unbedingt zur Kriminalpolizei gehen und Anzeige erstatten. Falls jemand ihn dort gesehen hat, sieht es schlimm für ihn aus. Aber du musst verhindern, dass sie ihn dabehalten. Biete ihnen an, dass er morgen früh für das Protokoll wiederkommt.«

Seltsamerweise wusste ich sofort, was er meinte. »Was willst du tun?«

»Ich fahre hinaus zu dem Büro und sehe mich um. Wer weiß, ob der Mann wirklich ermordet worden ist. Bei einem Herzanfall bekommt der Tote auch ein blaues Gesicht. Wir treffen uns dann in meiner Wohnung.«

»Okay.« Ich nannte ihm die Adresse. »Sei vorsichtig.«

Dale verschwand. Andreas murmelte irgendetwas vor sich hin. Ich beugte mich über den Tisch, um ihn zu verstehen.

»... einfach durchgedreht. Ich bin rausgerannt und hab gedacht, die bringen mich jetzt auch um. Irgendwie bin ich im *Museumskeller* gelandet. Ich hab mich nicht nach Hause getraut. Ich dachte, die warten da auf mich.«

Ich nickte, unfähig, mir vorzustellen, wie es war, auf einen Toten zu stoßen. »Hattest du das Gefühl, dass in den Räumen noch jemand war, als du Haffmann gefunden hast?«

»Weiß nicht, keine Ahnung, ja.« Er streckte eine unsichere Hand nach dem Bierglas aus, das vor mir stand. Ich schob es zur Seite.

»Du hast genug.«

Andy protestierte nicht. »Irgendwann tauchten im *Keller* zwei komische Typen auf, und ich hab gedacht, jetzt haben sie mich.«

»Dann bist du hierhin gekommen.«

»Ja. Frag mich nicht, wie.« Er versuchte zu lachen. Seine Gesichtszüge waren verzerrt. »Was soll ich jetzt tun?«

»Wir gehen zu den Bullen und erstatten Anzeige. Das muss sein. Du sagst so wenig wie möglich und überlässt das Reden mir.«

Er machte keine Einwände.

Auf der Straße merkte ich, dass Andreas mich bereits mit seiner Angst angesteckt hatte. Ich wollte möglichst schnell auf den freien Domplatz gelangen, wo ich mich sicherer fühlte als in den schmalen mittelalterlichen Straßen, das war jedoch mit dem betrunkenen Andreas am Arm ein schwieriges Unterfangen.

Endlich hatten wir den ausgestorbenen Platz, an dessen Südwestseite der riesige Dom und die kleinere Severikirche gespenstisch in den Himmel ragten, überquert und die Hauptwache auf der anderen Seite erreicht. An der Pforte döste ein älterer Mann vor sich hin. Ich klopfte an die Trennscheibe, und er schreckte hoch. Als ich ihm erklärte, worum es ging, wies er uns an, in die Eingangshalle zu gehen und dort zu warten. Er betätigte den Türdrücker, und die schwere Eichentür ließ sich aufschieben. Wir standen in einem großen, düsteren Raum, von dem rechts und links je eine Treppe und ein Flur abgingen, durch die helles Licht fiel. Die Holzvertäfelung an den Wänden wirkte fast schwarz, die schwarz-weißen Fußbodenfliesen waren fleckig und schadhaft. Nach kurzer Zeit tauchte ein übermüdet aussehender Uniformierter auf und bat uns, ihm zu folgen.

In dem von grellen Neonröhren erleuchteten Flur krampfte Andys Hand sich schmerzhaft fest um meinen Arm. Endlich öffnete der Polizist die Tür zu einem kleinen Büro, wies mit einer Handbewegung auf die beiden Stühle vor dem massigen Schreibtisch, an dem er Platz nahm und einen Bogen Papier in die Schreibmaschine spannte.

»Hauptkommissar Lubin wird gleich hier sein. Wir beginnen schon einmal mit der Erfassung der Personalien.«

»Ich begleite Herrn Rönn bloß«, erklärte ich.

Andy nannte seinen Namen, sein Geburtsdatum, stockte bei der Anschrift.

Der Beamte sah von der Schreibmaschine auf.

»Sie können uns am besten in der Redaktion des *Tageskurier* auf der anderen Seite des Domplatzes erreichen«, mischte ich mich ein. Auch ich war unsicher, ob wir die Anschrift der unter der Hand gemieteten Wohnung nennen sollten.

Der Polizist bestand jedoch auf einer Adresse, und Andy nannte Straße und Hausnummer, fügte hinzu: »Bei Marberg«. Seine Stimme klang lethargisch.

Danach trat eine quälende Pause ein. Andreas sank in seinem Stuhl zusammen, ich dachte, er würde einschlafen. Erleichtert entdeckte ich auf der Fensterbank einen Aschenbecher und steckte mir eine Zigarette an. Andy blickte auf, und ich reichte sie ihm, nahm mir eine Neue. Das Nikotin schien eine belebende Wirkung auf ihn zu haben.

Endlich wurde die Tür aufgestoßen und ein vielleicht vierzigjähriger, schmaler Mann in einem grauen Anzug mit Stahlbrille betrat den Raum, reichte uns nacheinander die Hand. »Hauptkommissar Lubin, Morddezernat.«

»Kirsten Bertram, das ist Andreas Rönn. Herr Rönn hat heute Nacht einen Toten gefunden«, begann ich schnell.

Der Kommissar setzte sich zu seinem uniformierten Kollegen hinter den Schreibtisch, forderte mich mit einer Handbewegung auf weiterzusprechen.

Ich erzählte so knapp und präzise wie möglich, während Andy auf seinem Stuhl neben mir wieder zusammensackte. Lubin nickte mitunter, unterbrach mich jedoch nicht.

»Also, Frau Bertram.« Dafür, dass er höchstwahrscheinlich aus dem Schlaf geholt worden war, fixierte er mich mit sehr wachen blauen Augen durch die Brillengläser. Sein Haar war an den Schläfen bereits völlig grau, während es am Hinterkopf noch schwarz glänzte, was ihm einen seltsamen alt-jungen Ausdruck verlieh. »Ihnen ist vermutlich klar, dass wir Ihren Kollegen hierbehalten müssen. Nach Ihrer Darstellung war er derjenige, der den Toten gefunden hat. Anstatt jedoch gleich zu uns zu kommen, betrinkt er sich zunächst, geht dann noch in einen Studentenklub und taucht erst Stunden später in desolatem Zustand hier auf, um Anzeige zu erstatten. Das sieht nicht gut aus.«

»Er hatte einfach Angst, das habe ich doch gesagt. Wir wollten Ihnen nur die Meldung machen.« Ich hielt inne. »Sie können doch jetzt sowieso kein Protokoll aufnehmen, das später Bestand hätte«, behauptete ich. Ich fand, ich hörte mich wie eine Anwältin an. »Herr Rönn übernachtet heute bei mir«, intuitiv hatte ich Dale aus meinem Bericht herausgehalten, »und ich verbürge mich dafür, dass er morgen früh hier erscheint, um alles noch einmal mit ihnen durchzugehen.«

Nach einigem Zögern willigte Lubin endlich ein.

»Dann schauen Sie mal, dass Sie sich von den Aufregungen erholen, Herr Rönn.« Andreas schüttelte mechanisch die ausgestreckte Hand des Kommissars.

»Wir werden uns nun einmal die Bescherung ansehen. Gute Nacht, Frau Bertram.«

Am Ausgang bat ich den Pförtner, uns ein Taxi zu rufen. Zu einem neuerlichen Fußmarsch fühlte ich mich nicht mehr in der Lage.

Gott sei Dank, Dale war schon zu Hause. Sein Fiesta stand direkt gegenüber der Haustür. Andreas registrierte erst jetzt, dass wir nicht vor dem Studentenwohnheim im Rieth gelandet waren.

»Wo sind wir?«

»Bei Dale. Hier ist es sicherer.«

Er entgegnete nichts. Seine Apathie begann, mir Angst zu machen.

Ich klingelte, und Dale kam schnell herunter, öffnete das schwere Eingangstor, verriegelte es hinter uns wieder sorgfältig und ging voran in den zweiten Stock. In seiner Küche betrachtete er Andreas einen Moment lang. Dann nahm er eine Flasche Cognac aus dem Regal neben dem Esstisch, schüttete einen kräftigen Schluck in einen Schwenker und reichte ihn Andy.

Der starrte das Glas an. »Besser nicht.«

»Ich bin kein Arzt, aber ich würde sagen, du hast gar nicht so viel getrunken, sondern stehst unter Schock. Also trink!«

Andreas nahm das Glas und stürzte den Inhalt in einem Zug herunter. Dale füllte es neu und goss auch uns etwas ein.

»Der Mann ist wirklich ermordet worden. Erdrosselt«, sagte er leise zu mir, um dann laut zu fragen, wie wir das Verhör auf der Wache überstanden hätten.

Wir setzten uns an den Tisch, und ich berichtete so knapp wie möglich. Andreas, der sich auf das Sofa hatte sinken lassen, wirkte nach dem Cognac tatsächlich etwas mehr im Hier und Jetzt, sagte jedoch nichts.

Als ich zum Ende gekommen war, nickte Dale. »Gut. Lubin habe ich bei meinem ersten Fall hier kennengelernt. Er ist ein fähiger Mann. Er wird gesehen haben, dass Andreas als Täter kaum in Frage kommt.«

»Was? Wieso sollte er mich verdächtigen?« Andy blickte verständnislos von Dale zu mir.

»Überlege doch einmal. Du findest einen Ermordeten und meldest es erst ein paar Stunden später der Polizei. So etwas ist immer verdächtig. Morgen wird er wahrscheinlich erfahren, dass du den Leuten etwas vorgeworfen hast, dass du wütend warst bei eurem Termin ... Du kannst schneller in Haft geraten, als du es dir vorstellst.«

Andy schien sich nicht zu wundern, dass Dale die Hintergründe der PLT-Geschichte kannte. Mit zitternden Händen zog er eine Zigarette aus der Packung.

»Die können mich doch nicht einbuchten!«

Falls Dale das Wort nicht kannte, zeigte er es nicht. »Sicher können sie. Aber versuch einfach, ruhig zu bleiben. Ich glaube, Lubin ist fähig, die Fakten richtig einzuordnen. Du solltest dir aber darüber im Klaren sein, dass du morgen wahrscheinlich richtig verhört wirst. Und das ist kein Spaziergang.« Dale blickte ihn ernst an. »Deshalb wollten wir verhindern, dass sie dich heute Abend noch vernehmen.«

Andreas sagte eine Zeit lang gar nichts, Dales souveräne Art schien ihn zu beruhigen. Ich musste gegen die Müdigkeit ankämpfen, gemeinsam mit dem Cognac vernebelte sie mein Denken.

»Andy, wieso hattest du überhaupt diesen neuen Termin mit Haffmann ausgemacht?«

Er spielte mit der Zigarette im Aschenbecher herum. »Ich hatte wirklich etwas in den Unterlagen gefunden«, begann er stockend. »In dem Vertrag mit PLT Köln ist die Rede von sechs Veranstaltungen, es haben jedoch nur fünf stattgefunden. Und es war gleich so offensichtlich – die sechste wurde mit Veranstaltungsort Egstedt angeführt.«

Ich nickte. Egstedt war ein winziges Dorf. Soviel ich wusste, gab es dort noch nicht einmal einen großen Gasthof, geschweige denn eine Veranstaltungshalle, wo man eine der unappetitlichen Striptease-Shows hätte veranstalten können. Das war also seine neue Fährte gewesen.

»Also haben sie doch etwas aus der Hand gegeben, was sie besser behalten hätten.«

Dale machte ein zustimmendes Geräusch. »Was hast du unternommen, nachdem du das gesehen hattest?«, fragte er Andreas.

»Um sicherzugehen, hab ich in Egstedt nachgehört, ob dort mal eine solche Veranstaltung geplant war. Natürlich nicht.« Erschöpft schwieg er einen Moment. »Dann hab ich Haffmann angerufen und ihn gefragt, wie sie diese sechste Veranstaltung verrechnet hätten. Das riecht ja nach Buchführungsbetrug.«

Dale nickte.

»Da hat er noch unsicherer gewirkt als am Montag und mir angeboten, ihn heute – gestern – um sechs in seinem Büro zu treffen.«

»Und darauf bist du eingegangen? Nachdem dir klar war, dass da etwas nicht koscher ist?« Nun hatte Dale ein wenig seiner professionellen Ruhe verloren. »Genauso gut könntest du jetzt tot da liegen!«

Ich dachte, dass das typisch für Andy war. Vermutlich hatte er gerade jetzt etwas beweisen wollen. Was für ein Kindskopf! Ich begann, in meiner dünnen Bluse zu frieren. Die Zeiger der großen Bahnhofsuhr an der Wand rückten auf drei Uhr vor.

»Ich habe mich einfach darauf verlassen, dass er so unsicher wirkte.« Er klang kleinlaut.

»Idiot«, murmelte ich.

»Lasst uns mal für heute zum Schluss kommen«, sagte Dale. »Andreas: Wie sah es in dem Büro aus, als du dorthin kamst?«

Andy schloss die Augen und senkte den Kopf, er schüttelte sich. »Ich weiß nicht. Ich seh immer nur Haffmann, wie er da liegt und mich anstarrt.«

Dale ließ nicht locker. »Beginn ganz am Anfang. Du gehst in das Haus hinein. War die Tür unten offen?«

Andreas zögerte, nickte schließlich. »Ja. Die Tür unten war nicht abgeschlossen, und die oben standen offen. Alle drei, die Eingangstür, die zur Sekretärin und die zu Haffmanns Zimmer.«

»Gut.« Auch Dale sah jetzt müde aus. »Ist dir etwas aufgefallen? Lag etwas auf dem Schreibtisch? Oder auf dem Boden?«

»Nein. Überhaupt nichts. Es wirkte vollkommen aufgeräumt«, antwortete Andy entschieden.

»Wie sah es aus, als du hingekommen bist?«, fragte ich Dale.

»Du warst da?«

»Während ihr bei der Polizei wart, ja.« Er kniff die Augen zusammen. »Die Tür unten war immer noch offen. Wie du sagst, muss sie abgeschlossen werden, um sie zu verschließen. Die Eingangstür oben war zu, aber ich denke, du hast sie vielleicht zugeworfen.«

Fragend richtete er seinen Blick auf Andy, der nach kurzem Nachdenken die Achseln zuckte.

»Die übrigen Zugänge auf der Etage waren verschlossen. Ansonsten habe ich alles vorgefunden, wie du es beschrieben hast. Ein völlig unberührtes Büro. Es hat keinen Kampf gegeben. Ich habe den Toten schnell untersucht: keine blauen Flecke oder sonstige Spuren von Gewaltanwendung. Also denke ich, dass ihn jemand erdrosselt hat, den er kannte und dem er auch vertraute, so dass er ihm den Rücken zukehrte. Tatwerkzeug muss ein Schal oder ein Tuch gewesen sein, kein Strick oder Gürtel. Und der Täter war entschlossen und schnell. Wenn

Haffmann auch nur einmal nach vorne getreten hätte, wäre ein«, er suchte nach dem richtigen Wort, »ein Tisch für Pflanzen umgefallen. Das spricht für dich, Andreas. Dir hätte er nicht den Rücken zugekehrt. Ihr hättet euch nicht beide in dem Teil des Raumes hinter dem Schreibtisch aufgehalten.« Er hielt inne und blickte ihn ernst an. »Aber tu mir den Gefallen, und lass die Cops von selbst darauf kommen. Wenn die erfahren, dass ich da war, gibt es nur Ärger.«

Andreas nickte. Dales sachliche Schilderung schien ihn beruhigt zu haben, während ich dachte, dass es verdammt wenig war, was zu seinen Gunsten sprach.

»Etwas habe ich noch gefunden. Haffmann hatte seinen Schlüsselbund in der Tasche, und ich habe seine Schreibtischfächer durchsucht. So habe ich seinen Kalender gefunden und mir einige Eintragungen herausgeschrieben.«

»Super!« Andy wirkte plötzlich wieder hellwach.

Ich dachte, dass beide verrückt waren. Immerhin sprachen wir hier von einem Mordfall. »Überlasst das der Polizei! Das ist eine Nummer zu groß.«

»Kirsten, das ist unsere Story!« Andy schien wieder ganz der Alte. »Stell dir vor, wenn wir das aufdecken – einen Betrug und einen Mord.« Seine Augen glänzten.

»Du darfst in der Sache auf keinen Fall mehr recherchieren«, machte Dale ihm klar.

»Aber –« begann Andreas.

Es war halb vier.

»Macht, was ihr wollt«, fiel ich ihm ins Wort. »Andy, ich denke, du kannst auf der Couch im Arbeitszimmer schlafen. Ich gehe jetzt ins Bett.«

Jemand versuchte, mit mir zu reden. Aber ich konnte nicht sprechen. Ich war zu müde. Wenigstens war es nicht der Mann, der mich gerade durch eine endlose Flucht von Büroräumen verfolgt hatte, bis ich in einem Raum mit einem Toten stand, der mich anstarrte. Von wo aus es keinen Ausweg mehr gab.

»Ruhig, Kicki.« Die Stimme strich mir die Haare aus dem Gesicht, redete weiter auf mich ein. »Alles in Ordnung. Du musst jetzt aufwachen.«

Endlich schaffte ich es, die Augen zu öffnen. Dale saß in Jeans und Pullover auf der Bettkante, lächelte mich an. Ich liebte es, wenn er mich Kicki nannte, prompt verblasste das Traumbild.

»Zeit, aufzustehen. Der Kaffee ist schon fertig.«

Ich blinzelte auf den Wecker, der kurz vor acht zeigte.

»Wieso bist du so fit?«

»Eine kalte Dusche. Wirkt zumindest kurzfristig.«

»Ich versuch's lieber mit dem Kaffee.«

Dale gab mir einen flüchtigen Kuss auf die Stirn und ging voran, ich zog eins seiner Flanellhemden über und folgte ihm.

Als ich in die Küche kam, drückte Andreas gerade eine Zigarette aus. Er begrüßte mich unbehaglich, und auch ich kam nicht gut mit der Situation klar. Noch vor drei Wochen hatte ich in seinem Hemd bei ihm schlaftrunken meinen Morgenkaffee getrunken.

»Ich bin schon auf dem Sprung. Ich will noch kurz zu Hause vorbei, mich umziehen, bevor ich zur Wache gehe.« Er stand auf. »Bis später dann«, verabschiedete er sich von mir. »Bis heute Abend«, nickte er Dale zu.

»Was heißt das? Was ist heute Abend?«, fragte ich, nachdem die Wohnungstür ins Schloss gefallen war, kuschelte mich in die Sofaecke und zog meine bloßen Beine unter mich.

Dale goss mir Kaffee ein. »Ich werde für Andreas in dem Fall ermitteln.«

»Was?« Das war Realsatire, fand ich.

»Er will unbedingt wissen, was dahintersteckt. Aber er sollte wirklich in der Sache nicht mehr in Erscheinung treten. Und«, Dale versuchte es mit einem Lächeln, »ich kann das Honorar gut gebrauchen.«

Du warst ja gestern schon Feuer und Flamme, dachte ich, sagte es jedoch nicht. Zumal ich selbst jetzt, am hellen Tag, die Geschichte auch reichlich spannend fand.

Als ich in die Redaktion kam, war Andreas noch nicht dort. Ich nahm Thomas beiseite und bat ihn um ein Gespräch. Wieder saßen wir im Chefbüro, da die Gräfin einen Termin im Landtag hatte, und ich erzählte, was passiert war.

»Da müssen wir wohl alle Andreas Abbitte leisten«, stellte Thomas fest. »Sein Instinkt hat ihn nicht getrogen. Jetzt können wir nur hoffen, dass die Polizei ihn nicht ernsthaft verdächtigt.« Er spielte mit einem Kuli herum. »Natürlich darf er offiziell in der Geschichte nicht mehr recherchieren.«

Ich nickte. Das schien jedem außer Andy klar zu sein.

»Ich würde ihm die Story ungern wegnehmen – aber er muss im Hintergrund bleiben. Nach außen darfst nur du in Erscheinung treten. Okay?« Er fixierte mich mit seinen braunen Augen. »Bei dir kann ich wohl auch halbwegs sicher sein, dass du dich nicht auf solche Aktionen wie Andreas gestern einlässt. Allein zu so einem obskuren Termin zu gehen!«

Ich nickte.

»Eure übrige Arbeit darf natürlich nicht darunter leiden. Ich versuche, euch ein bisschen Freiraum zu verschaffen, aber du weißt ja selbst, wie eng es ist.«

Hinter der Tür hörte ich Andys Stimme. »Ja«, sagte ich schnell.

»Gut, ich übernehme deinen SPD-Termin heute Morgen, und Karla soll sich um die Restitutionsansprüche in der Pergamentergasse kümmern. Andreas hat einen Termin bei der Robotron, da kann Markus hingehen.« Er dachte laut nach, delegierte noch zwei weitere Themen. »Bleibt die ›Montagsfrage‹. Die muss einer von euch machen.«

Innerlich stöhnte ich auf. Die »Montagsfrage« war eine wöchentlich wiederkehrende Qual, bei der Passanten zu irgendeinem unverfänglichen Thema befragt werden mussten. Zu meckern, dass das Los auf uns gefallen war, wäre jedoch nach Thomas' Entgegenkommen höchst undankbar gewesen.

»Außerdem hast du heute Abend noch die Vernissage im Haus Dacheröden. Aber die ist ja erst um halb acht.«

Nun gab ich doch ein frustriertes Geräusch von mir. Die Ausstellungs-Eröffnung hatte ich völlig vergessen. Ich würde während der weihevollen Reden einschlafen, dachte ich.

»Morgen sehen wir dann weiter. Heute haben wir noch den Vorsprung, dass keiner sonst etwas von der Geschichte weiß – das müssen wir nutzen.« Thomas zwinkerte mir verschwörerisch zu. »Also: Viel Glück. Und schick mir Andreas rein, wenn er kommt.« Er hob den Telefonhörer an, wollte offensichtlich die Gelegenheit nutzen, um ungestört ein Gespräch zu führen.

Im Flur hantierte Andy an der Kaffeemaschine, die auf einem wackeligen Tisch neben dem Agentur-Ticker stand. Dabei fluchte er vor sich hin, dass alles dreckig und kaputt sei.

»Hey, war's so schlimm bei den Bullen?«

Er drehte sich um, zog eine Grimasse. »Ich soll die Finger von der Sache lassen. Das sei jetzt ›ausschließlich Angelegenheit der Kriminalpolizei‹«, gab er im Erfurter Dialekt wieder.

»Lubin?« Der Hauptkommissar hatte nur eine leichte Färbung in der Stimme gehabt.

»Nein, eine Frau Lokowski. Die ermittelt in dem Fall gemeinsam mit Lubin und hat das Protokoll aufgenommen.«

Ich zuckte die Schultern. »Das war doch klar. Und auch, wenn du es nicht hören willst: Du musst auf jeden Fall im Hintergrund bleiben.« Während der Kaffee gurgelnd in die schmutzige Kanne tröpfelte, teilte ich ihm mit, was ich mit Thomas besprochen hatte. »Das will er dir auch noch persönlich sagen.« Ich wies auf die Tür der Gräfin. »Aber verdächtig bist du also nicht mehr?«

Andy zog die Kaffeekanne ohne Rücksicht darauf, dass noch Kaffee nachlief, heraus und goss sich welchen ein.

»Natürlich bin ich noch verdächtig.« Wieder fiel er in den Erfurter Tonfall: »›Ich muss Sie bitten, sich für weitere Vernehmungen zur Verfügung zu halten. Sie dürfen die Stadt nicht verlassen und sind gehalten, mit niemandem über den gestrigen Abend zu reden. Das gilt vor allem für Ihre Kollegen von der Presse.‹ Als wenn ich freiwillig der Konkurrenz was verraten würde!« Er steckte sich eine Zigarette an, schaute auf seine Armbanduhr. »Und sie wollen sämtliche Unterlagen von uns. Also müssen wir schnell alles fotokopieren.«

»Ich denke schon, dass Herr Suerth mit mir sprechen wird. Bitte richten Sie ihm aus, dass Kirsten Bertram vom *Tageskurier* am Apparat ist.«

Endlich hörte ich seine sonore Stimme: »Suerth.«

»Bertram, *Tageskurier.* Herr Suerth, mein Beileid zum tragischen Tod Ihres Mitarbeiters.«

»Danke.«

»Hätten Sie ein wenig Zeit, um mit mir darüber zu sprechen?«

Gerade war Karla in die Redaktion gekommen und winkte mir eine Begrüßung zu. Ich gestikulierte, dass ich nach dem Telefonat mit ihr sprechen würde. Sie nickte und ging zu Andy, der am Fotokopierer stand.

»Es tut mir leid, aber ich wüsste nicht, was ich mit Ihnen bereden könnte«, gab Suerth zurück.

»Am besten ist es vielleicht, wenn Sie einfach auf meine Fragen antworten. Wann kann ich zu Ihnen kommen?«

»Meine liebe Frau Bertram, ich fürchte, ich muss Ihnen einen Korb geben. Ihre Kollegen belagern uns schon seit zwei Stunden, und ich sage Ihnen jetzt, was wir auch denen gesagt haben: Kein Kommentar.«

Andreas legte die Seiten in Rekordgeschwindigkeit auf die Glasfläche, bedeutete Karla, dass er nicht mit ihr reden konnte oder wollte.

»Herr Suerth, Sie scheinen einen wesentlichen Punkt zu übersehen. Wir wissen bereits etwas und die Kollegen nicht. Sie haben also die Wahl, morgen unsere Sicht der Vorfälle zu lesen oder zunächst mit uns zu sprechen.«

Die kurze Pause zeigte an, dass er abwog, ob ich bluffte. Hatte die Kripo ihm gesagt, dass Andy den Toten gefunden hatte? Thomas kam in die Redaktion und begrüßte Andreas äußerst ungehalten, deutete hinter sich auf den Flur. Andy folgte ihm. Karla schaute neugierig zu mir hin, machte wieder auffordernde Handbewegungen.

»Gut, wenn Sie glauben, dass ich Ihnen weiterhelfen kann, dann kommen Sie in Gottes Namen in – sagen wir, einer Stunde.«

Drei

»It ain't over til it's over«, sang Lenny Kravitz, während Andreas seinen Golf aus der Parklücke vor dem *Museumskeller* manövrierte und sich auf dem Juri-Gagarin-Ring in den Verkehr einfädelte.

»Ich hab mich noch gar nicht bei dir bedankt für gestern.« Er blickte kurz zu mir hinüber. »Ich weiß nicht, wo ich heute Morgen aufgewacht wäre, wenn ich dich nicht getroffen hätte.«

»Schon okay. Aber wir sind uns jetzt einig, dass du im Hintergrund bleibst?«

Ich hatte ihn gar nicht mit zu PLT nehmen wollen, aber er hatte darauf beharrt, dass er sowieso sein Auto abholen müsse und mich fahren würde. Jetzt brummte er etwas.

»Du kommst gleich nicht mit hinein – ich rede alleine mit Suerth«, stellte ich klar.

»Was? Nein, das kannst du nicht machen!«

»Willst du, dass er sich bei der Polizei beschwert, dass ein Verdächtiger ihn behelligt hat?«

Bis wir das PLT-Gebäude erreicht hatten, argumentierte er herum, blieb dann schlecht gelaunt hinter dem Steuer sitzen, während ich meine Tasche griff und die Wagentür öffnete.

»Du musst Haffmanns Privatadresse herausbekommen«, sagte er in mürrischem Ton. »Die haben wir nicht.«

»Ich bin auch nicht ganz neu in diesem Job«, beschied ich ihn und fragte mich, wie das weitergehen sollte mit ihm.

Ich stieg aus, strich den Minirock, den ich am Morgen dummerweise noch einmal angezogen hatte, glatt und betrat das Verwaltungsgebäude.

Zum Glück hatte sich die Konkurrenz mittlerweile verzogen, so dass ich ungesehen in Suerths Vorzimmer gelangte.

Die Sekretärin ließ mich einen Moment warten, während sie mit ihrem Chef Rücksprache hielt. Dieser Raum hatte auf mich bei unserem ersten Besuch so gewirkt, als gehöre er lediglich zu Suerths Büro, das sich hinter einer breiten, massiven Tür zur Rechten befand. Nun erst nahm ich die schlichtere Tür auf der linken Seite wahr, die die Polizei versiegelt hatte. Hier also hatte Haffmann gearbeitet. Pohlands Büro musste auf der anderen Seite des Flurs liegen. Wenig Personal für die gesamte Ostdeutschland-Vertretung eines Fernseh- und Rundfunksenders, dachte ich. Vermutlich gab es irgendwo noch weitere Angestellte; die Redaktionen, das wusste ich, saßen in den beiden unteren Stockwerken des Gebäudes. Andererseits war vermutlich gerade die Verwaltung noch ebenso im Aufbau wie so vieles andere in Erfurt.

»Herr Suerth erwartet Sie.«

Der Programmdirektor trug eine schmale, schwarze Krawatte und wirkte aufrichtig betroffen.

»Bitte nehmen Sie Platz. Ich fürchte aber, dass ich Ihnen wirklich nicht weiterhelfen kann. Ich wusste ja überhaupt nicht, wie mir geschah, als mich die Polizei heute Morgen aus dem Bett geklingelt hat.«

»Herr Suerth«, ich hatte mich entschieden, es mit einer Überrumpelungstaktik zu versuchen, »sagen Sie mir etwas zu Egstedt.«

Entweder war er ein verdammt guter Schauspieler, oder er wusste wirklich nicht, worauf ich anspielte. Offensichtlich hatte Lubin noch nicht danach gefragt. Wahrscheinlich wollte er erst die Unterlagen überprüfen.

»Egstedt? Ich verstehe nicht recht –«

»Egstedt. Was fällt Ihnen dazu ein?«

»Ein kleines Dorf im Süden von Erfurt.« Er wirkte regelrecht gespannt, was kommen würde.

»Dort fand laut Ihren eigenen Abrechnungen eine der ›Gimme-More-Shows‹ statt«, ließ ich ihn wissen.

»Meinen Abrechnungen …?« Ich konnte sehen, wie es in seinem Kopf arbeitete. »Gibt es dort überhaupt eine Halle?«, fragte er mit bemüht fester Stimme.

»Nein. Es handelt sich eindeutig um einen Verrechnungstrick, man könnte auch Betrug dazu sagen«, legte ich vor. »Als mein Kollege Andreas Rönn das Herrn Haffmann präsentierte, wollte der ihn auf einmal treffen. Als er hierher kam, war Haffmann tot.« Ich taxierte Suerths Gesicht, in dem nun Unmut dominierte.

»Und Sie behaupten jetzt, nichts über diese Verrechnung zu wissen?«

»Natürlich nicht! Was wollen Sie mir hier unterstellen? Die Organisation der Veranstaltungen war allein Haffmanns Angelegenheit.«

»Sie hatten blindes Vertrauen?«

»Anders kann das doch nicht funktionieren«, kämpfte Suerth darum, wieder die Zügel in die Hand zu bekommen. »Natürlich hat mir Haffmann enorm geholfen. Er kannte sich aus. Er kam ja von hier. Und den Sender aufzubauen, erwies sich als sehr viel arbeitsintensiver, als wir alle dachten.«

Ich fragte nicht nach, wer »wir« war. Ich wusste, dass er die übrigen Verantwortlichen in Köln meinte, die gedacht hatten, die armen, unbedarften Menschen im Osten hätten nur auf PLT gewartet. Ganz ähnlich verhielt es sich mit unseren Dortmunder Vorgesetzten.

»Also haben Sie einfach unterzeichnet, was Haffmann Ihnen vorgelegt hat.« Fast tat er mir leid, wie er versuchte, Haltung zu bewahren.

»Ja«, antwortete Suerth steif. »Dafür werde ich auch die Verantwortung übernehmen.«

Er schien in diesem Moment realisiert zu haben, dass die Geschichte für ihn Konsequenzen haben würde.

»Was können Sie mir noch über Herrn Haffmann sagen? Wissen Sie etwas über dubiose Bekannte, hatte er Feinde?« Noch während ich fragte, wurde mir klar, dass ein Chef, unter dessen Augen solch ein plumper Betrug stattfinden konnte, nichts dergleichen bemerkt haben würde.

Er zuckte auch nur die Schultern, antwortete knapp und resigniert: »Nein, leider. Nein.«

»Namen von Verhandlungspartnern?«

»Nur das, was ich Ihnen schon letzte Woche gegeben habe. Vielleicht kann Herr Pohland Ihnen weiterhelfen.«

Er wirkte froh, mich an seinen Kollegen verweisen zu können, und gab durch die Sprechanlage seiner Sekretärin den Auftrag, Herrn Pohland zu ihm hereinzurufen. Ich dachte, dass der Mann Stoff für eine Kolumne über die Illusion der Macht abgeben würde.

Der Leiter Ost Produktion und Technik erschien sehr schnell.

»Herr Pohland, wissen Sie noch irgendetwas über unseren Herrn Haffmann? Namen von Gesprächspartnern, private Kontakte?«

»Guten Tag, Frau Bertram.« Unverschämt starrte er auf meine Beine unter dem kurzen Rock. »Nein, ich fürchte, Herr Haffmann war ein ziemlicher Einzelgänger. Falls in seinem Büro dementsprechende Unterlagen waren, wird sie die Polizei mitgenommen haben – und der Zutritt ist ja nun auch verwehrt.«

Ein Hinweis für seinen Chef, falls der nicht mehr im Blick haben sollte, dass er nur eine neugierige Journalistin vor sich hatte und nicht etwa die Staatsgewalt.

»Seine Privatanschrift werden Sie aber doch wohl haben?«

Ein fragender Blick zu Suerth. Als der nickte, sagte Pohland:

»Ich weiß, dass er in Egstedt lebte. Die genaue Adresse kann Ihnen Frau Martens geben.«

Dem Programmdirektor war anzusehen, dass ihn das genauso überraschte wie mich. Ich verabschiedete mich und notierte im Vorzimmer Straße und Hausnummer.

»Sinn für Humor oder mangelnde Fantasie, das ist die Frage«, überlegte ich laut.

Während ich Andy von dem Gespräch berichtet hatte, waren wir aus der Stadt herausgefahren und durchquerten nun den Steiger, ein Waldgebiet im Süden der Stadt. Die Sonne schien, aus den Boxen tönten weiter die Nostalgie-Rhythmen von Lenny Kravitz, es war ein bisschen, als machten wir einen Ausflug. Prompt wies Andreas auf den Gasthof *Schloss Hubertus* auf der linken Straßenseite.

»Wie wäre es mit einer Stärkung, bevor wir mit der Familie sprechen?«

»Du meinst, du brauchst noch etwas Zeit, um mich zu überreden, dich da mitzunehmen?«, zog ich ihn auf, hatte jedoch nichts gegen ein richtiges Mittagessen einzuwenden.

Es war warm genug, um draußen zu sitzen, und so genossen wir unser Hirschgulasch im Biergarten in einem Sonnenfleck, den die hohen Bäume ringsumher aussparten.

»Ich tippe eher auf mangelnde Fantasie«, nahm Andreas den Faden unseres Gesprächs wieder auf.

»Meinst du? Für mich hört sich das nach einem begnadeten Sinn für Humor an.« Ich schob mir eine Gabel voll Fleisch in den Mund.

»Könnte man meinen. Aber so leicht, wie Haffmann sich hat aus der Fassung bringen lassen, ich weiß nicht … Ich habe allerdings auch so ein Gefühl, dass er nur ein Werkzeug war.«

»Und dass ihn jemand kalt gemacht hat, weil er auspacken wollte?«

»Vielleicht, ja.«

»Wäre möglich.« Ich überlegte, während ich weiteraß. »Suerth steckt definitiv nicht dahinter. Der war komplett ahnungslos. Dann schon eher Pohland. Dem traue ich nicht über den Weg.«

»Oder jemand ganz anderes. Deshalb sollte ich auch mit zu der Familie kommen. Zu zweit hört und sieht man einfach mehr.«

Andy winkte die Kellnerin heran, orderte, ohne mich zu fragen, zwei Kaffee und die Rechnung.

»Ach, ist das so?«, gab ich ironisch zurück, versuchte es dann aber wieder ernsthaft: »Andreas, du kriegst höllischen Ärger, wenn jemand sich beschwert, dass du ihm Fragen gestellt hast.« Ich schob den leeren Teller von mir.

»Das weiß ich doch – aber es ist meine Story, Herrgott! Wie wär's, wenn ich mich mit falschem Namen vorstelle und dir verspreche, keinesfalls vorzupreschen?«

Die Kellnerin brachte den Kaffee, Andy bezahlte alles, rundete großzügig auf.

»Okay, Bestechung erfolgreich. Aber wenn du aus der Rolle fällst, war das der erste und einzige Versuch.«

Egstedt war winzig.

»Fünfhundert Einwohner, besteht im Wesentlichen aus dieser Durchgangsstraße Richtung Stadtilm, ein paar Querstraßen und einer frisch gebauten Mini-Siedlung am östlichen Ortsrand«, gab Andy Auskunft.

In der Neubausiedlung hatte Haffmann gelebt. Wir passierten einen Friedhof und bogen rechts in die Straße Kindelberg ein, dann in den Zeisigweg.

Die Häuser sahen freundlich aus, alle hatten einen kleinen Garten. Andreas stellte den Golf ab. Mir war unwohl bei dem Gedanken, eine Frau zu belästigen, die gerade eben erst ihren Mann verloren hatte, und obwohl ich es nicht zugegeben hätte, war ich froh, ihr nicht allein gegenüberzutreten. Nachdem wir geklingelt hatten, versuchte ich, meinen Rock etwas weiter hinunterzuziehen.

Sehr schnell wurde die Haustür geöffnet, dahinter stand ein vielleicht achtjähriges Mädchen und beäugte uns.

»Guten Tag«, sagte ich. »Wir würden gerne deine Mutter sprechen. Ist sie zu Hause?«

»Ja. Tante Martina ist bei ihr. Mein Vati ist gestern gestorben. Da war heute früh schon die Polizei da, und die Mutti ist jetzt ziemlich komisch.« Richtig traurig hörte sie sich nicht an, fast schien es, als fände sie es spannend.

»Das tut mir leid. Das mit deinem Vater, meine ich. Über ihn würden wir gerne mit deiner Mutter reden. Dürfen wir hereinkommen?«

Die Kleine guckte noch einmal skeptisch von mir zu Andreas, nickte dann, machte einen Schritt zurück und zeigte in den Flur. Dort standen etliche Paare Schuhe aufgereiht. Andy begriff schneller als ich, was sie wollte. Ohne sich zu bücken streifte er seine Turnschuhe ab. Ich nestelte an meinen Stiefeln herum, dann führte die Kleine uns in eine Küche.

»Mutti, hier sind zwei Leute, die mit dir sprechen wollen.«

Ich nickte über das Mädchen hinweg der schmalen Frau zu, die auf einer Eckbank am Tisch saß. Sie war kaum zwei, drei Jahre älter als ich und sah verhärmt aus. Zu einer braunen Hose trug sie einen schwarzen Acrylpullover. Ihre dunkelblonden Haare mit der herausgewachsenen Dauerwelle waren im Nacken zusammengebunden. Auf dem längeren Teil der Bank saß eine andere Frau, die mich aufmerksam anschaute, während Frau Haffmanns Blick stumpf wirkte. Sie mussten Schwestern sein, die Gesichter ähnelten einander, während die übrige Erscheinung völlig entgegengesetzt war. Auch »Tante Martina« schien nicht mit Reichtümern gesegnet zu sein, mit ihren kurzgeschnittenen Haaren und dem einfachen grauen Pullover wirkte sie aber wie eine Frau, die mit beiden Beinen im Leben stand. Auf ihrem Schoß hatte sich ein vielleicht zweijähriges Kind zusammengekuschelt.

Gut für die Witwe, dass sie hier ist, dachte ich. Sie machte den Eindruck, als wüsste sie, was in solchen Situationen zu tun sei.

Hoffentlich würde sie uns nicht sofort hinauswerfen. Verstanden hätte ich es.

»Frau Haffmann, unser Beileid zum Tod Ihres Mannes. Wir möchten Sie nicht lange belästigen, aber wir wären Ihnen dankbar, wenn Sie uns einige Fragen beantworten könnten. Wir kommen vom *Tageskurier*, mein Name ist Marberg und das ist Frau Bertram«, eröffnete Andy das Gespräch.

»Meine Schwester ist im Moment nicht in der Lage, mit der Presse zu sprechen«, sagte die Tante sofort.

»Frau …?«

»Fürst.«

»Frau Fürst, Sie müssen uns glauben, dass wir keine Sensationsjournalisten sind«, machte ich einen Versuch. »Wir haben schon länger an einer Geschichte über den Arbeitgeber Ihres Schwagers gearbeitet.« Verdammt, es war überhaupt nicht möglich, Andy herauszuhalten! »Gestern Abend wollte Herr Haffmann meinem Kollegen etwas mitteilen, und – nun, dazu kam es nicht mehr.«

Martina Fürst schaute zu ihrer Schwester hinüber, die in einer seltsam kindlich anmutenden Bewegung die Schultern zuckte und gleichzeitig nickte.

»Gut, wenn Christa nichts dagegen hat … Setzen Sie sich. Möchten Sie einen Kaffee?«

Wir versicherten, dass wir keine Umstände machen wollten.

»Ich wollte uns sowieso gerade welchen kochen.« Frau Fürst schob das Kleinkind sanft zur Seite, erhob sich. »Jacqueline« – das Mädchen hatte unbeweglich in der Tür gestanden – »kümmer dich doch mal um dein Brüderchen.«

Die Kleine zog den Jungen so forsch von der Eckbank, dass ich dachte, er würde sich wehtun. Er landete jedoch auf seinen kleinen Füßen, und die beiden verließen gemeinsam den Raum.

»Ich habe ihr nur gesagt, dass ihr Vater gestorben ist«, sagte Frau Haffmann mit müder Stimme, während ihre Schwester

Wasser in einen Emaillekessel einlaufen ließ und ihn auf den Gasherd stellte. »Wie soll ich ihr etwas erklären, was ich selbst nicht begreife?«

Sie schaute uns an, als könnten wir ihr die Erklärung geben, bewegte die Hände unruhig über die karierte Wachstuchdecke des Küchentisches. Faltete sie, öffnete sie wieder, strich imaginäre Krümel fort.

»Frau Haffmann, hat Ihr Mann mit Ihnen über seine Arbeit gesprochen?«, versuchte Andreas auf das Thema zurückzukommen.

»Er kam gut voran, er könnte dort Karriere machen, hat er gesagt.« Sie ließ die Hände ruhen. »Deshalb hat er auch so viele Überstunden gemacht. In letzter Zeit haben wir uns kaum noch gesehen, er ist oft bis spät im Büro geblieben. Es wäre ja auch so schön gewesen …«

Martina Fürst brühte den Kaffee mit einem Plastikfilter über einer Thermoskanne auf, die Witwe verfolgte ihre Bewegungen ausdruckslos.

»Früher waren wir beide beim KME. Ich auf dem Büro, und Manfred bei der Werkszeitung. Deshalb waren wir ja so froh, als er diese Stelle bei PLT bekam, weil das Kurzarbeitergeld schon auslief. Ich hatte nichts dagegen, erst einmal bei den Kleinen zu bleiben, aber wie soll es jetzt weitergehen?«

Das konnte ich ihr auch nicht sagen. Stattdessen fragte ich: »KME? Was ist das?«

»Das Kombinat Mikroelektronik Erfurt. Wir haben hier im Stammwerk Schaltkreise hergestellt. Zum Schluss hieß es ERMIC.« Sie klang wehmütig.

Auf einmal wusste ich unsere »Montagsfrage«: »Wie richten Sie sich auf den Herbst ein?« Diese Frau wirkte auf mich, als bereite sie sich auf einen langen Winter vor.

Frau Fürst deckte Kaffeetassen auf, stellte eine offene Packung Plätzchen dazu. Andreas räusperte sich:

»Hat Ihr Mann manchmal zu Hause gearbeitet? Hatte er irgendwelche Unterlagen hier?«

Christa Haffmann schüttelte den Kopf. »Hier war ja auch gar kein Platz.«

Etwas an dieser hilflosen Frau rührte mich. Ich konnte sie mir einfach nicht mit dem eher bäuerlich wirkenden Haffmann zusammendenken.

Nein, an Namen konnte sie sich nicht erinnern. Pohland, Suerth, ja – aber sonst?

Ziemlich schweigsam tranken wir eine Tasse Kaffee und verabschiedeten uns. Frau Fürst begleitete uns in den Flur. Während wir mit unseren Schuhen beschäftigt waren, wandte sie sich leise aber bestimmt an mich:

»Meine Schwester würde nie etwas Schlechtes über ihren Mann sagen, aber er war ein Mensch, der immer nur auf seinen Vorteil bedacht war. Es sollte mich nicht wundern, wenn er sich auf irgendwelche krummen Geschäfte eingelassen hätte.«

»Damit liegen Sie vielleicht gar nicht so falsch. Könnte ich Sie morgen noch einmal sprechen?«

Sie nickte sofort. »Kommen Sie einfach nach drei vorbei. Ich wohne nur zwei Häuser weiter, Nummer acht.«

Es war mehr als seltsam, von den beiden Männern erwartet zu werden, als ich völlig erledigt um halb zehn in Dales Küche kam.

»Endlich Feierabend! Hi.« Ich gab Dale einen Kuss und ließ mich aufs Sofa fallen. Die beiden sahen ebenfalls müde aus, vor allem Andy hatte wieder tiefdunkle Schatten unter den Augen. Sie hatten die Chaiselongue gemieden und saßen auf Stühlen, Bierflaschen vor sich. Die Stimmung schien jedoch entspannt.

»Hallo! Andreas berichtete mir gerade, was ihr heute unternommen habt. Willst du noch etwas essen?«

»Nein, danke. Auf der Vernissage gab es ein hervorragendes Buffet. Ich könnte aber einen Kaffee gebrauchen, sonst schlafe ich in den nächsten Minuten ein.«

Dale stand sofort auf, um die Kaffeemaschine zu beschicken, Andy beschwerte sich, dass er noch Meldungen schreiben musste, während ich mich an Delikatessen gelabt hätte. Beide taten so, als sei nichts Ungewöhnliches daran, dass wir hier zu dritt saßen. Dann würde auch ich es einfach so hinnehmen.

Mit einem großen Becher Kaffee lehnte ich mich in die Sofaecke zurück. »Was hast du heute gemacht?«, fragte ich Dale.

Er zog die Mundwinkel leicht nach oben. »Ich war in ein paar Bordellen.«

»Wo warst du?«

Andy grinste.

»Eine Eintragung in Haffmanns Kalender lautete ›Sal‹. Dahinter stand ein Fragezeichen. Das einzige, was mir hier zu passen schien, war *Saline*, ein Bordell in der Salinenstraße. Also fragte ich da einmal nach, ob sie Haffmann kennen.«

»Und?«

»Dem Namen nach nicht. Aber ein Mann, auf den seine Beschreibung passt, war vor ungefähr fünf Monaten dort und hat sich erkundigt, ob die Frauen noch Kolleginnen brauchen könnten.«

»Also doch!« Andreas sprang vor Aufregung auf.

»Er bekam die Antwort, dass sie jederzeit weitere Prostituierte brauchen könnten. Aber sie legen Wert darauf, dass alles legal ist: ärztliche Untersuchungen, Anmeldung beim Amt und so. Danach kam er nicht wieder – aber versuchte es augenscheinlich noch in anderen einschlägigen Etablissements in der Stadt.«

»Hier im kleinen Erfurt gibt es Puffs?« Ich hatte bislang nur baff vor Erstaunen zugehört. Gegenüber Dortmund wirkte Erfurt auf mich immer noch sehr übersichtlich und wie eine heile Welt. Damit lag ich wohl gründlich falsch.

»Mittlerweile sogar ein paar«, antwortete Andy. »Die *Saline* war der Erste, gehört so einer schillernden Halbweltfigur.«

Dale nickte bestätigend.

»In der DDR war Prostitution doch verboten, oder?«

Andreas steckte sich eine Zigarette an. »Offiziell ja, aber es gab geduldete Bordelle, bei denen der Staat sogar abkassiert hat. Denk mal an Leipzig zu Messe-Zeiten.«

Nachdenklich nickte ich. Natürlich, davon hatte selbst ich schon gehört.

»Es waren allerdings relativ wenige, so dass der Bedarf jetzt durchaus da ist«, lautete Andys Einschätzung.

»Bedarf!« Ohne nachzudenken, nahm ich ihm die brennende Zigarette aus der Hand, wie ich es schon so oft gemacht hatte. Dale zog eine aus seiner Packung und begann ebenfalls zu rauchen.

»Der Mann war also nicht gerade ein Erste-Klasse-Verbrecher«, brachte er uns auf das Thema Haffmann zurück. »Wenn man an einem Tag seine Spuren durch das Rotlichtmilieu verfolgen kann, wo er sich aufführte wie ein …« Er suchte nach dem Wort.

»Vertreter«, bot Andreas an.

»Genau, wie ein Vertreter. Ein erfolgloser noch dazu. Es gibt noch ein paar halb legale Bordelle, da werde ich etwas länger brauchen, aber ich könnte schon jetzt wetten, dass er nirgendwo erfolgreich war.«

»In jedem Fall gut, wenn du das überprüfst.« Andy hatte sich selbst eine neue Zigarette angesteckt. »Das wollte ich schon seit Langem tun, auch wenn ich davon ausgegangen war, dass die Mädels irgendwo in Südeuropa auf den Strich geschickt werden sollten. Aber wo auch immer: Ich hatte Recht. Die wollten die naiven jungen Dinger aus diesen ekligen Shows zur Prostitution zwingen!« Triumphierend blickte er mich an.

Ich zuckte nur die Schultern; das war mir ein bisschen zu viel nach dem langen Tag und der vergangenen Nacht. Mein Freund und mein Ex-Freund unterhielten sich sachkundig über das Erfurter Rotlichtmilieu, wo ein Familienvater sich anscheinend als Zuhälter versucht hatte. Ich trank einen Schluck Kaffee.

»Es wäre möglich«, schätzte Dale ein.

»Was hast du denn sonst noch aus Haffmanns Kalender herausgeschrieben?«, fragte ich.

Dale zog einen DIN-A4-Zettel aus seiner Hemdtasche und entfaltete ihn auf dem Küchentisch. Da standen Daten – in der amerikanischen Reihenfolge, die mich immer verwirrte, dahinter in seiner sauberen Schrift Stichworte, Abkürzungen.

»Erklär mal, damit komm ich nicht klar.«

»Ich habe nur die vergangenen sechs Monate überflogen. Unter den Daten der einzelnen Shows standen immer die Namen der Gewinnerinnen, dazu verschiedene Angaben, etwa fünfzig Kilo, blond und so weiter.«

Angewidert verzog ich das Gesicht.

»Die längeren Eintragungen schienen mir nicht so wichtig zu sein. Ich denke, es waren Bemerkungen zu Konferenzen. Das Dumme war ja gestern, dass ich nicht wusste, wie viel Zeit ich hatte. Ich hätte mich nicht gern von den Cops dort überraschen lassen. Ich habe aber auch von den Eintragungen, die okay aussahen, Stichproben genommen – das ist das hier.«

Er zeigte auf einen durch zwei Striche vom Rest abgetrennten Abschnitt.

»Am zwanzigsten April fand ich ›Sa‹. Und hier wird es interessant.«

Andreas und ich beugten uns über den Papierbogen.

»Haffmann hatte entweder keine privaten Termine, oder er hat sie nicht in seinem Bürokalender notiert. Sieben Mal gab es jedoch Treffen, abends, bei denen nichts weiter stand. Keine Ortsangabe, keine Stichworte, nichts. Nur ein oder zwei abgekürzte Namen. Wenn wir wüssten, wer sich dahinter verbirgt, wären wir schon ein Stück weiter.«

Andy und ich starrten uns einen Moment lang sprachlos an. Dann begann ich zögernd: »Das sind Kürzel.«

»Abkürzungen, Kurzformen, ja.« Dale verstand augenscheinlich nicht, warum wir wie erstarrt dasaßen.

Andy lehnte sich schließlich in seinem Stuhl zurück, seufzte auf. »Es sind Zeitungskürzel. Und eines davon ist meines.«

»Was?«

»In Deutschland werden Artikel häufig nicht mit dem ganzen Namen des Verfassers gekennzeichnet, sondern eben mit einem Kürzel«, erklärte ich Dale. »Ich zeichne ›kit‹, Karla ›ka‹ und Andreas eben ›an‹. Diese Kürzel werden auch bei der Terminvergabe benutzt oder bei sonstigen Notizen.« Thomas' Unterlagen in der Redaktion waren voll davon.

»Ja, da könnte es sein«, überlegte Dale.

»Klar ist es das.« Andys Stimme klang jetzt todmüde. »Und wenn die Bullen nicht ganz dumm sind, werden sie auch darauf kommen.«

»Gut, also wir müssen schauen, welche Namen man sonst noch mit ›an‹ abkürzen könnte.« Dale blieb betont locker. »Fällt euch etwas zu ›jop‹ ein?«

»Wie heißt Pohland mit Vornamen?«, fragte ich Andreas.

»Jörg«, antwortete er mechanisch.

»Dann würde ich auf Herrn Jörg Pohland tippen. Das heißt, falls er mal journalistisch gearbeitet hat.«

»Das lässt sich ja herausfinden. Genauso, wer außer mir noch ›an‹ zeichnet.« Andy schien bei der Aussicht, etwas tun zu können, aus seiner Lethargie aufzuwachen.

»Dieser oder diese ›an‹ ist für uns besonders wichtig«, schaltete Dale sich wieder ein. »Mit ihm oder ihr hat Haffmann sich nämlich am Freitagabend noch getroffen – allein, ohne ›jo‹. Das war das vierte Treffen der beiden zu zweit. Die übrigen fanden alle zu dritt statt.«

»Verdammt!«, rutschte es mir heraus, während Andreas resigniert die Augen schloss. »Hast du ein –?« Ich beendete den Satz nicht, da Andy bereits den Kopf schüttelte.

»Nein, hab ich nicht. Ich war ewig lange allein in der Redaktion und bin dann direkt nach Hause gegangen. Ich hab mir auch keine Pizza kommen lassen, keine Zigaretten mehr gekauft, nichts. Gar nichts.«

Vier

Ich erwachte, als Dale in T-Shirt und Jogginghose ins Schlafzimmer kam. Eine Haarsträhne hing ihm verschwitzt ins Gesicht. Er öffnete den Kleiderschrank, nahm ein Handtuch heraus und wollte wieder gehen. Ich blinzelte in Richtung Wecker. Es war kurz nach sieben.

»Sag mir, dass ich noch träume! Was bringt einen Menschen dazu, um diese Uhrzeit Sport zu treiben?«

Er kam zu mir und gab mir mit einem Kuss und einer Umarmung etwas von seinem Schweiß ab. Ich zog ihn ins Bett. Ich mochte seinen Geruch.

»Ich wollte eigentlich noch früher los.« Er strich mir eine Ponysträhne aus der Stirn. »Ich habe gemerkt, dass ich dringend wieder trainieren muss. Die zehn Kilometer schaffe ich sonst ohne Schwierigkeiten, und heute war ich schon auf halber Strecke k.o.«

»Ich sag's ja immer: Sport ist Mord. Man kann den Körper doch auch angenehmer in Schwung bringen.« Ich strich ihm unter dem T-Shirt den verschwitzten Rücken hoch.

Er schob meine Hand weg und sah mich ernst an. »Es gibt einen Grund, dass ich fit sein will. Betrügern und Mördern nachzuspüren ist kein Kinderspiel. Es scheint, als wenn das für euch nur eine besonders spannende Reportage ist. Ihr müsst hautnah dran sein, wie sonst auch. Ihr solltet aber nicht vergessen, dass es gefährlich werden kann.«

»Sprich nicht im Plural. Andreas ist vielleicht so, aber ich nicht. Ich habe verdammten Respekt vor diesen Leuten, sogar Angst. Auch um dich.«

»Ich kann schon auf mich aufpassen. Das habe ich gelernt.«

»Trägst du eigentlich eine Waffe?«

»So selten wie möglich. Man fühlt sich zu sicher damit.«

»Zeigst du sie mir mal?«

Er stand auf, zog fürsorglich die Decke über mich. »Wenn du mich erst unter die Dusche lässt, ja.«

Nachdem Dale in die Küche verschwunden war, dachte ich darüber nach, wie anders als meins sein Leben verlaufen war, und ließ den Blick durch das winzige Schlafzimmer schweifen. Die eine Wand wurde von einem leuchtend blauen Bücherregal eingenommen, in dem sich auch viele deutsche Klassiker fanden. Ich hätte also wissen können, dass er die »Wahlverwandtschaften« besaß. Direkt an der Tür zur Küche stand ein hässlicher Kleiderschrank aus Kieferimitat, neben dem Bett die Stereoanlage. An der dritten Wand waren viele Schallplatten und wenige CDs aufgereiht.

Damit war der Raum bereits voll. Hinter mir, über dem Bett hing ein Poster, die Vergrößerung eines Plattencovers von Laura Nyro, einer amerikanischen Musikerin, von der ich noch nie gehört hatte, bis Dale mir ihre faszinierenden Platten vorspielte.

Ich zog eine Zigarette aus der Packung auf dem Fußboden und zündete sie an, drehte mich um, um das Bild wieder einmal anzuschauen. Die Schwarz-Weiß-Fotografie zeigte eine junge Frau mit geschlossenen Augen in einem kantigen Gesicht und überlangen, schwarzen Haaren vor einer schemenhaft angedeuteten Feuertreppe.

»Was heißt eigentlich ›tendaberry‹«, fragte ich Dale, der mit dem Duschtuch um die Hüften und der Pistole in der Hand zurück ins Schlafzimmer kam.

»Hast du dein Englisch in Oxford gelernt?«, fragte er mit tiefen Grübchen in den Wangen.

Wenn er sich auch über seine Kondition beschwerte, die Muskeln an seinen Armen und Beinen zeichneten sich deutlich ab. Er hockte sich zu mir aufs Bett und nahm einen Zug von meiner Zigarette. Ich strich mit dem Zeigefinger die Narbe an seinem

Oberschenkel entlang, die ihm als Erinnerung an einen ausgerasteten Crack-Junkie geblieben war.

»Ich habe Anglistik und Amerikanistik studiert«, spielte ich die Beleidigte. »Aber ich war nur einmal in London«, schob ich nach.

Nun lachte er laut heraus. »Tenda« sei einfach »tender«, zärtlich. »New York Slang, Baby«, gab er breit und zugleich hart zum Besten.

»Ich würde gern mal mit dir in die USA fahren. Ich träume schon seit Ewigkeiten davon, einmal New York zu sehen.«

»Ich würde es dir gern zeigen. Und auch Trenton, obwohl es da kaum etwas gibt. Wir könnten auch ins verrückte Atlantic City fahren. Mein bester Freund Richard ist noch heute dort. Immer noch Cop mitten unter zwanzigtausend slot machines.«

Nun grinste ich, während ich mir einen Polizisten umringt von so vielen Spielautomaten vorstellte.

»Zeig mal die Waffe.«

Er reichte mir die Pistole an ihrem Holzgriff, es war ein seltsames Gefühl, sie in der Hand zu halten. Sie war sehr viel größer und schwerer, als ich mir vorgestellt hatte.

»Das ist auch kein Colt, den du in die Jackentasche steckst. Solch eine Smith & Wesson trägt man normalerweise in einem Schulterhalfter.«

»Hattest du sie am Sonntag dabei, als du zum Steinplatz gefahren bist?«

»Ja, natürlich nehme ich sie in einer solchen Situation mit. Aber wie gesagt, man sollte sich nie darauf verlassen.«

Wir hatten verabredet, dass Andreas und ich versuchen wollten, etwas über die Kürzel herauszufinden. Andy begann damit, in anderen Redaktionen anzurufen, während ich den Artikel über die Vernissage schrieb. Ich versuchte, nicht zuzuhören, sondern mich auf meinen schrecklich flackernden Computerbildschirm zu konzentrieren. Trotzdem bekam ich mit, dass er in einer Redaktion auf die Frage nach einem Kollegen oder einer Kollegin, der oder die »an« zeichnete, eine positive Antwort erhielt.

Das Telefon auf Karlas Tisch klingelte. Da sie nicht am Platz war, hob ich ab, gab dann Andreas ein Zeichen.

»Lubin.«

Andy beendete sein Gespräch, kritzelte etwas auf einen Zettel und kam herüber.

»Rönn – Guten Tag, Herr Lubin – Ja, natürlich, aber heute ist es schlecht, wir ersticken hier in Arbeit. Geht es nicht – Ja, ich verstehe. In Ordnung, ja, ich komme sofort zu Ihnen.«

Er zog eine Grimasse, langte nach seinen Zigaretten und dem Feuerzeug.

»Will mich jetzt gleich sehen. Also: Beim *Anzeiger* in Gera«, er gab mir den Zettel, »zeichnet eine Andrea Kestin ›an‹. Ist aber erst heute Nachmittag im Haus.«

»Hat Lubin gesagt, wieso er dich sprechen will?«

»Nein, er hat mir bloß klargemacht, dass ich zu springen habe, wenn er pfeift.«

»Vielleicht solltest du ihm nicht verraten, wie gut du dich in den Erfurter Puffs auskennst«, stichelte ich.

»Ach, und dass dein aktueller Lover da noch besser Bescheid weiß, stört dich nicht?«

»Bei ihm ist das berufsbedingt«, verteidigte ich Dale.

»Ein guter Lokaljournalist muss genauso darüber informiert sein«, behauptete er.

»Worüber?«, fragte Karla, die eben den Raum betreten hatte.

Andy winkte ab, wandte sich zur Tür.

»Andreas hat Insider-Wissen aus dem Rotlichtmilieu«, verriet ich ihr genüsslich.

Nachdem ich den Kultur-Text beendet hatte, zog ich das Telefon auf meinen Schreibtisch und setzte die Suche nach Kollegen, die die Kürzel aus Haffmanns Kalender verwendeten, fort.

Als mir Petra, eine Volontärin bei PLT, sagte, dass bei ihnen eine Kollegin »an« zeichnete, war ich wie elektrisiert. Petra war ein echtes Original. Knapp über dreißig, hatte sie es Zeit ihres Lebens geschafft, sich nicht auf das System einzulassen, sondern war vagabundenartig durchs Land gezogen. Wovon sie damals gelebt hatte, begriff ich ebenso wenig wie die Tatsache, dass sie schon kurz nachdem PLT auf Sendung gegangen war das Volontariat bekommen hatte. Petra war ebenso clever wie neugierig und ahnte sofort, dass meine Frage in Zusammenhang mit dem Mord an Haffmann stehen musste. Nur mit Mühe konnte ich ihren hartnäckigen Fragen ausweichen.

Damit hatte mich das Fieber gepackt, und ich telefonierte, bis ich nach Egstedt aufbrechen musste. Ein Redakteur einer Tageszeitung in Weimar benutzte ebenfalls das Kürzel »an«. Natürlich betrachtete ich aber Angelika Lehmann bei PLT eher als heiße Spur.

Nach »jop« hatte ich ebenfalls gefragt und den Namen einer Kollegin in Gotha erhalten. Nach wie vor dachte ich jedoch bei diesem Kürzel eher an Jörg Pohland. Aber hier mussten wir zunächst herausfinden, ob er einmal redaktionell gearbeitet hatte.

Als ich die Redaktion verließ, um Martina Fürst aufzusuchen, war Andreas noch nicht wieder zurück. Wahrscheinlich war er direkt zu seinem Termin im Volkskundemuseum gefahren, sonst hätte er schließlich angerufen, dass jemand anderes dorthin müsste – trotzdem machte ich mir Sorgen.

So, wie Pohland mich angestarrt hatte, überlegte ich, während ich meinen Käfer stadtauswärts lenkte, würde er sich bestimmt auf ein Treffen mit mir einlassen. Dann könnte ich ihn etwas genauer unter die Lupe nehmen. Unternehmungslustig trommelte ich mit den Fingern auf das Lenkrad.

Martina Fürst sah sehr müde aus. Ihre Gesichtshaut schimmerte durchsichtig, was durch eine weiße Hemdbluse noch betont wurde. Wie sie erzählte, war sie am Vortag bis spät in die Nacht bei ihrer Schwester geblieben.

»Nun ja, und der Frühdienst beginnt um dreiviertel sechs.«

Sie arbeitete als Krankenschwester in der Medizinischen Akademie, erzählte sie. Wir saßen in ihrer gemütlichen Küche. Der Raum war klein, aber liebevoll eingerichtet, als Schmuckstück beeindruckte ein altes Büfett mit Vitrinenaufsatz, dessen Scheiben allerdings den Blick auf ein heilloses Durcheinander von Geschirr freigaben. Ordnung schien nicht Martina Fürsts Stärke zu sein. Auf dem Küchentisch lagen einige Formulare halb unter der Fernsehzeitung, in die Zahlenreihen gekritzelt waren. Daneben sah ich eine Broschüre des Arbeitsamts über Fortbildungsmaßnahmen. Frau Fürst schob alles beiseite, um Platz für Kaffeetassen zu schaffen.

»Ich werde mich zur Lehrschwester fortbilden lassen. Wenige Krankenschwestern schaffen es länger als zwei Jahrzehnte ohne Bandscheibenschaden. Bei mir ist es anscheinend schon jetzt soweit, vor zwei Monaten konnte ich mich kaum bewegen vor Schmerzen.« Sie goss Kaffee ein. »Aber ich schätze, Sie haben nicht viel Zeit, also kommen wir besser gleich zum Thema. Was ist das für eine Geschichte, die Sie und Ihr Kollege da herausgefunden haben?«

Ich zögerte einen Moment. Die Krankenschwester war mir zwar ausgesprochen sympathisch, dennoch wollte ich nicht sofort unseren Verdacht vor ihr ausbreiten.

»Wir vermuten, dass einige Leute bei PLT illegalen Geschäften nachgegangen sind«, sagte ich vage.

Sie nickte nachdenklich und rührte in ihrer Tasse herum.

»Warum erzählen Sie mir nicht einfach etwas über Ihren Schwager?«

Martina Fürst lächelte etwas schief, nickte dann entschlossen. »Von mir bekommen Sie kein schmeichelhaftes Bild.« Nach einer Pause, in der sie sich die kurzen blonden Haare zurückstrich und mich aufmerksam anschaute, fuhr sie fort: »Man soll ja über Tote nichts Schlechtes sagen, aber Manfred Haffmann war ein mieser kleiner Schleimer, der immer nur versucht hat, seinen Schnitt zu machen. Wissen Sie, Sie kommen ja nicht von hier.«

Das war keine Frage, deshalb deutete ich ein Nicken bloß an; ich hatte aufgehört mich darüber zu wundern, wie schnell viele hier eine West-Herkunft erkannten. Ich tat mich da oft viel schwerer – zumal die seltsamen zweifarbigen Jeans und die Siebziger-Jahre-Frisuren der ersten Nachwendebilder mittlerweile kaum noch zu sehen waren.

Scheinbar zusammenhanglos sprach Martina Fürst weiter: »Ich war selbst nicht wirklich in vorderster Linie dabei 1989. Dazu war die Unzufriedenheit nicht groß genug, gebe ich ehrlich zu. Und die Angst zu groß. Aber Manfred … Das einzige, was ihn jemals interessiert hat, waren Geld und Macht.« Sie machte eine Pause. »Meine Schwester sagt bis heute bloß, dass er bei der Werkszeitung gearbeitet hat.« Wieder verstummte sie und ich wartete gespannt auf die Fortsetzung, sie sprang jedoch direkt in die Gegenwart:

»Natürlich schaffte es mein Schwager ohne Weiteres, nach der Wende eine gute Stelle zu finden. Wissen Sie, er besaß diese Art von Bauernschläue, mit der man immer überall durchkommt.« Nach einer weiteren Pause endete sie: »Ich habe ihn immer nur meiner Schwester zuliebe überhaupt ertragen.«

Ich trank einen Schluck Kaffee. »Was fand sie an ihm?«

Frau Fürst zuckte die Achseln. »Christa war immer schon ganz anders als ich. Viel weniger selbstständig – obwohl sie die Ältere ist, habe ich sie beschützt, als wir Kinder waren. Und die Rolle hat Manfred dann übernommen. Er war ja zehn Jahre älter. Er konnte meiner Schwester so einiges vorspielen.« Gedankenverloren blickte sie mich an. »Sie haben geheiratet, als Christa gerade achtzehn war.«

»Wenn man Sie so hört, könnte man auf den Gedanken kommen, dass Sie ihn umgebracht haben.«

Sie verzog nur das Gesicht. »Wozu? Ich habe stundenlang auf Christa eingeredet an den langen Abenden, an denen Manfred angeblich Überstunden gemacht hat, sich scheiden zu lassen. Ich hätte es irgendwann geschafft. Glauben Sie wirklich, ich wäre dumm genug, für diesen Mann ins Gefängnis zu gehen?«

Nein, ganz im Gegenteil. Martina Fürst wirkte so stark, dass sie, so paradox sich das auch anhörte, den Mord nicht nötig gehabt hätte. Sie hätte ihre Schwester zur Scheidung bewogen und dann keinen Gedanken mehr an Manfred Haffmann verschwendet.

»Aber was ich Ihnen gestern sagte«, holte ihre Stimme mich aus meinen Gedanken, »dass ich mir vorstellen kann, dass er in etwas verwickelt war … Ich kam auf die Idee, weil er sich vor Kurzem einen nagelneuen Wagen gekauft hat, einen Ford-Escort. Und das, nachdem er direkt nach dem Umtausch erst einen gebrauchten VW angeschafft hatte. Dabei weiß ich, dass die Raten für das Haus auch nicht ohne sind.«

Ich nickte und beschloss, vorerst nicht nach Haffmanns früherer Tätigkeit zu fragen. Offenbar verfolgte Martina Fürst einen konkreten Verdacht.

»Sie sprachen von angeblichen Überstunden. Sie glauben also nicht, dass er so viel gearbeitet hat?«

»Er war nicht der Mensch, der bis nach Mitternacht im Büro bleibt. Nicht, wenn er nicht selbst einen großen Vorteil davon hätte.«

»Was vermuten Sie, hat er an diesen Abenden getan? Glauben Sie, dass er eine Geliebte hatte?«

Sie trank ihren Kaffee aus und drehte die Tasse in den Händen herum.

»Möglich. Vielleicht hat er auch nur so die diversen Segnungen der Marktwirtschaft genossen. Dass er ein äußerst zweifelhaftes Verhältnis zu Frauen hatte, weiß ich.« Kurz schien sie zu überlegen, was sie mir dazu sagen sollte, dann fuhr sie fort: »Zweimal habe ich ihn auf jeden Fall mit seinem Vorgesetzten, diesem Herrn Pohland, und einer Frau in der Stadt getroffen. Ihm war es peinlich, obwohl die Frau wohl zu Pohland gehörte. Manfred hat sie trotzdem angehimmelt. Das erste Mal saßen wir im gleichen Restaurant, nur wenige Tische entfernt, und ich konnte das gut beobachten.

Ich hatte mich aufgeregt über den Tisch gebeugt. »Wann war das?«

»Das ist gut zwei Monate her. Es war das letzte Mal, dass ich vor meinem Bandscheibenvorfall ausgegangen bin.«

»Sie haben nicht zufällig den Namen dieser Frau mitbekommen?« Das wäre zu schön, um wahr zu sein, dachte ich.

»Doch, bevor wir das Restaurant verließen, bin ich an ihren Tisch gegangen, habe Manfred höflich einen guten Abend gewünscht und mich vorstellen lassen. Deshalb weiß ich ja auch, dass der Mann sein Chef war, vorher hatte ich ihn noch nie gesehen.«

Stimmt, dachte ich, bei welcher Gelegenheit auch.

»Die Frau hieß Thimm.«

»Super!«, rief ich. »Wie sah sie aus?«

»Einfach atemberaubend schön. Der Typ Frau, der auch morgens um drei, am Ende einer Feier, noch alle Anziehungskraft besitzt. Wenn die Schminke längst verwischt ist und die Haare in Unordnung, kann so eine Frau noch Männer um den Verstand bringen.«

Ich genoss ihre Beschreibung.

»Sie ist Mitte dreißig, ziemlich groß, schlank, aber sehr weiblich, hat rötlich-braune, etwa kinnlange Haare – ungefähr Ihr Farbton, etwas dunkler, grau-grüne Augen und ein sehr gleichmäßiges Gesicht.«

Sie musste Luft holen; ich hatte längst meinen Notizblock aus der Tasche gezogen und mitgekritzelt.

»Die beiden Male, als ich sie und Pohland gesehen habe – das zweite Mal haben sie mich übrigens nicht gesehen – trug sie sehr elegante Kleidung. In dem Lokal war es ein grau-blaues Seidenkleid, auf der Straße ein Hosenanzug.«

»Wow! Sie sind eine hervorragende Beobachterin, Sie sollten sich zur Privatdetektivin umschulen lassen. Haben Sie das alles der Polizei erzählt?«

»Bisher noch nicht. Aber ich sollte es wohl tun.«

Nach einem Blick auf meine Armbanduhr stopfte ich Block und Kuli zurück in die Tasche. »Ich denke, das müssen Sie sogar.«

Voll neuer Energie verabschiedete ich mich von der Krankenschwester und fuhr zurück in die Stadt.

Mit meinem Enthusiasmus war es jäh vorbei, als ich in die Redaktion kam und Andreas sah, der auf die Tastatur seines PCs einhämmerte und eine Miene zog, als sei er zu Zwangsarbeit verdonnert worden. Der Raum war fast voll, deshalb ging ich um unsere Schreibtische herum und lehnte mich neben ihm an die Fensterbank.

»Was ist dir denn über die Leber gelaufen?«

»Lubin und die Lokowski haben mich in die Mangel genommen. Sie haben erfahren, dass du bei Suerth warst und wir beide bei der Witwe, und waren stinksauer. Ich bin ein Verdächtiger, sie könnten mich sofort in Untersuchungshaft nehmen und so weiter.«

Er griff nach seiner Zigarettenschachtel, stellte fest, dass sie leer war, und knüllte sie wütend zusammen. Ich bot ihm meine an.

»Da bin ich ausgerastet und hab ihnen gesagt, dass ich schon wusste, dass da was nicht stimmt, als die Polizei sich noch einen Dreck um die verschwundenen Mädchen geschert hat, und dass ich als Journalist das Recht hätte, Leute zu befragen.«

Er registrierte meinen Gesichtsausdruck und zog eine Grimasse. »Ja, ich weiß, ich weiß. Also, wie's aussieht, kann ich von Glück reden, dass ich jetzt nicht in einer Zelle sitze.«

»Mein Gott, lernst du denn irgendwann, einfach mal den Mund zu halten?« Ich gab uns beiden Feuer. »Haben sie sonst noch was gesagt?«

Er sog den Rauch tief ein. »Tausendmal betont, wie gefährlich das für uns sein kann, wenn wir mit unserem Wissen durch die Gegend laufen und Leute befragen. Es ging wirklich fast eine Stunde lang nur darum, dass wir die Finger von der Sache lassen sollen.«

In diesem Moment kam die Gräfin herein und direkt auf uns zu. Wie stets, wenn ich sie sah, war ich beeindruckt und ein wenig eingeschüchtert vom Auftreten dieser kleinen, schmalen Person.

»Gut, dass ich Sie beide zusammen erwische.« Mit der rechten Hand wedelte sie den Qualm beiseite. Ihre stahlblauen Augen nahmen erst Andreas, dann mich ins Visier. Andy setzte sich aufrechter hin. »Ihre Geschichte scheint ganz schöne Kreise zu ziehen. Gerade habe ich einen Anruf aus Dortmund bekommen, ob hier wirklich zwei hochbezahlte Redakteure dazu abgestellt seien, einen Mordfall zu recherchieren.«

Andreas stieß sich von der Tischplatte ab und rollte ein Stück nach hinten, sein Blick grimmig. »Wer wollte das wissen?«, fragte er.

»Mein Kollege Hilmar Sächler.« Da schwang eine fein ironische Note in der Stimme der Gräfin mit. Sächler war der Chef vom Dienst der Zentralredaktion.

»Und?« Andreas drückte seine Zigarette mit so viel Schwung aus, dass sich die Asche über den ganzen Schreibtisch verteilte. »Was haben Sie gesagt?«

»Ich habe ihn gefragt, wie er sich das vorstelle, wo er doch selbst über unsere Personaldecke bestimmt. Er müsste doch wissen, dass das schlechterdings unmöglich sei.«

»Klasse!« Irgendwann einmal würde ich es auch beherrschen, Leute so nonchalant in ihre Schranken zu weisen, hoffte ich. »Thomas – Herr Windhorn – hat Ihnen ja bestimmt erklärt, um was es geht?«

Sie nickte knapp. »Ich habe nur die Fakten benannt, Frau Bertram. Und weil die sind wie sie sind, brauchen wir so schnell wie möglich Ergebnisse, Geschichten. Haben wir uns verstanden?«

Nun ging ihr Blick von mir zu Andy. »Wobei Sie, Herr Rönn, sich definitiv im Hintergrund halten! Ihr öffentliches Auftreten in dem Zusammenhang kann ich niemandem gegenüber rechtfertigen.«

Andy, der gerade noch anerkennend gegrinst hatte, erstarrte. Ohne die Gräfin eines weiteren Blickes zu würdigen, zog er sich an den Schreibtisch heran und begann wieder zu schreiben.

»Keep cool«, sagte ich zu mir selbst. Ich stand im Bademantel vor meinem Kleiderschrank. Kurzentschlossen hatte ich mich mit Pohland für heute Abend zum Essen verabredet. Diese verschiedenen Versuche, uns von Recherchen abzuhalten, hatten meinen Trotz herausgefordert. Und nun stand ich hier und zitterte vor Nervosität, während ich überlegte, was ich anziehen sollte. Der Leder-Mini war noch bei Dale. Dieser schwarze vielleicht?

Ich hatte das *Opus* gewählt, ein Restaurant direkt neben dem Theater, in dem bis Mitternacht Betrieb war, und wenn ich mich endlich für eine Aufmachung entscheiden könnte, würde ich direkt davor einen Parkplatz finden. Keinerlei Risiko also.

Ich wandte mich von dem Sperrholzkleiderschrank ab und zog einen Kreis durch den Wohn-Schlafraum des Appartements, das genauso klein war wie das von Andreas, jedoch noch unpersönlicher. Ich hatte meine Möbel und einen Großteil meiner Sachen noch in Dortmund, so dass ich hier lebte wie in einem Hotel, einem billigen Hotel.

Hauptsächlich beunruhigte mich, wie bereitwillig Pohland auf das Angebot eingegangen war. Mir war nichts Besseres eingefallen, als zu sagen, ich würde ihn gerne einmal in aller Ruhe sprechen, und er hatte von sich aus vorgeschlagen, direkt am Abend essen zu gehen.

Wahrscheinlich machte ich mir viel zu viele Gedanken, überlegte ich, während ich den schwarzen Rock und eine petrolfarbene Seidenbluse mit tiefem Rückenausschnitt anzog. Vielleicht fühlte sich dieser Typ einfach nur geschmeichelt, dass ich ihn sehen wollte. Andererseits hatte er, wenn Martina Fürst richtig kombiniert hatte, eine Freundin, der ich nicht das Wasser reichen konnte.

Ich schminkte mich dezent, bürstete meine Haare. »DT64« brachte einen alten Song von Patti Smith. Schön! Auch meine Stereoanlage war noch in Dortmund; das tragbare Radio klang blechern: »You say you want me. I want another, baby.« Ich erkannte den Song und fühlte mich direkt angesprochen. »You said when you were with me that nothing made you high and we drank all night together and you began to cry …«

Ich stellte das Radio aus und verließ die Wohnung.

Ich hatte geradezu unverschämtes Glück bei der Parkplatzsuche. Obwohl ich erst kurz vor Beginn der Theatervorstellung am *Opus* ankam, fand ich eine Lücke direkt davor, rangierte den Käfer hinein und betrat das Restaurant.

Pohland war noch nicht zu sehen. Ich setzte mich an einen Tisch mit Blick auf den Eingang und bestellte ein Pils. Das *Opus* war eine Art gehobenes »sozialistisches« Restaurant. In der Ausstattung recht edel, mit schneeweißen Tischtüchern, vielen Grünpflanzen und dezenter Beleuchtung, wies die Speisekarte neben Schweinemedaillons und Rindersteak immer noch »Goldbroiler«, die DDR-Bezeichnung für Grillhähnchen, und »Limo nach Art des Hauses« auf. Außer mir war nur ein älteres Paar anwesend. Der richtige Betrieb würde erst nach der Theatervorstellung einsetzen.

Ich hatte gerade den ersten Schluck von meinem Braugold, einem Erfurter Bier, genommen, als Pohland eintraf.

»Guten Abend. Entschuldigen Sie, dass ich Sie habe warten lassen.«

»Kein Problem, ich bin auch gerade erst gekommen.« Erfreut registrierte ich, dass meine Nervosität verschwunden war.

Jörg Pohland trug einen schmal geschnittenen, hellgrauen Anzug mit einer dunkler getönten Krawatte, ein Hauch edles Männerparfüm umwehte ihn. Sein Gesicht war gleichmäßig geschnitten, das etwas kantige Kinn und die sehr hellen, blauen Augen waren das einzig Auffällige an seiner Erscheinung. Seine Stimme, ein wenig rollend, weich und angenehm, riss mich aus meinen Überlegungen: »Wie ich sehe, trinken Sie Bier. Das schmeckt immer am besten nach einem langen Arbeitstag, nicht wahr?«

»Ja, da haben Sie Recht. Außerdem ist mir das wohl in die Wiege gelegt worden. Wissen Sie, ich komme aus Dortmund.

Sie sind auch nicht von hier, oder?« Bei Pohland war ich genauso sicher wie Martina Fürst bei mir.

Mit einem freimütigen Lächeln bestätigte er das: »Da waren wir ja beinahe Nachbarn. Ich komme aus Düsseldorf.«

Das war die Färbung, natürlich: rheinischer Singsang. Der Kellner war an unserem Tisch aufgetaucht, nach einem Blick in die Karte orderte Pohland ebenfalls ein Pils.

»Alt gibt es hier ja leider nicht«, sagte er zu mir mit einem angedeuteten Augenzwinkern.

Schnell erhielt er sein Glas, wir prosteten uns zu – »Auf Nordrhein-Westfalen!« – und plauderten über Biersorten, bestellten unser Essen.

»Manche Annehmlichkeiten vermisst man schon, nicht wahr?«, versuchte er, Gemeinsamkeit herzustellen.

»Ja, das stimmt«, ging ich darauf ein. »Was hat Sie denn bewogen, gen Osten zu ziehen?«

»Die Herausforderung, den Sender hier mit aufzubauen«, kam es wie aus der Pistole geschossen. »Allerdings«, wieder ein vertrauliches Lächeln, »war mir nicht klar, wie viel Arbeit das sein würde.«

»Waren Sie in Düsseldorf auch in der Medienbranche tätig?«

»Nein. Ich war bei der Landesregierung angestellt.«

Ich bemühte mich, meine Enttäuschung zu verbergen. »Sie haben nie redaktionell gearbeitet?«

»Nein. Ich bin ein reiner Verwaltungsmensch. Immer schon gewesen. Meine Stärke liegt im Organisatorischen. Ich könnte keine Zeile schreiben. Aber manchmal beneide ich Sie und Ihre Kollegen schon um diese Fähigkeit. Es muss schön sein, sich so ausdrücken zu können.«

»Ja, das ist es. Aber das Schreiben ist ja nur eine Seite des Jobs.«

»Natürlich.« Sein Blick schien mir leicht amüsiert. »Sie müssen ja auch recherchieren. Haben Sie im Fall meines toten Kollegen noch etwas in Erfahrung gebracht?«

Mir fiel es wie Schuppen von den Augen. Deswegen war er so bereitwillig auf meinen Vorschlag eingegangen! Er wollte wissen, wie weit wir gekommen waren.

»Leider nein.«

In diesem Moment wurde das Essen serviert. Nach der ersten Gabel fuhr ich fort, als hätte es keine Unterbrechung gegeben: »Es wird offenbar auch nicht gern gesehen, wenn wir – wenn ich – Leute in der Sache befrage.«

»Ach ja?« Interessiert hob Pohland eine Augenbraue.

»Es hat sich jemand von PLT beschwert, dass ich gestern bei Ihnen war.«

Er zeigte keine Reaktion. »Nun, die Polizei geht natürlich zurzeit bei uns ein und aus«, antwortete er lediglich.

Ich nickte und wechselte das Thema. »Ich finde es seltsam, dass anscheinend niemand in Ihrem Büro irgendetwas über Herrn Haffmann wusste. Wenn man so eng zusammenarbeitet, bekommt man doch etwas voneinander mit, würde ich meinen.«

Sein Tonfall wurde süffisant: »Sie scheinen ja eine recht enge Beziehung zu Ihrem Kollegen zu haben.«

Ich bedachte ihn nur mit einem Lächeln und hakte nach einem weiteren Bissen meines Gemüsegratins noch einmal nach, was sein Wissen über Haffmann anging.

»Natürlich wusste ich, dass er in Egstedt lebte, eine Frau und zwei Kinder hatte, auch noch von seiner vorherigen Anstellung bei der ERMIC, aber das war es dann auch.«

»Sind Sie verheiratet?«, fragte ich ihn, wollte mir gleich danach auf die Zunge beißen. Das hätte ich geschickter formulieren können.

Pohland säbelte in Ruhe ein Stück von seinem Rumpsteak ab, bevor er antwortete:

»Ist das eine Berufskrankheit? Meine Frage nach Ihrem Kollegen übergehen Sie, ohne mit der Wimper zu zucken, aber von mir wollen Sie genaue Auskünfte. Nun, ich bin seit einigen Jahren geschieden. Zufrieden? Jetzt befriedigen Sie aber auch meine Neugierde.«

Ich sah keinen Grund, ihm diese Information vorzuenthalten. »Herr Rönn und ich haben uns vor einem Monat getrennt.«

Eine Weile aßen wir schweigend. Vor dem Restaurant-Eingang sammelte sich eine Gruppe älterer Damen. Pohland räusperte sich:

»Ist Ihnen nicht schon einmal der Gedanke gekommen, dass Ihr Kollege verdächtig sein könnte?«

»Ich denke, dann hätte die Polizei ihn in Untersuchungshaft genommen. Aber wenn wir schon beim Thema sind: Was haben Sie für Vorteile von Haffmanns Tod?« Wieder viel zu direkt, dachte ich.

»Vorteile?«, kam die Antwort wie aus der Pistole. »Mehr Arbeit habe ich. Bis wir jemand Kompetentes finden, muss ich Haffmanns Job mitmachen – und das, wo wir ohnehin so knapp besetzt sind.«

Der Ober kam, um abzuräumen. Mit einem beachtlichen Geräuschpegel betrat die Frauengruppe das Lokal.

»Sie verdächtigen mich?«, wollte Pohland wissen, als der Kellner sich wieder entfernt hatte.

»Sie verdächtigen meinen Kollegen.«

»Touché. Aber dann gilt wohl die gleiche Antwort, die Sie mir gegeben haben. Außerdem verrate ich Ihnen, dass ich ein Alibi habe: Ich war am Wochenende auf einer Tagung in Köln und bin erst sehr spät am Sonntag wieder in Erfurt eingetroffen.« Er verfolgte meine Reaktion, die hoffentlich nicht allzu durchschaubar war. »Wie ist es, trinken wir noch einen Kaffee? Vielleicht irgendwo anders, wo es gemütlicher ist?« Wieder probierte er einen verschwörerischen Blick, indem er mit seinem Kinn zu den lautstark redenden Frauen hinüberdeutete.

Ich schaute auf meine Armbanduhr. Kurz vor zehn, eine gute Zeit, um das Gespräch zu beenden.

»Tut mir leid, heute nicht. Vielleicht ein anderes Mal.«

Im Auto blieb ich erst einmal nur hinter dem Steuer sitzen, rauchte und versuchte, meine Gedanken zu ordnen. Plötzlich klopfte jemand an das Beifahrerfenster. Ich schrak zusammen und ließ fast die Zigarette fallen. Es war Andreas. Ich öffnete ihm die Tür.

»Mein Gott, hast du mich erschreckt! Was machst du denn hier?«

Er ließ sich auf den Sitz fallen. »Ich hatte mitgekriegt, dass du mit Pohland im *Opus* verabredet warst, und habe draußen auf dich gewartet. Nur für den Fall …« Andy zuckte mit den Schultern.

»Aber das –« Ich beendete den Satz nicht. »Hat Pohland dich gesehen?«

»Nein. Bestimmt nicht.«

Er rieb sich die Hände. Er trug nur eine Cordjacke, vermutlich hatte er grässlich gefroren.

»Gehen wir noch irgendwo ein Bier trinken?«

War ich ihm das schuldig? »Ich möchte eigentlich nach Hause.«

»Kann ich mitkommen?«

»Okay, aber nur kurz. Bist du mit dem Auto hier? Dann treffen wir uns bei mir.«

Ich holte zwei Flaschen Bier aus dem ansonsten recht leeren Kühlschrank und setzte mich ihm gegenüber an den Tisch.

Die Stimmung war seltsam; ich wollte nicht mit ihm hier sein. Um keinerlei Gemütlichkeit aufkommen zu lassen, hatte ich weder das Radio eingeschaltet noch für dezente Beleuchtung gesorgt. Stattdessen verbreitete die grelle Deckenlampe den Charme einer Uni-Cafeteria. Andreas schien jedoch die Signale nicht wahrnehmen zu wollen.

»Du siehst super aus in diesen Sachen.« Er trank einen großen Schluck Bier. Jetzt erst registrierte ich, dass er schon angetrunken wirkte. »Ich würde gern mit dir mal so richtig toll ausgehen. Das haben wir nie gemacht.«

»Andy, bitte …«

»Ja, ich bin ein Idiot, ich weiß.« Er setzte noch einmal die Flasche an. »Also dann, schlaf gut. Danke für das Bier.«

Und schon war er verschwunden. Ich trank beide Flaschen aus, dachte an die Null-Komma-Null-Promillegrenze und dass ich aufhören musste, mich für ihn verantwortlich zu fühlen.

Fünf

Am Mittwochabend traf ich völlig erschöpft im Rieth ein. Wir hatten in einem fürchterlichen Stress die Feiertagsausgabe für den Jubeltag der »vollzogenen Wiedervereinigung«, wie die offizielle Formulierung hieß, erstellt.

Als ich auf den Parkplatz des Studentenwohnheims fuhr, war ich überrascht, wie leer es dort war. Nicht mehr als fünf oder sechs Wagen verteilten sich auf der großen Asphaltfläche. Ich schaute an den Fassaden der beiden Klötze hoch. Natürlich: Es waren alle ausgeflogen. Der morgige Donnerstag war der Feiertag, dann hatten sie bestimmt am Freitag keine Uni und genossen ein langes Wochenende.

Vielleicht hätte ich doch zu Dale fahren sollen. Aber der wollte sich heute Nacht den Straßenstrich vornehmen, so dass ich mich entschieden hatte, einmal wieder bei mir zu schlafen, zumal ich morgen Dienst hatte. Etwas unbehaglich schloss ich den Käfer ab und betrat das schmuddelige Foyer, fuhr in den elften Stock hinauf. Was, wenn der Aufzug jetzt aussetzte? Darüber, dass die Notrufanlage mit einem Stück Blech zugenietet war, hatte ich mir schon lange keine Gedanken mehr gemacht – nun war ich froh, heil oben anzukommen.

Ich würde die Ruhe genießen, nahm ich mir vor. Ohne Musik, Fernsehgeräusche oder laute Stimmen von den Nachbarn konnte ich ein bisschen Radio hören und lesen, früh ins Bett gehen und mich endlich einmal wieder richtig ausschlafen.

Stille. Stille auf dem langen Flur, Stille in der Wohnung. Ich schaltete direkt nach dem Licht »DT64« ein. Es gab es einen Live-Mitschnitt von Marianne Faithfull, und zufrieden drehte ich die alte Bluesnummer so laut wir möglich, zog erst dann meinen

Trenchcoat aus und warf die Tasche auf einen Stuhl, inspizierte meinen Kühlschrank.

Milch, Butter, ein Kanten Käse, ein Joghurt, dessen Verfallsdatum um zwei Wochen überschritten war, und drei Flaschen Bier waren die magere Ausbeute. Im Gefrierfach fand ich ein paar Scheiben Brot.

Ich warf den Joghurt in den Abfalleimer und setzte mich mit einem Bier und einer Zigarette an den Tisch, starrte müde die gegenüberliegende Wand an, wo ich ein Plakat der Ausstellung »D206 – Die Thüringer Sezession« an die gelblich verfärbte Tapete gepinnt hatte. Einer meiner wenigen Versuche, den Raum wohnlich zu gestalten. Ebenso wie die schwarze Wachstuchdecke auf dem Tisch und der fadenscheinige Teppich auf dem PVC-Boden, die Bücher in dem Regal, das zur Lernausstattung gehörte. Zwei Regale. Die Appartements waren für zwei Studenten gedacht; das zweite Bett und den zweiten Schreibtisch hatte ich nach meinem Einzug mit Andreas' Hilfe in den Keller geschleppt.

Alles hier sah angestaubt, schmutzig, unbewohnt aus. Wie ein lange geschlossenes Museum. An den wenigen Abenden, die ich in letzter Zeit hier verbracht hatte, war mir nichts davon aufgefallen; nur der Lärm von allen Seiten hatte mich gestört.

Nun war alles um mich herum still. Ich wusste, spürte es. Würde ich das Radio ausschalten, wäre kein Laut zu hören. Drei beleuchtete Wohnungen hatte ich vom Parkplatz aus gezählt. Ich ging zum Fenster. Die orange gemusterten Polyester-Vorhänge waren noch von meiner letzten Nacht hier zugezogen. Ich schob sie auseinander und schaute hinaus. Im Plattenbau mir gegenüber sah ich kein einziges Licht, sondern nur eine gespenstisch-tote Fassade. Ich zog die Vorhänge wieder zu.

Das Brot war genug angetaut, um eine Scheibe abzubrechen und in den Toaster zu stecken. Ich öffnete die zweite Flasche Bier. Auch die Küche wirkte schmierig. Vielleicht sollte ich den Abend für eine große Putzaktion nutzen.

Während ich aß, rekapitulierte ich, was wir bisher herausgefunden hatten. Andy hatte über einen Kontakt beim Einwohnermeldeamt – der Meldestelle, wie man hier sagte – Pohlands Adresse sowie die von drei Frauen, die Thimm bzw. Timm hießen, bekommen; Dale war sicher, dass Haffmann in sämtlichen Bordellen der Stadt ohne Erfolg geblieben war, und wollte deshalb noch auf dem Straßenstrich nachfragen. Dass es selbst so etwas in der jungen Landeshauptstadt gab, hatte ich mir nie im Leben träumen lassen!

Wenn wir bloß wüssten, ob Pohland und Thimm »jop« und »an« waren! Würde ein Mann in einer guten Position überhaupt auf die Idee kommen, sich auf einen Mädchenhandel einzulassen? Wie viel war da zu holen? Ich hatte nicht die geringste Ahnung, aber bei dem Gedanken daran, was sich hinter Jörg Pohlands smarter Fassade verbergen mochte, schauderte ich und schaltete das Radio aus.

Dieses Trio Pohland, Thimm, Haffmann ... Laut Martina Fürst hatte ihr Schwager die schöne Begleiterin seines Chefs angebetet. War es möglich, dass es sich um eine ganz normale Eifersuchtsgeschichte handelte?

Ich dachte wieder an das fünfzehnstöckige Haus, in dem ich fast allein saß.

Vielleicht würde ein Bad mir helfen, mich zu entspannen. In dem duftenden, schäumenden Wasser fühlte ich mich jedoch noch unbehaglicher. Niemand würde meine Adresse weitergeben, beruhigte ich mich selbst. Andererseits – was war das mit Sächler? Wer hatte da Beziehungen bis Dortmund? Die Stille ringsumher zerrte an meinen Nerven, und ich beeilte mich, aus der Wanne herauszukommen, zog mich wieder komplett an, obwohl ich mir vorher Nachthemd und Bademantel bereitgelegt hatte.

Kein Telefon. Vielleicht war das das Schlimmste. Wenn ich jetzt eine Freundin anrufen und ihr erzählen könnte, dass ich mich allein in einem gigantischen Plattenbau befand, wäre alles halb so schlimm. Das Telefon unten in der Eingangshalle nutzte mir überhaupt nichts. Allein der Gedanke, noch einmal den Aufzug oder die schwach beleuchtete Nottreppe zu betreten, ließ mich schaudern. Da fühlte ich mich innerhalb meiner vier Wände doch sicherer.

Ich ging ins Zimmer zurück und warf einen Blick in die Fernsehzeitung. Der Spätfilm im ersten Programm war ein Krimi, den ich unter normalen Umständen genossen hätte. Jetzt aber konnte ich keinerlei zusätzlichen Nervenkitzel gebrauchen. Außerdem wollte ich keine Geräuschkulisse in der Wohnung. Ich wollte hören, wenn etwas im Haus vorging.

Es klingelte. Ich sprang auf und stand dann wie erstarrt da. Wer war das? Dale konnte es nicht sein, Andy hatte auch gesagt, dass er etwas vorhabe, und Karla war mit einem Abendtermin und Besuch komplett ausgebucht. Sonst kam niemand in Frage.

Als könnte ich gehört werden, schlich ich auf Zehenspitzen in den Flur und starrte die Wohnungstür an. Wieder klingelte es.

Die Gegensprechanlage funktionierte nicht; ich konnte nur die Haustür aufdrücken und würde erst hier oben sehen, wer mein Besuch war. Wenn ich die Wohnungstür öffnete, denn einen Spion gab es nicht.

Nein!

Noch ein Klingeln.

Und wenn schon jemand im Gebäude war, hier oben an der Tür? Mir brach der Schweiß aus. Gab es da eine Klingel? Ich wusste es nicht.

Vorsichtig machte ich zwei Schritte an die Tür heran und legte mein Ohr an das Holz. Ich hörte bloß meinen eigenen Herzschlag, den dafür ungeheuer laut.

Ich musste mich beruhigen. Selbst wenn jemand dort war, er kam nicht herein. Mit festem Druck presste ich die Tür gegen den Rahmen, um sicherzugehen, dass das Schloss eingeschnappt war, ging leise zurück in den Raum und kramte meinen Schlüssel hervor, schloss ab und ließ ihn stecken. So konnte niemand die Tür mit einer EC-Karte oder irgendwelchem Werkzeug öffnen. Hoffte ich zumindest.

Etliche Atemzüge lang blieb ich regungslos stehen. Kein Klingeln mehr. Ich könnte jetzt wieder aufschließen und auf dem Flur nachschauen. Nein, das brachte ich nicht über mich.

Ich brauchte eindeutig etwas Stärkeres als Bier, dachte ich, als ich an den Tisch zurückgekehrt war und mir eine Zigarette angesteckt hatte. Ich holte meine Flasche Johnnie Walker Black Label aus dem Regal, goss zwei Fingerbreit in ein Wasserglas und starrte wieder die Wand an, horchte auf den Flur hinaus.

Lange saß ich so, trank noch drei Gläser Whisky, bis die Angst endlich der Trunkenheit wich und ich schwankend ins Bett ging.

Auf der Matratze spürte ich das leere Haus. Jede Faser meines Körpers fühlte dieses Gerippe aus Beton und Stahlträgern. Zehn Stockwerke. Zehn leere Stockwerke unter mir. Egal, wie ich mich herumdrehte, es blieb ein Geisterhaus.

Als ich erwachte, hatte der Wecker längst geklingelt. Durch die dünnen Vorhänge drang eine strahlende Herbstsonne und ich kam mir albern und kindisch vor wegen meiner ausgestandenen Angst.

Ich trank einen starken Kaffee, nahm zwei Aspirin und duschte lange. Der Kater blieb.

Es war fast zwölf, als ich in der Redaktion eintraf. Andreas war noch nicht da, Karla hatte bereits das Layout vorbereitet, tippte ihren Text und war verständlicherweise sauer.

»Ich fasse es nicht! Ich habe Besuch und bin pünktlich hier, und von euch lässt sich keiner blicken?« Ihre blauen Augen funkelten mich an, die ganze kleine Person ein einziges Energiebündel.

Karla war genauso alt wie ich, und in gewisser Weise ähnelten sich unsere Biografien. Wie ich war sie sehr behütet aufgewachsen, bloß dass bei ihr noch die Betreuung durch den Staat dazugekommen war. Die Musterschülerin hatte nach der Erweiterten Oberschule sofort ein Volontariat bei der ostdeutschen Nachrichtenagentur ADN bekommen und war danach zum Studium nach Leipzig delegiert worden. Vier Monate vor ihrem Abschluss waren die deutsch-deutsche Grenze und damit auch Karlas klar geplante Zukunft Geschichte.

In der Folge fand sie zu einem kritischen Blick auf die gerade untergegangene DDR und die zu neuer Größe erwachsene BRD und entwickelte einen gesunden Widerstandsgeist.

»Du hast absolut Recht.« Beschwichtigend hob ich die Hände. »Aber ich habe eine ziemliche Horrornacht hinter mir.«

Ich erzählte von dem leeren Haus und dem unerklärlichen Klingeln, sah, dass sie meine Angst nachvollziehen konnte.

»Okay, aber was ist mit Andreas?«

»Keine Ahnung. Wahrscheinlich wird er jeden Moment auftauchen.«

Er tauchte nicht auf. Auch, als ich vom Anger zurückkam, wo ich mir zusammen mit einem eher kleinen Publikum die Rede des OB zur Deutschen Einheit angehört hatte, war er noch nicht da. Nun machte ich mir doch Sorgen. Schnell tippte ich meinen Artikel und sagte Karla, dass ich zu ihm hinüberlaufen würde.

»Wenn er nicht zu Hause ist, komme ich sofort zurück.«

»Wenn er da ist, bitte auch. Mit ihm!«

Ich rannte fast durch die Straßen, die wie ausgestorben wirkten. In wenigen Minuten war ich am Ring angelangt. Klingel, Sprechanlage. Gott sei Dank, Andy war da.

Er stand in der Küche und räumte Geschirr in das Spülbecken.

»Entschuldige. Ich wollte gerade los.«

»Und wieso spülst du dann noch?«, fragte ich gereizt.

Er nahm ein Geschirrtuch vom Haken neben dem Herd, drehte sich zu mir um. »Weiß ich selbst nicht.«

Nachdem er sich mit fahrigen Bewegungen die Hände abgetrocknet hatte, warf er das Tuch auf die Ablage.

»Lubin hat mich gestern Abend vor Pohlands Wohnung geschnappt und nach Hause begleitet.«

»Hierhin?« Irritiert blickte ich in das unordentliche Zimmer.

Andreas zuckte die Schultern. »Irgendein Psycho-Trick, was weiß ich.«

Er ging in den Raum hinein. Ich folgte ihm, setzte mich ihm gegenüber an den Tisch, auf dem genauso ein Durcheinander herrschte wie am Montag voriger Woche. Auch Andy sah nicht wesentlich besser aus. Er griff nach einer Flasche Mineralwasser.

»Er hat mich gefragt, ob sie – die Lokowski war auch dabei – mit hierher kommen können, oder ob sie mich mit auf die Wache nehmen sollen.« Er schüttete Wasser in eins der Gläser, schien dann erst meine Gegenwart am Tisch zu bemerken. »Entschuldige.«

Bevor er aufstehen konnte, nahm ich das Glas, das direkt vor mir stand, und schob es in seine Richtung.

»Ich habe gesagt, es wär mir egal.«

Das Wasser schmeckte ganz leicht nach Whisky. Ich schüttete es in einen braun verklebten Kaffeebecher, goss mir neu ein, trank durstig. »Und dann?«

»Hier begann alles ganz harmlos. Ich dachte, es gibt den Riesen-Terror, dass ich weiter herumschnüffele, obwohl sie mir schon mit Knast gedroht hatten. Aber Lubin fragte nur ganz ruhig, was ich bei Pohland gewollt hätte. Ich habe irgendwas herumgestammelt, und er hat gar nicht weiter nachgehakt.«

Ich holte meine Zigaretten hervor, bot ihm eine an, gab uns beiden Feuer.

»Stattdessen wollte er noch einmal genau wissen, um wie viel Uhr ich am Sonntag die PLT-Verwaltung betreten habe und wie lange ich dort gewesen bin.«

»Sie haben den Todeszeitpunkt festgestellt«, vermutete ich.

»Ja. Ziemlich genau sechs Uhr.« Er klang cool, aber dahinter spürte ich den Abgrund. Sein Blick war nach unten gerichtet.

»Verdammt!« Er hätte dem Mörder in die Arme laufen können.

»Dann sagte Lubin, immer noch ganz ruhig«, fuhr Andy fort, »dass es verschiedene Versionen für den Mord an Manfred Haffmann geben könnte. Zwei davon mit mir in der Hauptrolle.« Endlich sah er auf, aber seine grünen Augen wirkten schrecklich leer. »Die eine wäre, dass Haffmann mir, nach meiner eigenen Aussage, Informationen geben wollte.« Er ahmte den Dialekt von Frau Lokowski nach: »›Sie sind ja einem Betrug auf die Spur gekommen, da ist es gut vorstellbar, dass der Herr Haffmann kalte Füße bekommen hat und hoffte, er kommt aus der Sache heraus, wenn er Ihnen etwas überlässt, was seine Komplizen belastet.‹«

Ich nickte. Das waren schließlich auch unsere Schlussfolgerungen gewesen. Andreas fuhr mit seiner normalen Stimme fort:

»Allerdings wäre es auch denkbar, dass Haffmann es sich, bis ich kam, anders überlegt hatte, und ich hätte meine Felle davonschwimmen sehen und wäre dann durchgedreht. O-Ton Lubin: ›Offensichtlich sind Sie ja zurzeit nervlich etwas angespannt.‹« Andy verzog das Gesicht. »Ach ja, davor stellte er noch die Frage, ob ich irgendwann einmal Kampfsport betrieben habe.«

»Wieso das denn?«

»Wirst du gleich sehen.« Mit fahrigen Bewegungen drückte Andy seine Zigarette aus. »Leider habe ich, bis ich hier gelandet bin, halbwegs regelmäßig Karate gemacht und hab das auch ganz naiv erzählt.«

»Ja, und?« Ich wurde ungeduldig. Karla würde durchdrehen, wenn wir nicht bald in der Redaktion auftauchten.

»Es gibt beim Karate einen Schlag, mit dem man eine Stelle der Halsschlagader trifft, wo der Sauerstoffgehalt des Gehirns«, er hob beide Hände hoch, deutete Anführungsstriche in der Luft an, »rückgemeldet wird.«

Ich verstand einen Moment lang nur Bahnhof, dann dämmerten mir verschollene Biologiekenntnisse: »Das Opfer wird bewusstlos?«

»Exakt.« Er umfasste sein Wasserglas so fest, dass die Fingerknöchel weiß schimmerten. »Die Obduktion hat ergeben, dass jemand Haffman auf die Art und Weise betäubt hat, bevor er erdrosselt wurde.«

»Hätte man das nicht sehen müssen?«

»Nicht, wenn das, womit er erdrosselt wurde, diese Spuren verdeckte.«

Verwirrt griff ich nach der Mineralwasserflasche. Selbst mit meinem Brummschädel erkannte ich, dass das unlogisch war.

»Wieso wollen sie dir dann was? Du hattest doch nun wirklich kein Motiv für einen vorsätzlichen Mord. Einerseits will Lubin dir unterstellen, dass du durchgedreht bist, aber andererseits sollst du den perfekten Mord in zwei Schritten geplant haben?«

Andy zog eine Grimasse. »Kluges Kind. Die erste Version ist auch nicht so gut. Die zweite, die hat es eher in sich: Ich wäre Haffmann schon vor geraumer Zeit auf seine Prostitutionsgeschichte draufgekommen, und er hätte mich daraufhin an dem Betrug beteiligt.« Mit entschlossenem Griff nahm Andy die leere Wasserflasche, ging in die Küche, sprach dabei weiter. »Kurz und gut, ich war eben käuflich. Soll ja in den besten Familien vorkommen.«

»Die Kürzel …«

»Das hat er nicht erwähnt. Aber er möchte gern wissen, was ich an bestimmten Terminen in den letzten vier Monaten gemacht habe.« Aus der Küche drang ein hysterisches Auflachen. »Sag mir mal, wie ich das zusammenkriegen soll!«

»Wenn er glaubt, dass du dich hast kaufen lassen, dann braucht er doch bloß in der Redaktion nachzufragen«, versuchte ich ihm Mut zu machen. »Da wird ihm jeder bestätigen, dass du wie verrückt hinter der Geschichte her warst und damit nicht auf einmal aufgehört hast.«

Andy kehrte zurück an den Tisch, sein Gesicht eine Maske. »Keine Chance. Damit wollte ich auch sofort herausplatzen – aber es stimmt nicht. Die letzten drei Wochen vor dem Mord habe ich tatsächlich nichts mehr gemacht. Beziehungsweise die letzte Woche dann wieder, aber allein. Vorher kannst du ja bezeugen, dass ich die Geschichte aufklären wollte.«

Spontan griff ich nach seiner Hand, drückte sie fest. »Ich bezeuge denen alles. Die spinnen doch!«

Seine Mundwinkel zuckten, er wandte den Blick ab. »Danke. Aber lass mich eben zu Ende erzählen: Ich bin mit Haffmann in Streit geraten, sei es, weil er nicht mehr mitspielen wollte, sei es, dass ich wütend auf ihn war, weil er es soweit hat kommen lassen, dass wir die Unterlagen bekommen haben – such dir was aus –, und habe beschlossen, dass er dran glauben muss.«

»Dazu passt es natürlich, dass sie dich direkt vor Pohlands Haustür geschnappt haben. Wenn sie ihn ebenfalls für ›jop‹ halten, war ein konspiratives Treffen ›an‹–›jop‹ geplant.«

»Genau.« Er knetete seine Hände.

»Andy, wir kriegen das hin! Schau mich an.« Zögernd blickte er auf. »Die bluffen doch bloß, die konstruieren sich was zusammen, weil sie nichts anderes haben.«

»Das habe ich mir nach den ersten Gläsern Tullamore Dew auch gesagt.« Endlich deutete er ein Lächeln an. »Nach dem vierten oder fünften konnte ich es mir aber nicht mehr glauben.«

Wieder griff ich nach seiner Hand. Seine Finger zitterten. Ich versuchte, ein aufmunterndes Lächeln zustande zu bringen. »Man muss wissen, wann man aufhören sollte. Und jetzt müssen wir beide schleunigst in die Redaktion, sonst brauchen wir uns wegen der Kripo keine Sorgen mehr machen, weil Karla uns lyncht.«

Dieses Mal war das Lachen nicht ganz so überdreht.

Als wir den Parkplatz überquerten, fragte ich Andreas, was er eigentlich bei Pohland gewollt hätte.

Er zuckte die Schultern. »Nichts. Was machen, Detektiv spielen.« Die Sonne spiegelte sich in den Scheiben eines Möbelhauses auf der anderen Seite des Rings. »Irgendetwas herausfinden.«

Ich fasste ihn leicht um die Hüfte. »Du bist aber auch ein Chaot!«

»Und du? Wo hast du gesteckt? Nachdem die Bullen mich endlich aus ihren Klauen gelassen haben, bin ich als Erstes zu dir rausgefahren, aber du warst nicht da. Obwohl ich dachte, dass in deinem Appartement Licht brennt.« Prüfend sah er mich von der Seite an.

»Du warst das? Du hast mir eine fürchterliche Nacht beschert!«

Dale saß auf meinem Stuhl, die Füße auf eine herausgezogene Schublade gelegt, und plauderte mit Karla. Wenngleich er müde aussah, wirkte er doch im Vergleich zu Andreas wie das blühende Leben. Ich lächelte ihn an.

Karla hielt ihren Blick auf Andy gerichtet, setzte zu einer wütenden Tirade an, hielt jedoch inne, als er ihr mit einem »Sorry« und einer gemurmelten Essenseinladung zuvorkam.

Ich hockte mich auf die Fensterbank neben meinem Schreibtisch und übernahm es, seine Geschichte zu erzählen, während er in den Flur ging, um Kaffee zu kochen. Als ich zum Ende gekommen war, blickte ich Dale fragend an:

»Was meinst du dazu? Was heißt das alles?«

»Nichts von Bedeutung. Lubin wollte deine Reaktion testen.« Er klang sehr cool, wie er sich an Andreas wandte, der nun an seinem Platz saß. »Die Theorie ist ja auch schlüssig, und er muss jeder Spur nachgehen. Morgen schon wird das Ganze wie ein, … ein Kartenhaus in sich zusammenfallen.«

Ich blickte ihn fragend an, Andy hatte sich voller Spannung über den Schreibtisch gebeugt. Karla grinste und stand auf.

»Ich finde ja, du solltest ihn noch ein bisschen zappeln lassen«, sagte sie im Hinausgehen.

Dale wirkte ebenfalls amüsiert. »Deine Theorie mit der Prostitution scheint nicht zu stimmen. Ich bin gestern bei den Eltern der Mädchen vorbeigefahren. Familie Breuer hatte gerade eben eine Karte von ihrer Tochter erhalten. Mit Grüßen der Freundin. Anscheinend wollen die beiden noch ein wenig die afrikanische Sonne genießen.«

»Was?« Andy schrie es fast.

Karla kam mit dem Kaffee zurück. »Okay, es scheint auch so zu funktionieren.«

Trotzdem ich von Dales Aussage gebannt war, musste ich losprusten. Andreas und Karla lagen sich fast täglich wegen irgendetwas in den Haaren, ihre Sticheleien amüsierten die ganze Redaktion.

Dale fiel in mein Lachen ein, Andy zog eine übertrieben beleidigte Grimasse.

»Es war den Eltern auch klar«, setzte Dale neu an, »dass sie damit zur Polizei gehen müssen. Ich nehme an, das werden sie morgen tun. Trotzdem habe ich mich, um nichts zu übersehen, gestern Nacht noch auf dem Straßenstrich rumgetrieben. Aber Haffmann ist dort nicht aufgetaucht. Also –« Er bewegte beide Hände schwungvoll auseinander, als wollte er einen Schlussstrich unter die Angelegenheit ziehen.

Ich nahm einen Schluck von dem starken Kaffee. »Aber er war doch in den Bordellen.«

»Dort wurde jemand gesehen, der er hätte sein können«, korrigierte Dale. »Keine Ahnung. Eine Verwechselung?«

Andreas schüttelte den Kopf. »Also, ich glaube das nicht. Was heißt so eine Postkarte schon? Hast du sie gesehen?«

»Ja. Der Poststempel von Marrakesch war deutlich erkennbar. Lubin wird ohne Zweifel herausfinden, ob die Karte echt ist. Aber ich gehe davon aus.«

So, wie Dale jetzt sprach, konnte ich ihn mir gut als Polizisten vorstellen. Umsichtig, abwägend, vorausschauend. Andy dagegen brauste schon wieder auf:

»Klar, jetzt ist es also erwiesen, dass ich weiße Mäuse gesehen habe, oder was? Wegen einer Postkarte! Und weiter?«

Karla schien einen Kommentar abgeben zu wollen, überlegte es sich jedoch anders. Stattdessen teilte sie mir mimisch etwas über Dale und Andy mit, was ich schon wusste.

»Ich werde mich auf die neue Situation einstellen«, begann Dale ruhig von Neuem. »Darauf, dass Haffmann nur einen Betrug begangen hat – wahrscheinlich zusammen mit ›jop‹ und ›an‹. Deshalb werde ich morgen erst einmal die Promotion-Firma, die die Veranstaltungen für PLT organisiert hat und über die auch die Abrechnungen gelaufen sind, unter die Lupe nehmen. Dort muss jemand mitgespielt haben.«

»Stimmt.« Andy war auf einmal lammfromm.

Ich hatte Mühe, meine Verblüffung zu verbergen. Karla zwinkerte mir zu.

»Und wir haben zwei neue, wertvolle Informationen«, fuhr Dale fort. »Der Mord ist ganz kurz vor deinem Eintreffen passiert, und der Täter muss nicht besonders kräftig sein, ist aber vermutlich Kampfsportler.« Es war ihm anzusehen, dass er sich in die Situation in Haffmanns Büro hineinversetzte. »Was ist das für ein Schlag? Ist er leicht auszuführen?«

»Nein. Er gehört auch nicht zum normalen Wettkampfprogramm«, antwortete Andreas. »Ich habe mal gehört, dass er bei

Selbstverteidigungskursen für Frauen gelehrt wird – das ist aber umstritten, weil er eben ganz exakt ausgeführt werden muss.«

Ich versuchte, mir Andy als Karatekämpfer vorzustellen. Immer wieder war ich überrascht, wie wenig ich von ihm wusste. Über seine Vergangenheit sprach er eigentlich kaum, und ich hatte mich schon manches Mal gefragt, wie er zu dem selbstbewussten, aber oft unbeherrschten Mann geworden war, den ich kennengelernt hatte.

Karla räusperte sich übertrieben und ließ ihren Blick von Andreas zum Fenster schweifen. Natürlich, das Weinfest auf dem Domplatz, der morgige Aufmacher! Andy nickte ungeduldig.

Dale bekam davon nichts mit, er berichtete, dass jene Frau Thimm, die Martina Fürst gesehen hatte, »an« sein könnte, da vor zwei Monaten, am 5. August, ein Treffen zu dritt in Manfred Haffmanns Kalender gestanden hatte. Und dass die Kürzel sich bislang als falsche Fährten entpuppt hatten.

»Frau Lehmann von PLT war bis vor zwei Tagen im Urlaub in Schweden, und die Frau in Gera hat ein Alibi für Sonntag. Das habe ich auch schon überprüft. Es bleiben noch die Redakteurin in Gotha und der Mann in Weimar. Die werde ich morgen aufsuchen.«

»Andreas«, Karla klang herrlich spöttisch. »Ich traue dir ja eher als jedem anderen zu, dass du über ein Weinfest kalt schreiben kannst, aber für das Foto musst selbst du dich da raus bemühen.«

Andy zog eine Grimasse. »Schön, dass du mich für einen Weinkenner hältst. Dann versuche ich mal, dem gerecht zu werden.« Er stand auf.

Sechs

»Wie viele Zeilen?«

Ich hatte Andreas auf den Domplatz begleitet – eigentlich nur, weil mich ein fürchterlicher Hunger quälte und ich mir schnell etwas zu essen holen wollte.

»Hast du nicht aufs Layout geguckt? Siebzig bis fünfundsiebzig. Dreispaltiges Bild. Wenn ich du wäre, würde ich zuerst an das Foto denken. Es wird schon langsam dunkel.«

»Aye, aye, Chefin!«

Ohne besondere Eile zog er weiter neben mir an den Ständen entlang. Auf dem riesigen Platz am Rand der historischen Innenstadt herrschte ein buntes Treiben. Winzer vor allem aus West-Deutschland waren vertreten; an langen Tischen drängelten sich die Leute unter bunten Girlanden, die der ehrwürdigen Lokalität etwas von einer Kirmes verliehen.

Das Speiseangebot reichte von Quiche und Zwiebelkuchen über belegte Brötchen und Suppen bis zu Goldbroilern und Thüringer Rostbratwürsten.

»Eigentlich idiotisch – ein Weinfest in Thüringen, oder?«, fragte ich, unfähig mich zu entscheiden, was ich essen wollte.

»Wieso? Neue Märkte erschließen. Ganz wichtig«, antwortete Andy, der einen hessischen Stand beäugte. »Aber tatsächlich gab es hier auch schon immer Weinbau. Ist bloß die Frage, ob die Winzer auf dem Fest vertreten sind.« Nach einem Blick in die Runde fragte er: »Wie ist es – darf ich dich auf ein Glas einladen?«

»Um Himmels Willen! Sag nicht, du könntest schon wieder Alkohol trinken?«

Er zuckte die Schultern. »Wir sind auf einem Weinfest.«

Es ging mich nichts mehr an, sagte ich mir. »Na, ich hole mir jedenfalls nur eine Bratwurst und verschwinde wieder«, beschied ich ihn.

»Gut«, gab er gleichmütig zurück, hob seine Kamera ans Auge und schoss ein paar Fotos. Ich verharrte unschlüssig neben ihm. »Bleib so, ja!« Er hatte das Objektiv auf mich gerichtet und löste zweimal aus. »Die attraktive junge Frau genoss das Weinfest auch ohne Alkohol«, dichtete er eine Bildunterschrift.

»Spinner!«

»Okay, wie wär's, wenn ich uns Würste mit Kartoffelsalat besorge? Ich habe ja auch schon gehört, dass feste Nahrung Vorteile haben soll.«

Sein jungenhaftes Grinsen war unwiderstehlich, und ich stimmte lachend zu. Er drückte mir die Kamera in die Hand und bahnte sich den Weg zurück zu einem umlagerten Grillstand.

So langsam stieg die Stimmung auf dem Platz. Aus einem Lautsprecher dröhnten rheinische Sauflieder, die von einigen Erfurtern ins Thüringische übersetzt wurden. Gern hätte ich mich wieder in die Ruhe der Redaktion zurückgezogen, aber jetzt konnte ich Andy keinen Korb mehr geben. Ich beschloss, einen kleinen Kreis zu drehen und noch ein paar Fotos für ihn zu schießen. Nach dem Imbiss würde ich dann gehen.

Überall wurde ich zum Probieren aufgefordert. Unter ständigem »Nein, danke« und »Entschuldigung« schob ich mich zwischen den Menschen hindurch, fing ein paar Szenen mit der Kamera ein und war schon fast wieder an dem Tisch angelangt, auf dessen Ecke Andreas zwei Pappteller abgesetzt hatte, als ich Pohland sah – und sie. Die unbekannte Schöne.

Die beiden standen an einem Weinstand vielleicht fünfzehn Meter entfernt. Ich hatte nur einen kurzen Moment lang den Blick auf sie frei, dann schoben sich wieder Menschen dazwischen, dennoch war kein Zweifel möglich. Das war die Frau, die Martina Fürst beschrieben hatte! Sie war fast so groß wie Pohland und trug eine Art Orientanzug aus glänzendem, nachtblauem Stoff mit Applikationen. Ihre rötlichen Haare fielen schimmernd darüber.

Pohland hatte mich ebenfalls gesehen, das wusste ich. Wir hatten direkten Augenkontakt gehabt.

Endlich löste ich mich aus meiner Starre und stürzte los. Ich handelte mir einige verärgerte Zurufe ein, als ich die Leute zur Seite drängte, wobei ich immer wieder versuchte, einen Blick auf den Stand zu erhaschen. Schließlich sah ich gerade noch, wie die Frau in Richtung Altstadt verschwand. Pohland blieb stehen. Ich hastete weiter zu Andy, der mich verständnislos anstarrte.

»Da war sie!«

»Wer?«

»Mein Gott – die – die Thimm! Pohland ist noch da. Dort.« Ich deutete in die Richtung des Stands. »Geh zu ihm, halt ihn auf, damit er mir nicht nachkommt!«

Ich rannte wieder los.

Natürlich war sie nicht mehr zu sehen. Ich lief in die Richtung, in der sie verschwunden war, kümmerte mich nicht um die entrüsteten Trinker. Solch ein Paradiesvogel musste doch aufzufinden sein!

Vor den prachtvoll restaurierten Bürgerhäusern an der Ostseite des Domplatzes war ein besonders langer Stand aufgebaut. Da sah ich sie wieder. Sie war wendig und schnell. Verdammt schnell. Sie lief an dem Stand entlang. Ich holte tief Luft und schob mich noch rücksichtsloser als vorher durch die Massen, stieß einen Betrunkenen so heftig an, dass er den Halt verlor und mich fast mit sich zog.

Nun behielt ich sie im Blick. Sie schlug einen Haken. Wieder mitten hinein in das Treiben. Verdammt! Auf freier Strecke hätte ich größere Chancen gehabt. Hier jedoch kam es nicht auf Schnelligkeit, sondern auf Geschicklichkeit an, und darin schien sie mir überlegen zu sein. Sie wand sich nur so zwischen den

Ständen, Tischen und Bänken hindurch, während ich wieder weiter zurückblieb. Es ging quer über den Platz. Schwarz und riesig ragte im Hintergrund das Ensemble von Dom und Severikirche in den Himmel.

Wenn ich wenigstens ein Foto machen könnte! Im Laufen zog ich die Schutzkappe vom Objektiv. So dunkel, wie es mittlerweile war, würde ich allerdings eine viel zu lange Belichtungszeit brauchen. Ein kurzes freies Stück. Ich sprintete los, holte auf, sprang auf eine Bank und versuchte drei Mal, die Kamera in meinen zittrigen Händen still zu halten. Große Hoffnungen hatte ich nicht, dass diese Versuche die verlorene Zeit wert gewesen waren.

Der Mann, neben dem ich auf die Bank gesprungen war, hatte meinetwegen sein Weinglas umgeworfen. Er beschimpfte mich und wollte mich nicht fortlassen. Mit aller Kraft schüttelte ich seine Hand ab und rannte weiter.

Ich hatte sie wieder verloren. In der Nähe des Doms wurde es etwas leerer, als könnten sich die Menschen im Schatten dieses hoch aufragenden Kirchenbaus nicht amüsieren. Hier müsste ich sie doch sehen können! Im Zickzack durchkämmte ich das Gelände. Meine Lungen erinnerten mich an viel zu viele gerauchte Zigaretten, die Beine an viel zu wenig Sport. Einmal sah ich in der Ferne ein Kleidungsstück in dem auffallenden Blau, schöpfte neue Hoffnung und stürzte noch einmal los. Beim Näherkommen entpuppte es sich jedoch als das Taftkleid einer grauhaarigen Dame.

Ich musste aufgeben. Mittlerweile war es stockdunkel. Wahrscheinlich hatte sie einen Bogen um den Dom geschlagen, und in den schlecht beleuchteten Straßen dahinter würde ich sie nie finden. Außerdem – erst jetzt stieg die Frage in mir hoch, was ich überhaupt hätte sagen sollen, wenn ich sie erwischt hätte. Ich war ohne jedes Nachdenken einfach losgerannt. Hätte ich mich auf sie geworfen, ihr den Arm auf den Rücken gedreht und meinen Presseausweis gezückt? »*Tageskurier*, Sie sind verhaftet«, oder was?

Niedergeschlagen bewegte ich mich zurück in Andreas' Richtung. Ich hielt Ausschau nach Pohland, ihm wollte ich nicht begegnen. Er schien jedoch verschwunden zu sein, Andy stand allein an dem Stand. Als er mich sah, kam er mir entgegen, ein Glas in der Hand.

»Hast du sie erwischt?« Er schien sich ebenso wenig wie ich die Frage gestellt zu haben, was ich in dem Fall hätte tun können.

Durstig streckte ich meine Hand nach seinem Wein aus und stürzte ihn hinunter als wäre es Wasser. »Nein, keine Chance. Vielleicht habe ich ein Foto. Aber das wäre schon fast ein Wunder. Da musst du gleich im Labor zu Höchstform auflaufen.«

»Werd's versuchen.« Andy schaffte es fast immer, aus den schlechtesten Negativen noch etwas herauszuholen. »Aber du bist ja völlig am Ende. Komm, lass uns gehen.«

Er bot mir seinen Arm an, und dankbar hängte ich mich ein.

»Ich hoffe bloß, dass sie sich genauso fühlt wie ich. Was hat Pohland überhaupt gesagt?«

»Wir haben ein wenig absurdes Theater gespielt. Ich habe mich nach seiner Begleitung erkundigt, und er hat behauptet, alleine hier zu sein. Dann hat er nach dir gefragt, und ich habe natürlich ebenfalls abgestritten, dass du da wärst. Dabei denke ich, dass er dich noch gesehen hat, als du seiner Schönen hinterhergerannt bist. Dein Essen musste ich übrigens opfern. Ich konnte ja schlecht mit zwei Tellern in der Hand zu ihm gehen.«

»Verdammt!« Spontan drehte ich mich in die Richtung des Tisches um. »Dabei habe ich jetzt mehr Hunger denn je.«

»Na, dann komm.« Andy zog mich ein Stück nach links an einen Holzkohlegrill und kaufte noch eine Bratwurst im Brötchen, drückte sie mir in die Hand. »Nach dem sportlichen Einsatz hast du das wirklich verdient.«

Ich dankte ihm und biss gierig in die knusprige Wurst; langsam gingen wir zurück zur Redaktion. Oben erwarteten uns Karla und Dale in bester Stimmung.

»Ihr habt euch aber Zeit gelassen! Hat der Wein doch schon wieder geschmeckt?« Karla saß am Layouttisch und wählte Fotos aus.

»Das nun weniger.« Ich ließ mich auf einen Stuhl fallen und gab Andy die Kamera. Der verschwand sofort im Labor.

»Was war denn los?«, wollte Dale wissen, und ich erzählte, was passiert war.

»Vielleicht sollte ich mal mit dir joggen gehen. Dass meine Kondition so mies ist, hätte ich nicht gedacht«, schloss ich.

Andreas vollbrachte das Wunder. Die Fotos waren unscharf und dunkel, auf einem war die Frau jedoch halbwegs zu erkennen. Sie drehte gerade im Laufen den Oberkörper zur Seite, die Haare waren aus dem Gesicht geweht und das Profil sichtbar.

»Davon habe ich noch eine Ausschnittvergrößerung.« Er zeigte uns das grobkörnige Bild.

»Damit können wir gleich zu Martina Fürst fahren und sie fragen, ob das Frau Thimm ist«, schlug ich Dale vor. »Was meinst du?«

Er nickte nachdenklich. »Es ist keine der drei hier in Erfurt gemeldeten Frauen mit dem Namen«, sagte er bestimmt.

Andy ging mit den übrigen Fotos zum Layouttisch und blieb dort stehen.

»Den Text hätte ich dann auch gern«, erinnerte Karla ihn.

»Klar.« Das klang wenig begeistert.

Dale stand auf und streckte mir mit einem feinen Lächeln die Hand entgegen. »Dann lass uns mal unser Glück bei der Schwägerin versuchen. Und morgen früh laufen wir also zusammen?«

»Woran denkst du?« Im Licht der Kerzen und dem schwachen Schimmer unserer Zigaretten waren Dales Augen pechschwarz.

Wir hatten weder bei Martina Fürst noch bei Frau Haffmann jemanden angetroffen. Mit all meiner Überredungskunst war es mir gelungen, die Station, auf der die Krankenschwester in der Medizinischen Akademie arbeitete, in Erfahrung zu bringen. Sie hatte jedoch keinen Dienst. Nachdem ich eine Nachricht mit der Bitte um sofortigen Rückruf hinterlassen hatte, waren wir zu Dale gefahren. Er hatte Tagliatelle mit Schinken-Käse-Sauce gezaubert, und schon bald danach waren wir im Schlafzimmer unter die Decken gekrochen.

Zufrieden schmiegte ich mich an ihn. »Dass unsere Leben derart verschieden sind. So eine Verfolgungsjagd muss für dich etwas Normales sein. Bloß hättest du es wahrscheinlich geschickter angestellt.«

»Ich weiß nicht, ob ich das besser hinbekommen hätte. Was du erzählt hast, hörte sich recht professionell an. Aber du hast natürlich Recht: Andreas und du, ihr seid euch viel ähnlicher als wir beide. Ihr habt das gleiche Leben geführt: Studium, Ausbildung, Arbeit bei der Zeitung.«

»Darauf wollte ich nicht hinaus. Hättest du doch gerne studiert?«

»Ich weiß nicht. Drüben, in Amerika, auf jeden Fall nicht. Wenn meine Mutter nicht gestorben wäre, hätte sie die ganze Zeit davon geträumt, dass ich nach Princeton gehe, während ich lustlos ein kleines College durchlaufen hätte und danach auf einer unbedeutenden Universität gelandet wäre.« Er beugte sich über mich, um seine Zigarette auszudrücken. »Die Jahre auf der Straße, als kleiner Cop, wären mir erspart geblieben. Aber nein, insgesamt denke ich, dass es gut so war.«

Ich spielte in seinen dichten schwarzen Haaren herum. »Wenn ich sagen soll, was ich im Studium überhaupt gelernt habe, komme ich immer ganz schön in Schwierigkeiten. Alles zu hinterfragen, vielleicht.«

»Das habe ich auch so gelernt. Gerade durch die Realität auf der Straße.«

Eine Zeit lang schwiegen wir. Ich zog den Deckenzipfel über meine nackte Schulter. Es war kalt geworden.

»Weißt du, dass alles gut so ist, wie es ist? Dass Andreas und ich uns viel zu ähnlich sind?«

Dale zögerte mit der Antwort. »Es ist nicht einfach«, begann er dann. »Immer wenn ich euch zusammen sehe, wirkt ihr wie ein Paar, als ob ihr zusammengehört.«

»Ich weiß, was du meinst« gestand ich. »Wir kennen uns einfach. Wir arbeiten zusammen und wir wissen um die Stärken und Schwächen des anderen.« Ich drehte mich zur Seite und versuchte, in dem Dämmerlicht seinen Gesichtsausdruck zu erkennen. »Aber das heißt nicht, dass wir zusammengehören.«

Soviel ich sehen konnte, waren seine Züge weich und offen.

»Ich habe Richard ein Foto von dir geschickt und ihm über zwei Briefseiten von dir vorgeschwärmt.« Das innige Lächeln war klar erkennbar. »Er weiß nun, wie ernst es mir ist. Er kennt mich. Gestern habe ich einen Brief von ihm erhalten, in dem er ganz cool schreibt, zu unserer Hochzeit würde er nach Deutschland kommen.«

Ich wusste nicht, was ich sagen sollte. »Dale, heiraten –«, vorsichtig löste ich mich aus seiner Umarmung, um die Zigarettenschachtel und das Feuerzeug vom Fußboden zu angeln. Die guten Vorsätze vom Nachmittag waren nur noch eine ferne Erinnerung.

Er enthob mich einer Antwort. »Richards Worte, nicht meine. Die Amerikaner sind damit stets schneller zur Hand.«

Ich hielt ihm die Packung hin, und er griff zu.

»Du hast Recht: Alles ist gut so, wie es ist.« Ganz konnte er die Enttäuschung über meine Reaktion nicht verbergen.

Martina Fürst war sicher, dass mein Foto die Frau zeigte, die sie mit ihrem Schwager und Jörg Pohland gesehen hatte. Sie hatte mich in der Redaktion angerufen, und ich war so schnell wie möglich nach Egstedt hinausgefahren.

»Ich habe noch etwas für Sie«, kündigte sie an. Wieder saßen wir an ihrem Küchentisch. »Ich habe meiner Schwester geholfen, Unterlagen durchzusehen. Dabei ist mir auch der Vertrag für den Escort in die Hände gefallen. Mein Schwager hat zehntausend Mark in bar angezahlt und für den Rest Ratenzahlung vereinbart.«

»Klasse!« Das war allerdings eine Nachricht. »Wann war das?«

Für die Antwort musste sie nicht einen Moment nachdenken: »Im Juli.«

Ich nickte nachdenklich. Anfang Juni hatte die letzte »Gimme-More-Show« stattgefunden. Dann war die Abrechnung nach Köln gegangen, sollte innerhalb von vier Wochen beglichen worden sein, und danach mussten mindestens 10.000 Mark den Weg zurück zu Manfred Haffmann gefunden haben …

Am Mittwochnachmittag war Frau Fürst bei der Kripo gewesen und hatte Lubin von ihren Begegnungen mit Haffmann, Pohland und Frau Thimm berichtet. Deshalb wollte Lubin also an jenem Abend zu Pohland. Aber weshalb hatte er dann stattdessen Andy in die Mangel genommen?

»Der Kommissar hat sich zwar nicht weiter geäußert, aber mir schien es so, als wenn er noch ganz schön im Dunkeln tappt.«

»Und deshalb auf die absurdesten Ideen kommt«, antwortete ich.

Die Krankenschwester schaute mich fragend an, in dem Moment klingelte es an der Tür. Sie entschuldigte sich und verließ die Küche, die aufgeräumter wirkte als bei meinem letzten Besuch. Kurz darauf kehrte sie mit einer sportlich wirkenden Frau zurück.

»Angela, das ist Frau Bertram, von der ich dir erzählt habe. Frau Bertram, ich dachte, sie sollten eine Kollegin von mir kennenlernen. Frau Heyn hat eine Zeit lang mit meinem Schwager zusammengearbeitet. Sie hat eingewilligt, Ihnen zu berichten, wie er mit ihr umgesprungen ist.«

Angela Heyn hatte einen festen Händedruck. Ihr dunkles, kurzgeschnittenes Haar war schon von etlichen grauen Strähnchen durchzogen, das schmale Gesicht zeigte einen verschlossenen Ausdruck. Beides ließ sie um einiges älter als Frau Fürst wirken, ich schätzte sie auf mindestens dreißig. Sie setzte sich zu uns, legte die Unterarme auf den Tisch und kam gleich zur Sache:

»Ich habe Martina zugesagt, mit Ihnen zu reden. Dabei ist das Wichtigste, was Sie wissen müssen, dass niemand, der Manfred Haffmann kannte, ihm eine Träne nachweint – außer vielleicht seine Frau, und die wird auch irgendwann erkennen, dass sie ohne ihn besser dran ist.«

Interessiert betrachtete ich die Frau. Ihre braunen Augen straften das betont burschikose Auftreten Lügen, sie wirkten eher verletzlich. Und verletzt.

»Sie sind sehr direkt.«

»Ich halte nicht viel davon, um den heißen Brei herumzureden. Ich habe ein Jahr unter Haffmann gearbeitet, das hat gereicht.«

Martina Fürst machte sich an der Kaffeemaschine zu schaffen. Ich forderte ihre Freundin auf, weiterzusprechen.

»Da gibt's nicht viel zu erzählen. Ich war eine kleine Produktions-Fachkraft bei der ERMIC. Mit hochfliegenden Träumen. Dann gab es bei uns eine große Intelligenz-Kampagne zur Förderung der Werktätigen.«

Ich verstand nicht wirklich, wovon sie sprach, beschloss aber, einfach abzuwarten.

»So kam ich zu Manfred Haffmann.«

Martina Fürst stellte Kaffeegeschirr auf den Tisch, Angela Heyn drehte die Zuckerdose hin und her.

»Darf man bei dir immer noch nicht rauchen?«

»Eigentlich nicht. Aber ich mache eine Ausnahme, weil du für uns deine schlimmen Erinnerungen rauskramst.« Erfolglos suchte sie einen Aschenbecher, stellte schließlich eine alte Untertasse auf den Tisch.

»Siehst du, ich bin nicht die Einzige, die darauf gewartet hat.«

Auch ich hatte meine Schachtel aus der Tasche geholt, dabei verstohlen auf meine Armbanduhr geschaut.

Frau Heyn zündete sich eine filterlose Zigarette an und inhalierte einmal tief, bevor sie weitersprach: »Schöne Sachen waren das, woran ich mittun durfte: Koordinierung von Maßnahmen zur Förderung der Kollektiv-Aktivitäten, Beiträge für die *Mikropost* verfassen, aber auch mal in Sachen bewusster Disziplin aktiv werden.«

Nun schüttelte ich doch unwillkürlich den Kopf. »Was?«

»Die Leute auf Linie bringen!« Ihr Blick zeigte an, dass sie sich fragte, wie es um meinen Verstand bestellt war. »Natürlich durfte ich überhaupt nur in so einen wichtigen Bereich hinein, weil ich ein braves Ding war. Immer schön das blaue Halstuch getragen und Winkelemente geschwenkt.«

Ich schaffte es, so dreinzuschauen, als hätte ich keine Fragen dazu.

»Aber damit war es in der neuen Abteilung natürlich nicht mehr getan.«

Martina Fürst hatte sich zu uns an den Tisch gesetzt und bedachte die Ältere mit einem mitfühlenden Blick.

»Manfred Haffmann hat schnell meinen Zwiespalt gespürt. In so etwas war er gut.« Angela Heyn lachte verächtlich auf. »Und er hat mich dafür bezahlen lassen. Immerhin hatte er es in der Hand, mich zurückzuschicken in die Produktion. Was er dann letzten Endes ja auch gemacht hat.« Abrupt schloss sie mit einem bitteren Laut.

Ich wusste nicht, was ich sagen sollte. Frau Fürst räusperte sich: »Manfred hatte viele Beziehungen. Und auch wenn Christa es nie wahrhaben wollte, er hat gern die Leute gegeneinander ausgespielt. Ich habe immer höllisch aufgepasst, was ich in seiner Gegenwart gesagt habe.«

»Also er –«, zunächst einmal wollte ich verstehen, was Angela Heyn da angedeutet hatte. »Er hat Sie missbraucht?«

»No.«

Dieses thüringische »ja« verwirrte mich immer; so harsch, wie Martina Fürsts Freundin mir die Silbe entgegenspuckte, hörte es sich für mich erst recht wie ein »nein« an. Ihre Mimik dazu war jedoch eindeutig. Einen Moment lang schwiegen wir alle.

»Nun schauen Sie nicht so bestürzt drein!«, forderte Angela Heyn schließlich. »Das ist alles lange her. Jahre vor der Wende habe ich die Kurve gekriegt und bin weg von der ERMIC und als Stationshilfe in die Medizinische Akademie.« Sie machte eine Pause. »Aber Sie wollten ja wissen, was für ein Mensch Manfred Haffmann war. Jetzt wissen Sie es.«

SPUR IM MORDFALL?

Betrug bei PLT aufgedeckt/Angestellter von Promotion-Firma verhaftet

Erfurt (TK/kit). Gestern wurde Martin D., ein leitender Angestellter der Erfurter Promotion-Firma »Visions«, unter dringendem Betrugsverdacht vorläufig festgenommen. D. wird vorgeworfen, gemeinsam mit dem kürzlich ermordeten Manfred Haffmann (der *Tageskurier* berichtete) den Kölner Fernseh- und Rundfunksender PLT um rund

40.000 DM betrogen zu haben. Haffmann war bei PLT Thüringen beschäftigt und verantwortlich für die Organisation der »Gimme-More-Shows«, mit denen der Sender im Sommer für sich warb. Die Shows wurden von der Promotion-Firma »Visions« veranstaltet. D. unterzeichnete hierbei die Verträge. Mit dem Haupthaus des Senders wurden sechs Veranstaltungen abgerechnet, obwohl nur fünf stattgefunden hatten. Inwieweit dieser Betrug mit dem Mord an Manfred Haffmann in Verbindung steht, ist noch nicht geklärt.

Mit langsamen Schritten ging ich zum Fotolabor, das behelfsmäßig in einer ehemaligen Teeküche am Ende des Flurs untergebracht war. Es war Samstagvormittag und ich hätte nicht in der Redaktion sein müssen. Da mich jedoch der Gedanke an Angela Heyn nicht losließ und ich ohnehin noch einen Text über die Künstlergruppe schreiben musste, die ich nach dem Gespräch bei Martina Fürst getroffen hatte, war ich aus meinen deprimierenden vier Wänden hergeflüchtet. Hier hatte ich einen Andreas angetroffen, der aussah, als hätte er die Nacht im Büro verbracht – und den Artikel in der aktuellen Ausgabe gelesen, den ich geschrieben haben sollte.

Entschlossen klopfte ich an die Holztür, über der die rote Glühbirne anzeigte, dass kein Zutritt erwünscht war. »Moment«, hörte ich Andys Stimme und wartete. Er hatte sich nach meinem Eintreffen auffallend schnell in die Dunkelkammer verzogen.

Endlich wurde die Tür einen Spalt geöffnet, und ich drückte mich hinein, brauchte in dem schwachen Rotlicht einen Augenblick, um mich zu orientieren. Ich hatte das Entwickeln der Schwarz-Weiß-Negative und das Belichten des Fotopapiers erst hier in Erfurt gelernt, wo jeder es können musste, und überließ es meist Andreas.

Mit ihm gemeinsam in dem winzigen Raum zu sein, hatte ich in letzter Zeit komplett vermieden. Jetzt kam mit dem scharfen Geruch der Fixierlösung die Erinnerung an einen heißen Junitag schlagartig zurück. Wir waren ganz frisch zusammen gewesen, und als er mir zeigen wollte, wie man ein zu dunkles Foto retten konnte, hatte ich auf einmal begonnen, sein über die Prozessschalen gebeugtes Profil mit dem Finger nachzuziehen. Die steile Stirn, die kleine Nase, den sinnlichen Mund, das runde Kinn. Das Rotlicht tauchte uns beide in einen weichen Schleier, in dem wir uns auf den Linoleumboden sinken ließen, wo er mir das Viskosekleid über den Kopf zog und lustvoll seufzte, als er sah, dass ich keinen BH trug.

»Was ist das für eine Meldung?«, fragte ich extra laut, um von einem möglichen Zittern meiner Stimme abzulenken.

Andy hatte die ganze Zeit an der Schlussbad-Schale gestanden und mit langsamen Bewegungen einen Abzug in der Flüssigkeit herumgeschoben.

»Dale kam gestern kurz vor Redaktionsschluss rein und hat mir von der Verhaftung erzählt«, erklärte er, ohne sich umzudrehen.

Seine Haare bedeckten den Nacken, sie waren länger als vor vier Monaten.

»Du hast mein Kürzel genommen!«

Andreas zog das Foto – ein schönes Motiv spielender Kinder – aus der Lösung und klammerte es an die Wäscheleine über der Arbeitsfläche. »Ich darf doch in der Sache nicht in Erscheinung treten.« Er drehte sich um und versuchte es mit einem Lächeln. »Du warst noch unterwegs, und ich musste mich schnell entscheiden.«

Damit war der Bann gebrochen. »Du kannst doch nicht, ohne mich zu fragen, meinen Namen benutzen!«

Trotz des schwachen Lichts sah ich die steile Falte, als er die Augen zusammenkniff.»Jetzt reg dich nicht auf! Es ist nicht dein

Name, es ist dein Kürzel. Und so haben wir es exklusiv. Immerhin hätten die Bullen das ja auch noch über Fax herausgeben können, und dann hätten es alle gehabt.«

Wie ich das hasste! Andy hatte eine Neigung zum Boulevardjournalismus, und wenn er eine Nachricht als Erster rausbringen konnte, setzte sein logisches Denken aus.

»Deshalb also auch dieser unmögliche Stil mit einem Fragezeichen in der Überschrift«, stellte ich fest.

»Man muss sich doch absichern«, wand er sich. Er hatte ebenso wie ich gelernt, dass das kein sauberes Handwerk war.

»Und? Ist etwas über Fax gekommen?«, fragte ich nüchtern.

Andreas zuckte die Achseln. »Bisher nicht.«

Die Luft in dem kleinen Raum wurde mir zu knapp. Ich wollte hier raus. »Es ist ja wohl auch sehr unwahrscheinlich, dass sie das öffentlich machen, wenn es nicht sein muss! Hast du eigentlich schon mal mit dem Gedanken gespielt, dich bei der *Prima* zu bewerben? Du spinnst doch wohl, so etwas unter meinem Namen – Entschuldigung – Kürzel zu veröffentlichen!«

Ohne zu fragen, ob ich die Tür öffnen dürfte, stürmte ich aus dem Raum, bemühte mich im Flur, tief einzuatmen. Meine Bluse klebte am Körper, ich wusste nicht, wohin mit meiner Aufregung.

Andreas tauchte kurz hinter mir auf. »Sorry«, begann er, »ja, vielleicht war ich mal wieder zu schnell.«

»Was mache ich, wenn gleich ein wutschnaubender Lubin anruft?«, fragte ich ruhiger.

»Dann müssen wir einfach dreist sein.« Andy versuchte es mit seinem speziellen Grinsen, hob abwehrend die Hände, als er meinen Blick sah. »Okay! Dann nehme ich es auf meine Kappe. Auch, wenn ich dafür in den Knast wandere.«

»Da kannst du wenigstens nichts weiter anstellen!«

Sieben

Ich erwachte mit leichtem Schädeldröhnen und einem fürchterlichen Brand um acht Uhr. Dale schlief noch tief und fest, das Gesicht in sein Kissen vergraben. Ich schaltete den Alarm des Weckers aus und schlüpfte leise aus dem Bett, zog seinen dicken Bademantel über und ging in die Küche, wo noch die Flasche Cognac auf dem Tisch stand.

Während die Kaffeemaschine brodelte, stand ich mit einer Flasche Mineralwasser am Fenster, trank in kleinen Schlucken. Sonntagmorgenstille. Eine strahlende Herbstsonne lag auf den Dächern der Nachbarhäuser. Die Küche ging auf einen gerümpeligen Innenhof hinaus. Ein Schuppen stand da, der dem Enkel des Vermieters als Garage für seinen Trabi diente. Er rangierte ihn immer mit bewundernswerter Geschicklichkeit durch die schmale Einfahrt, die zugleich in den Hausflur führte. Ich liebte den Ausblick auf diesen Hof. Vor den Fenstern hingen wie in südlichen Ländern Drahtgestelle zum Wäschetrocknen. Der alte, rote Backstein, die verbeulten Regenrinnen, alles erweckte den Eindruck, als sei hier die Zeit stehen geblieben.

Damit passte die Umgebung zu Dale, dachte ich grimmig. Als hätte die Auseinandersetzung mit Andreas nicht gereicht, hatte ich mich auch noch mit ihm gestritten. Dabei hatte der Abend so vielversprechend begonnen. Wir hatten Schlüssel zu unseren Wohnungen ausgetauscht, eine Vertraulichkeit, die ich im Gegensatz zu irgendwelchen Hochzeitsplänen genoss.

Dann aber hatte ich erstmals von Angela Heyn erzählt – und Dale war sofort zum Beschützer geworden. Der ehemalige Polizist dozierte, er sei alles andere als sicher, dass die Kripo mit dem Angestellten der Promotion-Firma den Mörder habe, und eine sexuell missbrauchte Frau habe ein starkes Motiv, sich zu rächen.

Mir war schlagartig klar geworden, warum ich von der Begegnung bis dahin weder Andreas noch ihm berichtet hatte.

Die Tatsache, dass das Kürzel »an« wie aus dem Lehrbuch auf die arme Frau anwendbar war, hatte meinen amerikanischen Freund endgültig zum italienischen Macho werden lassen. Auf keinen Fall sollte ich in dieser Richtung weiter recherchieren! Frau Heyn könnte gefährlich sein, das würde er selbst übernehmen.

Der Kaffee war durchgelaufen. Ich goss mir einen Becher ein und setzte mich an den Tisch. Männer! Andy preschte ohne nachzudenken voran, auch wenn er nicht nur sich selbst, sondern auch mich damit in die Bredouille brachte; Dale wollte mich in Watte packen.

Zum Schluss hatte ich aufgehört zu argumentieren und nur noch kategorisch erklärt, dass ich Angela Heyn übernehmen würde. Ich wusste jedoch nicht, ob Dale das wirklich akzeptierte oder daraufhin nur geschwiegen hatte, weil er den Streit beenden wollte.

Natürlich hatte auch mich seit dem Treffen bei Martina Fürst der Gedanke beschäftigt, dass die gedemütigte Frau Heyn ein Motiv hatte. Aber sie hätte doch niemals eingewilligt, überhaupt mit mir zu sprechen, wenn sie etwas zu verbergen hätte! Ich musste sie so schnell wie möglich noch einmal befragen, und dann würde sich bestimmt alles aufklären.

In der stillen Redaktion griff ich gleich zum Telefon und rief in der Medizinischen Akademie an. Nun wusste ich ja, auf welcher Station Martina Fürst und ihre Freundin arbeiteten. Frau Heyn hatte jedoch an diesem Wochenende keinen Dienst. Ihre Privatadresse gaben sie mir natürlich nicht. Ich hinterließ meine Telefonnummer und bat darum, ihr auszurichten, sie möge mich so bald wie möglich anrufen. Ich wollte gern den Weg über Martina Fürst vermeiden.

Um auf andere Gedanken zu kommen, sah ich die über Nacht hereingekommenen Agentur-Meldungen durch: UdSSR tritt dem Internationalen Währungsfonds (IWF) bei, Massive Kampfhandlungen in Kroatien, Richard von Weizäcker verurteilt fremdenfeindliche Gewalt bei Einheitsfeiern. Wenig zu Erfurt. Von der Polizei nur die Meldung über einen bewaffneten Raubüberfall in der Weitergasse. Genau das Sträßchen, durch das ich immer lief, wenn ich nach einer Ausstellungseröffnung im Haus Dacheröden zurück zur Redaktion ging. Das nächste Mal würde ich einen Umweg machen.

Ich schnitt diese und zwei weitere für uns interessante Meldungen aus dem Papierwust aus und setzte einen Kaffee auf, bevor ich an meinen Schreibtisch zurückkehrte. Eine Weile saß ich einfach nur da, genoss die Ruhe und das Alleinsein. Wir waren die gleiche Besetzung wie am Freitag, also würde schon bald das Geplänkel von Karla und Andreas ertönen.

Ich holte den Kalender von Karlas Schreibtisch. Es war einer jener seltenen Sonntage mit nur zwei Terminen. Die Eröffnung einer Verbraucherschau auf dem ega-Gelände und ein Kirchenfest in Ingersleben. In Dortmund hätten wir uns da ganz schön nach der Decke strecken müssen, um eine Lokalausgabe zu füllen; hier gab es zum Glück immer genügend Material – Artikel, für die sonst der Platz fehlte, hatte jeder von uns zuhauf in der Schublade.

Mit einem Kaffee und einer Zigarette stand ich am Layouttisch und entwarf schon einmal in groben Zügen den Spiegel, als Karla erschien.

»Hallo! Was willst du denn schon hier?«

»Morgen. Das wollte ich dich gerade fragen. Ich hab's ja nicht geglaubt, als ich dein Auto gesehen habe.« Sie zog ihre Jacke aus und verschwand wieder.

»Ich wollte meine Ruhe haben«, rief ich ihr hinterher, »und anscheinend ist es so weit gekommen, dass ich die am ehesten hier finde.«

»Du brauchst eindeutig eine eigene, richtige Wohnung.« Ihren Garfield-Kaffeebecher balancierend, kehrte Karla in die Redaktion zurück.

»Wem sagst du das? Und wieso bist du jetzt schon hier?«

»Ich hab einfach noch eine Menge zu schreiben, und ich kann das eben besser morgens als nachts.«

Wir lachten beide. Ich genoss das unkomplizierte Zusammensein. Als ich ihr von Andreas' Meldung erzählte, zog sie eine Grimasse.

»Das lässt du ihm doch hoffentlich nicht durchgehen!«

»Ich habe ihn schon ordentlich zurechtgestaucht, aber du darfst gerne auch noch mal.« Auf einmal hatte ich eine Idee: »Tust du mir einen Gefallen?«

»Kommt darauf an.«

Ich erläuterte Karla meinen Plan. Sie sollte unter falschem Namen bei der Kripo anrufen, sich als Redakteurin der Konkurrenzzeitung ausgeben und herausfinden, ob es etwas Neues gab.

»Nach Andys Gag möchte ich da jetzt nämlich nicht anrufen. Und ich denke, sobald die *Tageskurier* hören, flippen sie sowieso aus.«

Karla grinste. »Gut möglich. Klar, ich geb mich für die Liebscher aus. Die hat, glaube ich, eine ähnliche Stimme wie ich.«

Selbstsicher verlangte sie Hauptkommissar Lubin und wurde wohl auch mit ihm verbunden. Sie fragte, wieso sie keine Informationen über den PLT-Betrug bekommen hätten und was es mit dem Artikel im *Tageskurier* auf sich habe. Die Antwort war kurz. Karla legte auf.

»Cooler Typ. Über den Betrug gäbe es zum gegenwärtigen Zeitpunkt keine Informationen an die Presse – und das in einem

Ton, ich wusste gleich, bohren ist sinnlos. Und was die Quellen der Konkurrenz beträfe, dazu würde er sich nicht äußern. Aber das klang nicht sauer.

Nachdenklich sagte ich: »Ich habe mich gestern schon gewundert, dass er sich nicht gerührt hat. Lass uns den Text noch einmal anschauen.«

Ich holte die Zeitung aus dem Flur und schlug die dritte Lokalseite auf, gemeinsam beugten wir uns darüber. »Was meinst du?«, fragte ich.

Karla zuckte die Achseln. »Andreas hat sich zwar weit aus dem Fenster gelehnt, aber wenn die Fakten stimmen, kann die Kripo natürlich nichts machen.«

»Aber man sollte doch meinen, dass sie versuchen, uns Behinderung der Ermittlung anzuhängen.«

»Es sei denn –«, begann Karla.

»– wir behindern die Ermittlungen nicht, sondern befördern sie eher.« Gebannt starrte ich auf die Zeitung. »Wie ist es, wenn sie herausgefunden haben, dass dieser Martin D. mit dem Mord gar nichts zu tun hat? Dann können sie jetzt hoffen, dass der wahre Mörder sich sicher fühlt und einen Fehler macht.« Begeistert von meiner Schlussfolgerung blickte ich auf und sah, dass Andy gerade den Raum betreten hatte.

»Na siehst du, wie vorausschauend ich war?«, lautete seine strahlende Begrüßung.

Ich konnte nicht anders, ich musste lachen. Er sah ausgeschlafen und frisch aus, die blonden Haare glänzten noch feucht.

»Geradezu prophetisch!« Ich holte das schmale Erfurter Telefonbuch aus dem Regal. »Wie heißt der D.?«

»Dreesch, Martin Dreesch.«

»Vielleicht haben wir ja Glück.« In meinem Überschwang hatte ich viel zu weit geblättert. H, G, F, E – D. »Sonst musst du morgen deine Freundin bei der Meldestelle becircen. Halt, nein. Das gibt's doch nicht. Hier steht tatsächlich ein Martin Dreesch drin! Hoffen wir, dass er es ist. Ich wüsste jetzt doch gern, ob er ein Alibi für den letzten Sonntag hat. Am Mispelweg.« Fragend schaute ich von Andreas zu Karla. »Wisst ihr, wo das ist?«

»Ich glaube, draußen am Wiesenhügel.« Andy schaute auf den großen Stadtplan an der Wand. »Richtig, hier.« Er tippte auf eine Stelle am Rand der großen Trabantenstadt mit dem poetischen Namen. Kurzentschlossen schnappte ich mir meine Tasche.

»Ich fahr da mal raus. Vielleicht erfahre ich ja etwas über den guten Mann.«

»Darf ich mitkommen?«

Karla lachte über die vorsichtige Anfrage, ich grinste sie an und stimmte großmütig zu.

»I'm always on the run«, sang Lenny Kravitz, während Andy den Wagen quer durch die Stadt steuerte. Wenn ich in eines der äußeren Plattenbauviertel musste, wählte ich immer die großen Ausfallstraßen. Hatte man sich nämlich erst einmal in dem Gewirr der Straßen verfahren, konnte man stundenlang umherirren. Aber er war schließlich auch schon ein Jahr länger hier als ich. Und hatte sogar für ein Hochglanzmagazin eine Reportage über die Trabantenstadt am südöstlichen Rand von Erfurt gemacht, auf die er zu Recht stolz war. Die Fotos zeigten, faszinierend und angsterregend, Betonklotz an Betonklotz, das Leben versteckte sich hinter spießigen Scheibengardinen.

Wir passierten das Zentrum des Wohngebiets: ein Supermarkt – hier Kaufhalle genannt, ein paar kleinere Läden, Kindergarten, Grundschule, dann folgten wieder eng an eng die Wohnhäuser und Parkplätze. Abgesehen von den Autos sah alles grau aus. Der leblose Eindruck wurde noch dadurch verstärkt, dass kein Mensch auf den Straßen war.

»Wahrscheinlich hast du für deine Reportage letztes Jahr die meisten Fotos an Sonntagen gemacht, oder?«

»Ertappt. Wirfst du mir jetzt wieder Sensationsmache vor?«

»Zumindest eine gewisse Manipulation … Es ist wirklich gruselig!«

Andreas blickte kurz zu mir herüber, während er rechts einbog. »Die Pointe ist ja, dass die Menschen sich früher nicht geängstigt haben. So lange Big Brother seine Augen überall hatte, gab es die Überfälle nicht, die heute zur Tagesordnung gehören. Bis zur sogenannten Wende war das hier eine begehrte Wohngegend.«

Davon hatte Karla mir auch schon erzählt. Schließlich waren die Neubauten mit Zentralheizung, Bädern, Aufzügen ausgestattet – und außerdem funktionierte das Zusammenleben. Für Kinderbetreuung war ebenso gesorgt wie für gemeinsame Besäufnisse mit Himmelströpfchen, Pfeffi und Blauem Würger – einem Wodka, dessen Namen ich so faszinierend fand, dass ich ihn unbedingt einmal probieren wollte.

Andy zögerte einen Moment, orientierte sich. Wir befanden uns jetzt inmitten der Wohnklötze, ich hätte beim besten Willen nicht sagen können, wo genau. »Wenn wir uns damals schon gekannt hätten, hätten wir die Reportage toll zusammen machen können«, sagte er.

Ich stimmte zu. »Wenn du noch so eine gute Idee hast, machen wir das demnächst mal.«

»Ideen hab ich wie Sand am Meer«, behauptete er, während er den Golf in eine Parklücke rangierte.

Kurz darauf standen wir unschlüssig vor der Haustür. Der Position des Klingelknopfs nach lebte Familie Dreesch in einem der oberen Stockwerke des Neungeschössers. Andreas schlug vor, zunächst in das Haus zu gelangen, und klingelte bei verschiedenen Namen. Als sich jemand über die Sprechanlage meldete, trompetete er »Reklame«, und die Tür wurde ohne zu zögern aufgedrückt. Er grinste.

»Ede Zimmermann kann nicht überall sein.«

Wir fuhren mit dem Aufzug – der in besserem Zustand war als der in meinem Wohnheim – ganz nach oben und strichen an den Türen entlang. Viele trugen gar kein Namensschild, obwohl Schuhe auf einer Fußmatte standen; Dreesch lasen wir nirgendwo.

Im Stockwerk darunter wurden wir fündig, und ohne langes Zögern drückte ich auf die Klingel. Wir hörten, wie sich Schritte über den Flur näherten, dann ein gedämpftes »Ja bitte?«, wahrscheinlich in die Sprechanlage. Ich klopfte an die Tür.

»Hier oben.«

Es muss ein Reflex sein, der die Menschen veranlasst, in einer solchen Situation – trotz Eduard Zimmermann – die Tür zu öffnen. Eine etwa fünfzigjährige, dicke Frau in einer Kittelschürze schaute uns fragend an. In der Wohnung hing ein intensiver Geruch nach Sauerbraten. Mir lief das Wasser im Mund zusammen.

»Guten Tag, Frau Dreesch«, grüßte ich freundlich. »Kirsten Bertram vom *Tageskurier*.« Bestimmt war es besser, Andys Namen nicht zu nennen, dachte ich. »Wären Sie vielleicht dazu bereit, uns einige Fragen zu beantworten?«

Wider Erwarten stimmte sie sofort zu.

»No, kommen Sie herein. Mir soll es recht sein. Mein Martin hat nichts Böses getan. Er wollte doch bloß, wir waren doch auch mal an der Reihe, ach, nun ja, kommen Sie, kommen Sie.«

Erstaunt schauten wir uns an und betraten die Wohnung. Im Flur waren einige Schuhe aufgereiht, und wir zogen unsere ebenfalls aus, folgten der Hausfrau auf Socken ins Wohnzimmer. Sie entschuldigte sich noch einmal und ging schwerfällig wieder hinaus. Wahrscheinlich in die Küche, das Fleisch abstellen, dachte ich. Hoffentlich begann mein Magen nicht gleich zu knurren.

In dem überheizten Zimmer war kein besonderer Reichtum festzustellen. Obwohl – das war mein arrogantes Wessi-Denken. Die Möbel waren allesamt keine alten Ost-Fabrikate, sondern West-Massenware. Da standen ein großer Wohnzimmerschrank in Eiche rustikal, dazu passend die übliche Kombination aus einem drei- und einem zweisitzigen Sofa und einem Sessel mit Bezügen in Pastelltönen, ein massiver Couchtisch und, auf einem kleinem Schränkchen in der Ecke, Fernseher und Videorecorder. Den Boden bedeckte eine beige melierte Auslegeware von guter Qualität. Wenn man das alles auf einen Schlag kaufen wollte, kam ganz schön was zusammen.

Frau Dreesch kehrte zu uns zurück. Ich konnte nicht anders, als fasziniert das Muster der Kittelschürze anzustarren, das mich an wilde Hippiezeiten erinnerte. Unter dem ärmellosen Kleidungsstück schien die Frau kaum etwas zu tragen, die unförmigen Arme und Beine waren nackt. Was eher der Raumtemperatur angemessen war als mein Sweatshirt.

»Ja setzen Sie sich doch.« Wir waren unschlüssig stehengeblieben, jetzt nahm ich auf dem großen Sofa Platz, Andy wählte das kleinere.

»So ist es gut. Darf ich Ihnen etwas anbieten? Likörchen? Einen Aufgesetzten? Oder ein Bier?«

Das wurde ja immer skurriler. Davon, wie so eine Promotion-Firma funktionierte, konnte ich mir nur ein ungefähres Bild machen, die Angestellten hatte ich mir zumindest immer als reinste Yuppies vorgestellt. Und nun saßen wir hier in diesem mehr als bürgerlichen Wohnzimmer mit einer Frau, die mindestens ebenso aus der Welt gefallen schien wie der Hof hinter Dales Küche. Likör am Sonntagvormittag, das rief in mir Erinnerungen an eine längst verstorbene, liebe Großtante wach. Wahrscheinlich deshalb sagte ich Frau Dreesch, dass ich gern ein Gläschen trinken würde.

»Das ist recht. Ich habe einen hervorragenden Kirschlikör da. Und Sie, junger Mann?«

Andy sah völlig verwirrt aus. »Vielleicht ein Bier, wenn es nicht zu viele Umstände macht.«

»Aber das macht doch keine Umstände.« Kopfschüttelnd schob sie sich wieder aus der Tür. »Ein Augenblickchen.«

»Ich dachte, du hasst so süßes Zeug?«, flüsterte Andreas entgeistert.

»Tu ich auch«, gab ich leise zurück.

Frau Dreesch kam mit der bereits geöffneten Braugold-Flasche zurück, holte umständlich fünf Zinnuntersetzer, eine Pilstulpe und zwei Likörgläser sowie die Likörflasche aus dem Barfach des Schrankes.

»Nun denn«, begann sie, nachdem alles auf der sauberen, bestickten Tischdecke stand, sie uns eingeschenkt und sich gesetzt hatte. Sie hob ihr Glas. »Auf die Gesundheit.«

Wir erwiderten die Geste. Der Likör schmeckte wie damals bei meiner Tante – allerdings spürte ich aktuell noch immer den Cognac, den Dale und ich bei unserem Streit gekippt hatten, und hätte sehr viel lieber einen Kaffee gehabt.

»Was möchten Sie denn nun von mir wissen?«, fragte unsere Gastgeberin offenherzig.

Ich versuchte, mich zu sammeln, Andreas kam mir zuvor: »Entschuldigen Sie, wenn ich so direkt bin: Aber nach dem, was Sie gerade sagten, wussten Sie von dem Betrug, den Ihr Mann begangen hat?«

Sie begann leise zu kichern, wobei sich in dem breiten Gesicht feine Grübchen abzeichneten. »Nein, nein, so können Sie das nicht sagen. Und nicht«, schelmisch drohte sie ihm mit dem Zeigefinger, »dass Sie das schreiben. Ich habe nichts gewusst. Aber sehen Sie«, nun wurde ihre Miene verschwörerisch, »als auf einmal all die schönen Sachen hier auftauchten, da habe ich mir schon so mein Teil gedacht.«

Sie hatte die Ausstattung des Zimmers mit einer Handbewegung umfasst, die an der Likörflasche endete. Ehe ich begriff, was sie tat, hatte sie mein halb leeres und ihr leeres Glas wieder gefüllt.

»Martin hat mir geschworen, dass er keine Schulden gemacht hat, und gesagt, ich sollte mich einfach daran freuen.«

Jetzt trug ihr Gesicht einen verstörten Ausdruck.

»Er wollte immer, dass ich es hübsch habe. Ich bin doch nun schon so lange Rentner, und das Geld war immer knapp. Dabei war mein Martin fleißig, gerade nach der Wende. Hat Kurse gemacht und sich gekümmert, was es alles so gab. Wissen Sie«, mit der Hand an der Likörflasche sah sie mich versonnen an, »ich denke, es mochte ihn geärgert haben, dass er nachher auf der neuen Stelle, wo er so viel gearbeitet hat, nur so wenig verdient hat.«

Ich nickte vage.

»Also Sie denken, dass Ihr Mann sich einfach ein Stück vom Kuchen abschneiden wollte?«, fragte Andreas mit einnehmendem Lächeln.

»No.« Entschlossen nickte sie.

»Aber sonst hat er nichts getan, Ihr Martin?«

Ob sie Leserin des *Tageskurier* war?

Frau Dreesch guckte verständnislos von Andy zu mir. »Was meinen Sie?«

Ich brachte es nicht über mich, den Verdacht auszusprechen, und schwieg.

»Noch ein Likörchen?«, fragte sie.

»Nein, danke. Vielen Dank.« Ich versuchte, meine Gedanken zu ordnen, aber wieder war Andy schneller.

»Hat Ihr Mann einmal Namen genannt? Wissen Sie, mit wem er die Sache organisiert hat?«

Sie schüttelte den Kopf, zwinkerte mir zu. »Nein. Da hat er aufgepasst.«

»Haffmann, Pohland, Thimm, die Namen sagen Ihnen alle gar nichts?« Ich schöpfte Hoffnung, als sie einen Moment lang nachdachte.

»Haffmann, no – ich meine, ein junger Mann, mit dem Martin früher mal Karten gespielt hat, hieß so. Aber ich bin mir bei Namen immer so unsicher …«

»Manfred Haffmann.«

Betrübt zuckte sie die Achseln. »Das ist schon so lange her.«

»Nein, wirklich nicht mehr.« Gerade noch rechtzeitig hielt ich meine Hand über das Likörglas. »Eine letzte Frage noch, Frau Dreesch. Wissen Sie, was Ihr Mann heute vor einer Woche, also am letzten Sonntag, gemacht hat?«

Sie begann zu kichern. »Sie tun ja fragen wie die Polizei. Natürlich weiß ich das. Meine Tochter hatte uns eingeladen. Wir waren den ganzen Tag bei ihrer Familie in Bad Langensalza. Wir sehen uns doch so selten.«

»Uff«, stöhnte ich, als ich mich auf den Beifahrersitz fallen ließ, »das war etwas viel auf nüchternen Magen.«

»Was? Frau Dreesch oder ihr Likörchen?«

»Beides.« Ich begann zu lachen, konnte mich überhaupt nicht wieder einkriegen.

»Okay«, Andy fingerte seine Zigarettenpackung aus der Cordjacke. »Was willst du essen?«

Ich bediente mich aus der Schachtel, ließ mir Feuer geben. »Weiß nicht. Irgendwas, was mich wieder auf die Beine bringt. Keinen Sauerbraten jedenfalls.«

Nun begann Andreas ebenfalls zu lachen. »Einen Moment lang –« Er stockte, die Augen auf den Innenspiegel gerichtet. »Bleib ganz ruhig sitzen und dreh dich nicht um. Da ist Lubin mit zwei anderen Typen, wahrscheinlich ist einer davon Martin Dreesch.«

Ich rutschte in meinem Sitz ein Stück tiefer und versuchte, im rechten Außenspiegel etwas zu erkennen. Einen kleinen Ausschnitt der Haustür sah ich. Die drei Männer gingen gerade hindurch.

»Jetzt aber nichts wie weg.« Andy ließ den Wagen an, stieß aus der Parklücke und beeilte sich, auf die Straße zu kommen. »Ich schätze, deine Theorie war richtig. Dreesch ist ein kleiner Fisch, ein Alibi hat er, das wissen wir jetzt auch …«

»… und die Frau kann unmöglich lange alleine bleiben. Also haben sie ihn erst einmal wieder auf freien Fuß gesetzt, damit er sich um sie kümmern kann.«

Wir aßen eine Bratwurst auf dem Domplatz, dann fuhr Andy zur ega. Als ich in die Redaktion kam, saß Dale an meinem Schreibtisch und rauchte.

»Hallo.«

»Hallo.«

Karla tippte. Außer dem Klappern ihrer Tastatur war es völlig still. Ich steckte mir ebenfalls eine Zigarette an und lehnte mich gegen die Wand. Dale räusperte sich:

»Ich habe Karla gerade erzählt, dass ich in Düsseldorf Pohlands Vergangenheit ergründen will. Sie sagte, eine Bekannte, eine ehemalige Kollegin von euch, wäre dort.«

Karla schaute auf. »Bettina Krämer, die hast du noch ganz kurz kennengelernt. Sie ist seit Juli bei so einem Zeitgeistblättchen. Sie würde sich bestimmt mal ein bisschen umhören.«

»Und sogar wenn sie Geld dafür will, müsste es sich noch lohnen. Für mich wären das zwei Tage, Fahrtkosten, Hotelunterkunft«, listete Dale auf.

Und du könntest nicht in meiner Nähe sein und auf mich aufpassen, dachte ich. Ich wusste, dass ich ungerecht war, aber ich konnte nicht anders. »Ja«, sagte ich nur. »Hört sich logisch an.«

Karla schaltete ihren PC aus. »So, mir reicht's für heute. Wenn du dich um die Meldungen kümmerst, fahre ich jetzt nach Ingersleben.« Ihrem Blick war anzumerken, dass sie sich Gedanken über Dale und mich machte.

»Klar, ich hab alles im Griff«, versuchte ich ihr zu signalisieren, dass es keinen Grund gab, sich Sorgen zu machen. »Lass dir ruhig Zeit.«

Nachdem Karla gegangen war, sagten wir beide einen Moment lang nichts. Schließlich stand Dale auf und kam zu mir herüber, berührte mich leicht an der Schulter. »Es tut mir leid, dass wir uns gestern so falsch verstanden haben. Ich habe doch nur Angst um dich.«

»Aber das ist es ja!« Er begriff es immer noch nicht. »Hör zu, lass uns nicht wieder von vorn anfangen. Nur, du musst auf jeden Fall akzeptieren, dass ich diese Angela Heyn so lange alleine übernehme, wie ich es für richtig halte. Ich weiß schon, was ich tue.«

Ich sah ihm an, dass er etwas einwenden wollte, dann bat er mich jedoch nur eindringlich, vorsichtig zu sein.

»Bin ich, versprochen.« Ich gab ihm einen Kuss. »Und du könntest zum Wiesenhügel fahren und versuchen, etwas aus Martin Dreesch herauszubekommen.« Ich gab ihm eine kurze Zusammenfassung unseres Treffens mit Frau Dreesch, und er brach auf.

Ich setzte mich mit einem Becher Kaffee an die Meldungen.

Als Dale zurückkehrte, hatte er die Stirn in tiefe Falten gelegt. Andreas ließ sofort alles stehen und liegen, um zu hören, was er herausgefunden hatte. Ich wartete, bis mein langsamer Rechner endlich die Meldungsdatei abgespeichert hatte.

»Ein zutiefst unsicherer Mann, der sich aufopfernd um seine Frau kümmert«, sagte Dale, als ich aufblickte. »Er erzählte bereitwillig – aber die Spur ist wohl tatsächlich eine Sackgasse.«

Der Angestellte hatte weder von einem Jörg Pohland noch von einer Frau Thimm jemals etwas gehört. Alle Verhandlungen wurden mit Haffmann geführt, den er von früher kannte. Der hatte ihn eines Tages gefragt, ob er völlig risikolos 20.000 Mark verdienen wolle, und Dreesch seinen Plan erläutert. Von dem Geld, dass er von PLT Köln für die nicht stattgefundene Veranstaltung bekam, behielt Dreesch in der Folge 20.000 DM für sich, die übrigen 22.600 steckte er in eine Videokassettenhülle und schickte diese Haffmann. Dreesch war nie auch nur auf den Gedanken gekommen, dass Haffmann noch andere Komplizen haben könnte.

»Sch– ande, verdammte!« Andy sprang von seinem Stuhl auf und begann, gereizt im Raum herumzuwandern.

»Du sagst es.«

Ich schüttelte den Kopf. »Damit platzt unsere ganze Rechnung, oder? Dreesch bekam zwanzigtausend Mark, Haffmann behielt von dem Rest mindestens zehntausend. Wenn also noch jemand beteiligt war –«

»– dann für zwölftausendsechshundert«, fiel Dale ein. »Nicht gerade viel für einen Mord.«

Acht

Vertraute Geräusche. Stimmen, Türenschlagen, Musik. Direkt über mir ganz deutlich die Anfangsmelodie der *Lindenstraße*. Alle meine Mitbewohner schienen wieder eingetrudelt zu sein. Ich stellte ebenfalls den Fernseher an und warf mich aufs Bett. Allerdings schaffte ich es nicht, mich durch die Geschehnisse in der Dauer-Serie abzulenken. Das Schicksal eines misshandelten Mädchens ließ mich sofort wieder an Angela Heyn denken.

Vielleicht war es ganz gut, dass ich mich von Andreas zu einem gemeinsamen Essen hatte überreden lassen. Nach wie vor wusste er nichts von der ehemaligen Mitarbeiterin Haffmanns, und so würden wir über die anderen Beteiligten der PLT-Geschichte sprechen. Entschlossen rappelte ich mich auf und ging unter die Dusche. Als ich vor meinem Kleiderschrank stand, schweiften meine Gedanken von meiner Auswahl zu der, die diese Frau Thimm haben musste. Schließlich kleidete ich mich ganz in Schwarz: ein langes Sweat-Shirt mit einem breiten Gürtel um die Hüfte, Leggings, Seidenstrümpfe und flache Pumps. Darüber zog ich einen ebenfalls schwarzen Fünfziger-Jahre-Mantel vom Flohmarkt. Die Haare schlang ich zu einem Knoten und band einen Seidenschal darum.

Die Wirkung blieb nicht aus.

»Oh, my Lady in Black«, begrüßte Andy mich mit einer theatralischen Verbeugung in seiner Wohnungstür und fragte, ob wir noch einen Aperitif trinken wollten. »Es ist ein historischer Moment: Ich habe aufgeräumt und eingekauft. Auch den Chardonnay, den du so gern magst.« Er roch gut nach seinem teuren Rasierwasser mit der leichten Zimtnote.

Ich lehnte ab. Ich musste erst einmal etwas essen, bevor ich wieder Alkohol trank. Außerdem wollte ich auf neutralem Boden mit ihm sein. Dale observierte das Haus, in dem Pohland wohnte, vielleicht würde er später noch zu uns stoßen.

Wir fuhren ins *Camino*. Suse, die Studentin, die wir in unserer Zeit als Stammgäste gut kennengelernt hatten, kam mit müdem Lächeln an unseren Tisch. Sie erhielt weder Bafög noch Geld von ihren Eltern und musste deshalb so viel wie möglich arbeiten. Trotzdem war sie zufrieden, jetzt überhaupt studieren zu können, was ihr nach dem Abitur eines »ausreichend« in Staatsbürgerkunde wegen verwehrt worden war. Damals war sie in der Gastronomie gelandet, wodurch sie jetzt wohl eine bessere Grundlage für das Überleben in der Marktwirtschaft besaß als ihr das Philosophie- und Kunstgeschichtsstudium jemals bieten würde.

»Hallo, euch habe ich ja lange nicht gesehen«, begrüßte sie uns.

Ich murmelte etwas Zustimmendes.

»Keine böse Absicht«, beteuerte Andreas, und dass wir nun wieder häufiger kommen würden.

Ich bestellte eine Tomatensuppe mit Knoblauchbaguette und Cannelloni, dazu einen Pinot grigio, Andy ein Bier und eine Lasagne.

»Es ist immer wieder toll, was du futtern kannst«, meinte er und bot mir eine Zigarette an. Er sah verdammt gut aus. Zur Jeans trug er ein blau-grau gestreiftes Hemd, seine blonden Haare strebten in alle Richtungen, die Augen strahlten noch grüner als sonst.

»Ich hab doch den ganzen Tag fast nichts gegessen«, verteidigte ich mich.

»Das war ein Kompliment, Frau Kollegin.« Andy grinste und gab uns Feuer.

Er machte mich verlegen, und ich war froh, dass in diesem Moment Suse schon mit den Getränken sowie Pizzabrötchen und Kräuterbutter zurückkam. Ich drückte die Zigarette aus und nahm mir eines der warmen Brötchen.

»Na dann: Danke«, gab ich mit vollem Mund zurück.

Wir stießen an und tranken einen Schluck. Andy rauchte weiter und ließ seine Augen nicht von mir.

»Zum Thema Aussehen ist mir gerade im Wohnheim etwas durch den Kopf gegangen«, versuchte ich das Gespräch auf den Fall zu bringen.

»Wie du deine Schönheit ins Alter retten kannst?« Andy schien entschlossen, seine ironische Flirterei fortzusetzen.

»Quatsch! Also: Ich bilde mir ein, dass ich meist halbwegs gut aussehe –«

»Meistens, ja. Früh morgens und verkatert nicht unbedingt.«

Ich zog ihm eine Grimasse. »Aber alles, was ich im Schrank habe, ist irgendwie zusammengekauft: Sonderangebote, Second-Hand-Fundstücke, einfach nur billige Sachen, die ich mir aus der Masse herausgesucht habe. Trotzdem falle ich hier in Erfurt damit auf – weil die Sachen irgendwie anders, eben nach Westen aussehen.«

Suse brachte meine Vorspeise.

»Jetzt fällt der Groschen. Du willst auf Frau Thimm heraus, stimmt's?«, fragte Andreas und nahm sich ein Pizza-Brötchen.

»Genau«, begann ich nach einem Löffel Suppe. »Ihre ganze Erscheinung ist so durch und durch edel und auffällig, dass die Leute sich an sie erinnern müssen.« Ich machte eine Pause. »Es wäre zwar verdammt mühselig, aber solange wir nichts anderes in der Hand haben, könnten wir mit dem Foto vom Weinfest durch die schickeren Lokale und Bars ziehen und nach ihr fragen.«

»Das ist genial!«, reagierte er regelrecht begeistert. Ich war froh, dass er seine spöttische Plänkelei aufgegeben hatte, und machte mich wieder über Suppe und Baguette her. »Dann komme ich also doch noch zu meinem edlen Dinner mit dir.«

»Ein Bier würde es auch tun.«

Suse näherte sich unserem Tisch.

»Nein, das gilt nicht. Heute Abend klappern wir die Bars der großen Hotels und die gutbürgerlichen Restaurants ab, und morgen lässt du dich ins *Opus* einladen. Bitte.«

Suse enthob mich einer direkten Antwort. »Deshalb lasst ihr euch nur noch so selten bei uns blicken! Ihr seid in höhere Sphären aufgestiegen.«

»Rein beruflich«, beschwichtigte ich. »Aber vielleicht kannst du uns auch weiterhelfen. Hast du hier schon mal eine auffallend elegante Frau gesehen? Mitte dreißig –« Andy zog das Foto aus der Innentasche seiner Cordjacke. »Ach, toll, du hast es sogar dabei.«

Suse betrachtete das Bild aufmerksam und schüttelte dann den Kopf. »Nein. An die würde ich mich bestimmt erinnern.«

»Eben darauf bauen wir, dass sie auffällt. Sag doch mal, wo du die einordnen würdest. In welchen Lokalen, meinst du, verkehrt sie?«

Suse guckte sich kurz um. Da im Moment nicht allzu viel Betrieb war, setzte sie sich auf den Stuhl neben mir und zog eine Zigarette aus Andreas' Packung. »Ich darf doch, oder?«

»Klar«, antwortete ich und gab ihr Feuer.

»An das *Opus* würde ich auch denken. Und an diese Nobel-Pizzeria am Stadtrand, das *Bella Italia*.«

»Stimmt, natürlich!« Andy steckte sich ebenfalls noch eine Zigarette an. »Und fallen dir auch Bars oder Kneipen ein, wo sie reinpassen würde?«

»Da kenne ich mich weniger aus. Die Bars der großen Hotels, ja. Vom *Kosmos* vielleicht – Ich komme!« Sie drückte die Zigarette aus und stand auf. »Euer Essen bringe ich sofort. Und du rauchst zu viel«, sagte sie augenzwinkernd zu Andreas.

Das *Bella Italia* gefiel mir. Es war recht groß, wirkte aber durch Raumteiler mit vielen Pflanzen trotzdem gemütlich. Das Publikum war durchweg gut gekleidet. Hier konnte ich mir Pohland und Thimm gut vorstellen. Wir saßen an der kleinen Bar. Ich hatte mich von Andy zu einem Grappa überreden lassen, trotz Null-Komma-Null-Promillegrenze. Es sei doch eh egal, nachdem ich schon den Wein getrunken habe.

Ich hob mein Glas und prostete ihm zu. »Hier würde ich morgen lieber essen gehen.«

»Machen wir dann nächstes Wochenende.«

Nein, dachte ich, ich sollte nicht meine Freizeit mit Andreas verplanen. Ich antwortete nicht. Der Schnaps brannte im Hals und in der Speiseröhre. Ich würde Dale hierhin einladen.

Andy rief den Barkeeper heran, bezahlte die Grappas, gab reichlich Trinkgeld und legte ihm dann das Foto vor. Wir schienen auf Anhieb Glück zu haben.

»Ja, gut möglich, dass die Dame schon einmal bei uns war. Einen Moment, bitte.« Er rief einen der Kellner herbei. »Guiseppe, kommt dir die Dame bekannt vor?«

Guiseppe beäugte uns misstrauisch, sagte dann leise etwas auf Italienisch zu seinem Kollegen. Ich verstand das Wort Carabinieri.

»Nein. Wir sind nicht von der Polizei. Wir sind Reporter und wollen einen Artikel über gut angezogene Menschen in Erfurt machen. Deshalb würden wir diese Dame gerne treffen.«

Sehr überzeugt sah er nicht aus, was ich da von mir gegeben hatte, war ja auch reichlich idiotisch. Andy versuchte es noch einmal mit Trinkgeld.

»Sie sollten sich besser um die Menschen kümmern, die nicht so gut angezogen sind.« Trotzdem steckte Guiseppe den Zehnmarkschein ein. »Ja, diese Frau war hier. Vor etwa zwei Monaten. Und jetzt entschuldigen Sie mich bitte.«

»Einen Augenblick noch.« Missmutig drehte der Kellner sich um. »War die Dame in Begleitung von zwei Herren?«

»Das kann ich Ihnen nicht sagen. Glauben Sie, die Herren waren auch gut gekleidet?«

Weg war er. Der Barmann entschuldigte sich eifrig für die Unhöflichkeit seines Kollegen.

»Nein, nein, schon in Ordnung«, beruhigte Andreas ihn. »Bringen Sie uns noch zwei Grappas.«

»Einen. Für mich bitte einen Espresso.«

Wir erörterten die Möglichkeit, dass dieses Auftauchen von Frau Thimm das Zusammentreffen mit Martina Fürst gewesen sein konnte. Ich hatte sie nicht nach dem Restaurant gefragt, so oder so war es jedoch ohne Bedeutung. Wir mussten schon jemanden finden, der die Frau in letzter Zeit gesehen hatte, um ihre Spur aufnehmen zu können. Schließlich fuhren wir zurück in die Stadt und fragten in den Hotels am Ring nach. Wir begannen im *Thüringen* und arbeiteten uns über das *Am Ring* und das *Kosmos* bis zum *Erfurter Hof* am Hauptbahnhof durch. Ohne Erfolg. In keiner Bar erinnerte sich jemand an unseren Paradiesvogel.

Es war mittlerweile fast Mitternacht. Andy war reichlich angetrunken, und auch ich längst nicht mehr fahrtüchtig. Wir wollten uns aber noch nicht geschlagen geben und zogen zu Fuß weiter. In der Kälte der Nacht war ich froh um meinen Mantel. Außerdem hielten wir uns umfasst und wärmten uns so gegenseitig.

»Weißt du, dass wir verrückt sind?«, fragte ich in die dunkle Straße hinein.

»Finde ich überhaupt nicht. Und wenn schon.«

Erfolglos passierten wir etliche Gaststätten, wobei wir uns auf kleinen Gassen und Sträßchen durch den verwinkelten Stadtkern bewegten, vorbei an schrecklich zerfallenen und wunderschön sanierten Häusern. Überall war es geradezu geisterhaft leer, und mir schoss der Gedanke durch den Kopf, dass ich mit Andy allein war, ganz allein. Es fühlte sich gut an.

Schließlich, kurz vor der Sperrstunde, landeten wir im *Haus zur Rose*, einer Weinstube auf der Langen Brücke. Im Sommer hatten Tische auf dem Bürgersteig vor der frisch renovierten Fassade gestanden. Es schien mir gestern gewesen zu sein, dass wir beide hier in der Abendsonne gesessen hatten.

Das Innere des Lokals betrat ich zum ersten Mal. Eine Treppe führte in den ersten Stock, ebenerdig lag ein kleiner, jetzt leerer Kneipenraum. Die Stühle waren bereits hochgestellt. Ein kräftiger Mann sortierte hinter der Theke Gläser ein.

Ich wollte nicht an Dale denken, der vor Pohlands Haus im Auto saß oder ihn verfolgte oder sonst etwas. Andreas hatte gerade vorgeschlagen, nach Marokko zu fliegen und die beiden Mädchen ausfindig zu machen. Ach ja, die Sachen packen und in die Sonne entfliehen …

Wir standen vor der Theke und grüßten.

»Können wir noch etwas zu trinken bekommen?«, fragte ich.

Der Mann konnte sich nicht recht für eine Reaktion entscheiden, er brummte etwas schwer Verständliches. Andreas zog das Foto aus seiner Jackentasche.

»Würden Sie uns sagen, ob Sie diese Frau schon einmal gesehen haben?«

»No. Die kenne ich.« Das klang entspannt und gutmütig. »Ist mir gleich aufgefallen. So eine ganz extravagante Person. Aus dem Westen.« Damit hatte er, signalisierte der Tonfall, alles gesagt.

»Wann war das?« Ich war ihm fast ins Wort gefallen, meine alkoholschwere Zunge holperte über die Konsonanten hinweg.

»Da muss ich mal überlegen.« Gedankenvoll polierte er an einem Weinglas herum.

Bitte, nicht vor zwei Monaten, dachte ich.

»Vorgestern – also«, er warf einen Blick auf die Uhr an seinem breiten Handgelenk, »am Freitag vor einer Woche war das. Unsere Kellnerin hatte sich krankgemeldet, und wir wussten kaum, wie wir's schaffen sollten, aber diese Frau hab ich mir trotzdem gemerkt.«

Andy zog mich an sich, und ich kniff ihn vor Freude in die Seite.

»Worum geht's denn da?«, wollte der Wirt wissen.

»Nichts besonderes«, wiegelte Andreas ab. »Wir sind Reporter und suchen die Frau für einen Artikel. Können Sie uns vielleicht noch sagen, ob sie in Begleitung war?«

»Warten Sie. No, sie war mit einem Mann hier. Aber an ihn erinnere ich mich kaum. So ein Großer, Stämmiger.«

Ich fingerte meine Zigarettenschachtel hervor, hielt sie ihm und Andreas hin. Der Wirt nickte und holte einen sauberen Aschenbecher aus dem verspiegelten Barfach hinter ihm, stellte ihn auf die Theke. Er rauchte bedächtig.

»Sie hat reichlich aufgeregt auf ihren Begleiter eingeredet«, erinnerte er sich. »Ich hab mich gefragt, wie der Mann solch eine Dame so aus der Fassung bringen kann.«

Fantastisch! Nun stand es fest: Frau Thimm war »an«, und das war das letzte Treffen Haffmann–»an« gewesen.

»Können wir Sie überreden, uns eine Flasche Sekt zu verkaufen und ein Glas mit uns zu trinken?«, fragte Andy.

Der Mann unternahm keinen weiteren Versuch herauszufinden, warum wir uns so brennend für die Frau und den Abend interessierten, sondern holte lächelnd eine Flasche Rotkäppchen aus dem Kühlschrank, öffnete sie mit geübten Handgriffen und füllte drei Gläser.

Wir stießen mit ihm an und versuchten noch mehr zu erfahren – ob er etwas von dem Gespräch mitbekommen hatte, ob sie laut geworden waren, wie sie die Weinstube verlassen hatten, hier musste der Wirt jedoch passen.

»Laut geworden sind sie nicht. Nicht so laut, dass es in dem vollen Lokal aufgefallen wäre, jedenfalls. Tut mir leid – mehr kann ich Ihnen beim besten Willen nicht sagen.« Er trank seinen

Sekt mit einem großen Schluck aus und widmete sich wieder den Gläsern.

»Und nun?«

»Weiß nicht.«

Wir standen auf der Straße. Der Wirt hatte uns schließlich zu verstehen gegeben, dass er Feierabend machen wollte. Jetzt, in der kalten, nach Braunkohle stinkenden Luft, spürte ich, wie betrunken ich war.

»Autofahren lasse ich dich jedenfalls nicht mehr.« Andy schloss mich in seine Arme.

Ihm musste kalt sein in der Cordjacke, dachte ich.

Er spielte an meinem Haarknoten herum, löste das Tuch, dann die Klammer, strich mit den Fingern durch die herabfallenden Strähnen. »Kommst du mit zu mir?«

Mir war schwindelig. Es würde Ewigkeiten dauern, ein Taxi zu bekommen. Es war kalt, und ich wollte auch gar nicht allein in meiner Wohnung sein, jetzt. Ich schaute ihn an: »Andy, das geht nicht. Das ist nicht richtig.«

Wir setzten uns in Richtung Ring in Bewegung.

Hier war ich schon öfter aufgewacht. Den Menschen neben mir kannte ich, kannte ich gut. Wie er sich nach dem Weckerklingeln erst einmal tot stellte, reglos dalag, und sich dann mit einem Seufzer zu mir umwandte, einen Arm um mich legte. Ich war so durcheinander. So müde. Ich wollte nicht nachdenken. Ich wollte nur schlafen. Es war schön gewesen. Nicht nachdenken. Schlafen.

»Meld mich krank, ja?«

»Hey, du Feigling, wieso sollte ich?«

Ich antwortete nicht, sondern drehte mich von ihm weg. Er zögerte noch einen Moment, dann drückte er mir einen Kuss auf die Haare und stand auf. Kurz darauf hörte ich die Wohnungstür ins Schloss fallen und flüchtete mich vor der Wirklichkeit in Morpheus' Arme.

Als ich wieder erwachte, war es 12 Uhr. Jetzt konnte ich die Realität nicht mehr verdrängen. Was sollte ich in der Redaktion erzählen? Auf dem Tisch lag ein Zettel: *Guten Morgen, du Schöne! Ich werde sagen, dass dir übel war. Bis später – A.*

Das A war schwungvoll auf das Blatt geworfen, voll positiver Energie.

Ich setzte einen starken Kaffee auf und ging unter die Dusche, wo ich blieb, bis ich das Gefühl hatte, mich in dem heißen Wasser aufzulösen. Natürlich kam ich mir schmutzig vor. Küchenpsychologie, dachte ich verächtlich, und wünschte mich weit weg.

In der Redaktion war außer der Sekretärin Cindy niemand. Auf meinem Schreibtisch lag nur ein Zettel: *Beerdigung Haffmann 15 Uhr. 14 Uhr zurück. A.* Diese Initiale war nicht ganz so ausdrucksstark geraten.

Ich erkundigte mich bei Cindy noch einmal extra nach Anrufen, sie hatte jedoch nichts entgegengenommen. Besorgt fragte sie nach meinem Befinden, und ich kam mir mies vor, als ich sagte, es ginge schon wieder. Ein Blick in den Terminkalender sagte mir, dass Andy meinen 12-Uhr-Termin übernommen hatte. Bei »15 Uhr: Sanierungsgebiet Andreasviertel« war mein Kürzel durch Susannes ersetzt, und hinter »17.00 Uhr: Gesellschaft für Verbraucherschutz« stand ein Fragezeichen, das ich nun ausstrich.

Ich wählte die Nummer der Medizinischen Akademie. Obwohl jetzt festzustehen schien, dass Frau Heyn nicht »an« sein konnte, wollte ich sie doch noch einmal sprechen. Sie habe sich heute Morgen krankgemeldet, wurde mir mitgeteilt. Für wie lange wüssten sie nicht. Wieder hinterließ ich die Nachricht, sie möge mich bitte anrufen, sobald sie wieder im Dienst sei, und legte auf.

Als Andy zurückkam, saß ich am Rechner und arbeitete alte Notizen auf. Er sah müde und verkatert aus und wirkte noch unsicherer als ich. Von der Tatkraft des frühen Morgens war nichts zu spüren.

»Ich tippe schnell diese Mieterbund-Geschichte, und dann können wir nach Egstedt fahren«, sagte er.

»Danke, dass du für mich geschwindelt hast.«

Einen Moment lang blickten wir uns schweigend über unsere beiden Tische hinweg an. Dann stand ich auf und flüchtete in den Flur, machte mir am ADN-Ticker zu schaffen. Kurz darauf hörte ich seine Schritte. Er ging zur Kaffeemaschine, goss sich etwas ein. Ich drehte mich nicht um.

Ich fuhr den Golf. Mein Auto stand noch am *Hotel Thüringen*, ich würde es am Abend abholen. Wieder schwiegen wir, auf der Arnstädter Straße registrierte ich erleichtert, dass Andy die Augen geschlossen hatte. Fast schien es, als wenn er wirklich schlief, er atmete tief und gleichmäßig. Im Radiorecorder war noch immer die Lenny-Kravitz-Kassette. Ich drückte sie heraus und steckte eine, die ohne Hülle im Türfach lag, in den Schlitz. R.E.M. mit *Losing my Religion*: »That's me in the corner.« Ja, so fühlte ich mich. Andreas gab einen unverständlichen Laut von sich.

Kurz vor unserem Aufbruch war Thomas in die Redaktion gekommen und hatte mich prüfend angesehen. Ich wusste nicht, was er dachte. Ich versuchte, mir einzureden, dass es mir egal war.

Sich diese Trauergemeinde in der kleinen Kapelle anzuschauen, war reichlich deprimierend. Frau Haffmann saß mit Jacqueline und dem Kleinkind zwischen einer Frau mit grauem Haar, die wohl ihre Mutter war, und ihrer Schwester. Auf der anderen Seite des Ganges, in der zweiten Reihe, ließ sich gerade Pohland auf der Holzbank nieder, hinter der Familie saßen Lubin und Lokowski. Die Beamtin hielt den Blick auf den Eingang gerichtet und fixierte uns mit undefinierbarer Miene, als wir drei Reihen hinter Pohland Platz nahmen.

Martina Fürst hatte angerufen und Andy den Zeitpunkt der Beisetzung mitgeteilt. Sie nickte mir freundlich zu. Als wollte sie demonstrieren, dass ihr an dem Toten nichts gelegen hatte, trug sie einen brombeerfarbenen Blouson. Ich war froh, noch meine schwarzen Sachen vom Vortag anzuhaben. Andreas hatte am Morgen wohl nur ein Sweatshirt undefinierbarer Farbe gefunden, er wirkte mindestens so deplatziert wie die Schwägerin des Toten.

Jörg Pohland präsentierte sich im dunkel-anthrazitfarbenen Anzug. Er drehte sich um und nickte unbestimmt in unsere Richtung. In diesem Moment betrat der Trauerredner, ein älterer Mann im schwarzen Anzug, die Kapelle. Auch er schien einen Moment irritiert zu sein, wie wenige Menschen Haffmann das letzte Geleit gaben, fasste sich jedoch schnell und trat an das kleine Pult neben dem blumengeschmückten Sarg. Er sprach über das vorbildliche Leben des Toten, die große Zukunft, die er noch gehabt hätte, wäre seinem Leben nicht solch ein jähes Ende gesetzt worden.

Lubin blickte sich um, richtete seine Augen hinter der Stahlbrille abwechselnd auf Pohland und uns. Endlich war der Redner fertig, sechs Sargträger kamen hinein, und der kleine Zug auf den Friedhof vor der Kirche formierte sich.

Die Grabreihen waren sauber und gepflegt. Im Hintergrund ließ sich ein alter, verwahrloster Teil ausmachen. Ich fühlte mich unbehaglich; ich hasste diese Atmosphäre, die Erinnerung an die eigene Sterblichkeit. Andy legte seinen Arm um mich, und dankbar spürte ich seine Wärme.

Zehnmal fiel eine Schaufel Erde polternd auf das Holz, dann war alles vorbei. Ich war unschlüssig, ob ich hier mit Martina Fürst reden sollte, wo der Kommissar und die Lokowski jedes Wort mitbekommen konnten. Schließlich entschied ich mich dagegen. Pohland verabschiedete sich gerade mit ein paar gesetzten Worten von der Witwe. Wir schlossen uns an und verließen hinter ihm den Friedhof. Am Ausgang drehte er sich zu uns um.

»Das hätte ich ja nun nicht erwartet, Sie hier zu treffen. Suchen Sie noch immer den Mörder?« Er klang spöttisch.

»Es ist ja nach wie vor alles offen«, gab ich zur Antwort.

»Also sind Sie zu dem Schluss gekommen, dass Herr Dreesch nicht Ihr Mann ist?« Er kniff die Augen gegen die Nachmittagssonne zusammen.

»Ich weiß es nicht«, behauptete ich. »Können Sie uns weiterhelfen? Kennen Sie Martin Dreesch?«

»Nein«, entgegnete er amüsiert. »Natürlich nicht. Das war allein Angelegenheit des armen Manfred Haffmann.«

»Ich habe erfahren, dass sich Ihr Kontakt zu Haffmann nicht auf den Beruf beschränkte«, ging ich in die Offensive.

»Wer hat denn das behauptet?« Nichts in seiner Miene oder seinem rheinischen Singsang deutete auf Unsicherheit hin.

Andy schien vernünftig zu sein und das Sprechen mir zu überlassen.

»Ich habe mich ein bisschen umgehört«, sagte ich wie nebenher. »Zwei Kellner im *Bella Italia* erinnern sich daran, Sie gemeinsam mit Haffmann und einer äußerst attraktiven Frau gesehen zu haben.«

Er war nicht zu erschüttern. »Da muss es sich um eine Verwechselung handeln. Sie sind die einzige äußerst attraktive Frau, die ich seit Jahren kennengelernt habe.« Mit einer angedeuteten Verbeugung schien er sich bei Andreas für die Bemerkung entschuldigen zu wollen. »Und mit Herrn Haffmann habe ich keinerlei privaten Kontakt gepflegt.«

Aus den Augenwinkeln sah ich, wie sich der Rest der Trauergemeinde dem Ausgang näherte.

»Ich wünsche Ihnen noch einen schönen Tag.« Pohland stieg in seinen dunkelblauen Audi und fuhr davon.

Als wir schon vor Andys Wagen standen, rief Lubin: »Frau Bertram, Herr Rönn, einen Moment bitte.«

Jetzt kommt der Anschiss wegen der Meldung, dachte ich und fingerte nervös mit dem Autoschlüssel herum. Haffmanns Angehörige entfernten sich in die andere Richtung.

»Ich könnte ja fragen, warum ich Sie eigentlich hier treffe.« In den blauen Augen des Kommissars war ein leicht ironischer Ausdruck, während die Mimik nichts dergleichen verriet. Andy wollte zu einer Antwort ansetzen, da fuhr Lubin schon fort: »Aber ich teile Ihnen jetzt einfach mit, dass wir es definitiv mit keiner Prostitutionsgeschichte zu tun haben. Ich habe einen Bericht aus Marokko vorliegen. Die beiden jungen Frauen sind eindeutig freiwillig dort geblieben.«

Er holte eine Schachtel Zigaretten aus der Innentasche seines Jacketts, zog eine heraus und klopfte sie bedächtig, schaute dann Andreas an.

»Ist das wirklich sicher?«, war dessen zögerliche Reaktion.

»Ja, das ist es, und Sie sollten froh darüber sein. Ich verlange trotzdem von Ihnen, dass Sie Ihre Recherchen einstellen, ein für allemal. Das gilt für Sie beide!«

»Tja«, sagte ich, während wir in den Golf einstiegen. »Anscheinend kann eine bevorstehende Hochzeit doch eine Situation sein, vor der ein junger Mensch flüchtet.«

»Ach ja?«, gab Andy vom Beifahrersitz aus mit einem Seitenblick zurück.

Auf meinem Schreibtisch lag eine Pressemitteilung von PLT. Ich überflog sie und rief dann aufgeregt nach Andreas, der im Flur mit jemandem redete.

»Suerth ist abgesägt! Das ging aber fix.«

»Was? Zeig mal her! Wegen des Betrugs?«

Ich gab ihm das Fax. »Natürlich. Das sagen sie zwar nicht, aber das ist doch klar. Deswegen war er also nicht auf der Beerdigung.«

»Zurückversetzt nach Köln. Ist ja eigentlich noch ganz human dafür, dass Haffmann so ein Ding direkt unter seiner Nase durchziehen konnte«, meinte Andy.

Ich stimmte ihm zu. »Und damit wissen wir, dass er mit dem Betrug nichts zu tun hatte. Sonst wäre er ja wohl ganz geflogen.«

»Oder er hat sich erfolgreich im Hintergrund gehalten.«

Wir standen noch zusammen, als Karla von einem Termin zurückkam. »Dale hat vor zwei Stunden angerufen«, lautete ihre Begrüßung. »Aus Berlin. Er hat eure Frau Thimm bis dahin verfolgt. Er versucht es später noch einmal.«

»Er ist in Berlin?«

»Ja. Was ist daran so kompliziert?« Diesen Blick kannte ich. Er sagte: »Dein Leben könnte sehr viel einfacher sein, aber das willst du ja selbst nicht.«

Andreas trat den Rückzug ins Labor an. Vermutlich hatte er mich vor der versammelten Redaktion entschuldigt, und da keiner von uns Telefon hatte, war allen klar, dass wir die Nacht zusammen verbracht hatten. Karla ließ mich stehen und ging an ihren Schreibtisch. Ich versuchte nicht, ihr irgendetwas zu erklären. Ich hätte nicht gewusst, wie.

Dale meldete sich kurz vor Redaktionsschluss wieder. Ich fragte, ob ich ihn zurückrufen könne, und er nannte mir eine

Westberliner Nummer. Eine halbe Stunde später waren wir mit der morgigen Ausgabe fertig, und ich ging ins Büro der Gräfin, um in Ruhe telefonieren zu können. Einige Minuten lang saß ich da, rauchte und horchte auf die Geräusche auf dem Flur. Schließlich gab ich mir einen Ruck und wählte. Er meldete sich direkt nach dem zweiten Klingeln.

»*Tageskurier*, Bertram. Sie wollten mich sprechen?«

»Hallo, Schatz.«

»Hi.« Die Leitung knisterte fürchterlich. »Du hast die Thimm nach Berlin verfolgt?«

»Ja. Ungefähr um zehn kam sie aus Pohlands Haus. Ich war schon halb erfroren. Sie stieg in einen Saab, der zwei Straßen entfernt stand, und fuhr nonstop hierher.«

»Und da konntest du dranbleiben?«

Vor der Tür hörte ich Andys Stimme.

»Ich hatte Glück, dass sie ihn auf der Autobahn nicht ausgefahren hat, sonst hätte ich keine Chance gehabt. Leider merkte sie kurz vor Berlin, dass sie verfolgt wird, und gab Gas. Da habe ich sie verloren. Aber über das Kennzeichen werde ich wohl heute Abend erfahren, auf welchen Namen das Auto zugelassen ist.«

»Super! Wie stellt man denn so was an? Wo bist du jetzt überhaupt?« Ich hätte etwas dafür gegeben, seine Stimme klar zu hören. So fühlte ich mich ihm noch ferner.

»Ich bin in einem kleinen Hotel in der Nähe des Tiergartens. Willst du Detektiv-Tipps, damit du erfolgreich mit mir konkurrieren kannst?«

»Was sonst?«, ging ich auf seinen Plauderton ein.

»Ganz einfach: Du suchst dir die richtige Kneipe aus und guckst dir die Leute an. Nach einiger Zeit weißt du, wer dir für fünfzig Mark so eine Information beschafft.«

»Hört sich ja wirklich einfach an.«

Einen Moment lang schwiegen wir beide. Dann setzte er zögernd neu an: »Kicki, bist du immer noch böse? Du hörst dich so schrecklich weit weg an – selbst, wenn ich mir das Rauschen wegdenke. Hast du schon mit dieser Frau Heyn gesprochen?«

»Das hat noch nicht geklappt. Und nein, ich bin nicht mehr sauer, bloß k.o.«, versuchte ich abzulenken.

»Aber jetzt seid ihr fertig für heute? Was machst du nun noch?«

»Ich habe Andy versprochen, mit ihm ins *Opus* zu gehen. Wir haben da nämlich gestern mit etwas angefangen …« Tolle Formulierung, Kirsten! Warum hatte ich ihn nicht angelogen, ich würde nach Hause und ins Bett gehen?

Eilfertig erklärte ich meine gestrige Idee und den Erfolg im *Bella Italia* und dem *Haus zur Rose.* »Wenn du die Thimm ausfindig machst, kannst du sie also damit konfrontieren.«

»Das ist toll! Ihr seid großartig.«

Oh ja, dachte ich.

»Ich werde Thimm allerdings erst ein wenig aus der Ferne beschnüffeln. Das dürfte effektiver sein als sie direkt anzusprechen. Mal sehen, wie ich dann an sie herankomme.«

»Pass auf dich auf, ja?«

»Werde ich. Ich rufe dich morgen wieder an.«

»Bis dahin. Ciao.« Langsam legte ich den Hörer auf die Gabel.

Nach unserem Essen im *Opus* – wo Frau Thimm nie gesehen worden war – erklärte ich Andreas, dass ich die Nacht allein verbringen wollte. Ich entspannte mich vor der Wiederholung einer alten Folge von *Einsatz in Manhattan* und fiel dann in einen tiefen, traumlosen Schlaf.

Neun

Angela Heyn ging mir nicht aus dem Kopf. Ich musste endlich Gewissheit haben, dass sie nichts mit Haffmanns Tod zu tun hatte. Wieder einmal rief ich in der Medizinischen Akademie an und fragte, nachdem mir mitgeteilt wurde, dass die Stationshelferin noch nicht wieder erschienen sei, nach Martina Fürst. Ich erfuhr, dass sie zurzeit Spätdienst hatte, überflog meinen Terminplan und machte mich auf den Weg nach Egstedt.

Die Krankenschwester war erstaunt, mich schon wieder zu sehen; ich entschuldigte mich für mein unangemeldetes Kommen und sagte, ich wolle sie auch nicht lange aufhalten.

»Sie stören nicht. Einen Augenblick nur.«

Während sie Einkaufstaschen auspackte und in der Küche hin- und herlief, wollte ich sie nicht nach Frau Heyn fragen. Stattdessen plauderten wir über das schöne Herbstwetter und die unerfreuliche Aussicht auf einen grauen, kalten November. Schließlich hatte sie ihre Lebensmittel untergebracht und setzte sich mit einem Lächeln an den Tisch.

»Aber Sie haben wohl kaum den Weg gemacht, um sich mit mir über das Wetter zu unterhalten?«

»Nein. Ich hätte gern die Adresse Ihrer Kollegin.«

»Von Angela?«

Ich nickte.

»Wieso?«

Ich wich aus, sagte, ich müsste sie noch etwas fragen. Martina Fürst zögerte, es fiel mir schwer, ihre Mimik zu deuten. Hegte sie ebenfalls Befürchtungen, was mögliche Rachegelüste ihrer Freundin anging? Schließlich gab sie mir die Anschrift. Angela Heyn wohnte ebenfalls im Rieth. Wir waren quasi Nachbarn.

»Sie denken doch wohl nicht, dass Angela in der Lage wäre, einen Menschen zu töten?«

»Nein. Natürlich nicht.« Obwohl das ehrlich gemeint war, hatte ich das Gefühl zu schwindeln und verabschiedete mich schnell und mit einem unguten Gefühl.

Auch Angela Heyn lebte in einem Ein-Raum-Appartement. Ihres erinnerte mich auf den ersten Blick an westdeutsche Studentenzimmer der frühen achtziger Jahre. Das Bücherregal kam zwar nicht von dem schwedischen Einrichtungsriesen und der Kleiderschrank war eindeutig das gleiche VEB-Fabrikat wie bei mir im Wohnheim, ansonsten sah es jedoch so aus, als könnten sich jeden Moment zwanzigjährige Nickelbrillenträger auf den großen Sitzkissen niederlassen, ihren Tabak auspacken und über die letzte große Friedensdemo diskutieren.

Auf eins dieser Kissen wies Frau Heyn nun. Sie trug einen braun-orangefarbenen Trainingsanzug und sah blass aus. Als ich mich an der Sprechanlage gemeldet hatte, war sie hörbar überrascht gewesen, nun verhielt sie sich abwartend.

»Möchten Sie etwas trinken? Ich bleibe bei Tee – mein Magen spielt verrückt – ich kann Ihnen aber ein Bier anbieten.«

»Nein, danke. Ein Glas Wasser vielleicht.«

»Also: Was verschafft mir die Ehre?«, fragte sie mit sarkastischem Unterton, als sie sich mir gegenüber hinsetzte.

»Ich wollte gerne von Ihnen noch mehr über Manfred Haffmann erfahren«, antwortete ich.

Ihre braunen Augen verengten sich ein wenig. »Ich dachte, ich hätte ihnen genug erzählt.«

»Sie müssen ihn gehasst haben.«

»Ja, das habe ich«, stellte sie fest.

Ihr schien überhaupt nicht in den Sinn zu kommen, dass sie sich damit verdächtig machte, dachte ich. Während ich noch überlegte, wie ich weiterfragen sollte, registrierte ich das schiefe Lächeln auf ihrem Gesicht.

»Nein, ich habe ihn nicht umgebracht. Damals hätte ich es tun können – wollen, aber ich hätte niemals den Mut aufgebracht. Nun war es nicht mehr wichtig.«

Nicht mehr wichtig? Ich hatte ein paar Berichte über missbrauchte Frauen gelesen, alle hatten Jahrzehnte unter den Übergriffen gelitten. Ich schaute auf das Poster von Nina Hagen an der Wand gegenüber, die eine Kippe lässig zwischen die Zähne geklemmt hielt.

»Mögen Sie?« Ich hielt Angela Heyn meine Schachtel hin, wir rauchten. Sie schien mit den Gedanken ganz woanders zu sein.

»Würden Sie mir sagen, was Sie am Sonntag vor einer Woche gemacht haben?«

Mit einem irritieren Blick kehrte sie in die Gegenwart, in ihre kleine Wohnung, zu mir zurück. Und brauste auf: »Sie wollen mir wirklich und wahrhaftig den Mord an diesem Miststück in die Schuhe schieben?« Erregt stand sie auf. »Sie gehen jetzt besser!«

Ich fühlte mich hilflos und ungeschickt. »Nein, natürlich will ich das nicht. Aber warum sagen Sie nicht einfach, wo Sie waren?«

»Weil ich mich für nichts rechtfertigen muss!«

Niedergeschlagen stand ich kurz darauf mit einem Whisky und einer Zigarette an meinem Fenster, blickte hinab auf die dunkle Straße.

»DT64« spielte Tracy Chapman: »Don't you know they're talking about a revolution.«

Wenn sie die Mörderin war, hätte Angela Heyn sich doch schnell ein Alibi – irgendeins, das nicht so einfach zu überprüfen war – einfallen lassen können. Sie war es nicht! Sonst hätte sie niemals so offen zugegeben, dass sie Manfred Haffmann gehasst hatte und ihn hätte umbringen wollen, damals.

Ich lehnte meine Stirn an die Fensterscheibe und schloss die Augen.

Nach der Redaktionskonferenz am nächsten Morgen, als wir gerade für einen Moment allein waren, gab Karla mir einen Brief. Absender: der *Rostocker Anzeiger.*

»Das war gestern in meinem Briefkasten. Also wollen sie dich doch noch.«

»Nach dem Format zu urteilen, darf ich mich zumindest vorstellen.«

Ich hatte bei der Bewerbung seinerzeit ihre Adresse angegeben, da ich nicht damit gerechnet hatte, so lange in dem Studentenwohnheim hängenzubleiben. Ungeduldig riss ich den Umschlag auf: » *würden wir uns freuen, Sie am Montag, 14. Oktober, zu einem Gespräch zu empfangen* «

»Montag schon«, erschrak ich. »Die könnten sich auch mal etwas rechtzeitiger melden!«

»Na ja.« Karla beäugte den Poststempel. »Der Brief war fünf Tage unterwegs.«

Ich seufzte. »Ich kann nicht gerade sagen, dass ich mich im Moment für ein Vorstellungsgespräch fit fühle. Ich bin überhaupt nicht auf dem Laufenden, was sich kulturell so tut. Seit mindestens einem Monat gilt für mich doch schon wieder der blöde Journalistenspruch: Das bisschen, was ich lese –«

»– schreibe ich mir selber. Hey, das kriegst du schon hin. Du musst eben an den nächsten Abenden deine beiden Männer mal ein bisschen vernachlässigen und dich vorbereiten.«

Ich streckte ihr die Zunge heraus. »Im Moment ist ja eh nur einer in der Stadt.«

Dale hatte mir am Vortag mitgeteilt, dass er den kompletten Namen unserer Schönen erfahren hatte – Anne-Marie Thimm – und damit rechnen würde, noch einige Zeit in Berlin zu brauchen.

»Aber der zählt doch locker für zwei«, stichelte Karla, und ich hielt es für besser, nicht darauf einzugehen.

»Okay, die wichtigsten Zeitungen zur Eröffnung der Buchmesse habe ich mir gekauft. Am Wochenende habe ich frei …« Ich schob den Brief wieder in den Umschlag, steckte ihn in meine Tasche.

»Was hast du denn da Geheimnisvolles?« Andreas kam mit einem Becher Kaffee in der Hand hinein.

»Etwas, das bitte niemand sonst hier erfährt. Eine Einladung vom *Rostocker Anzeiger* zu einem Vorstellungsgespräch.«

»Was? Wann?«

»Am Montag. Ich werde gleich mit Thomas sprechen, damit ich frei kriege – aber ansonsten bleibt das unter uns, klar?« Ich fixierte seinen Blick.

»Willst du denn immer noch dahin?« Er klang verunsichert.

»Selbstverständlich, wenn sie mich nehmen. Überregionales Feuilleton – das war schließlich schon immer mein Traum. Du scheinst Gedächtnislücken zu haben! Im *Haus zur Rose* haben wir uns im Sommer deswegen gestritten. Damals hatte ich mich gerade beworben.«

»Natürlich weiß ich das noch. Aber ich hätte nicht gedacht, dass du hier jetzt alles aufgeben willst. Ich meine – ach verdammt, du weißt genau, was ich meine.«

»Immer noch das Gleiche wie damals, das ist mir klar.«

Karla verließ den Raum. Wir waren allein. Andy drehte seinen Kaffeebecher in den Händen herum.

»Lass uns nicht streiten. Ich geb's ja zu: Ich will einfach nicht, dass du weggehst.«

»Aber ich ergreife eine solche Chance, wenn ich sie kriege. Rostock ist schließlich auch nicht aus der Welt.«

Er setzte zu einer Antwort an, überlegte es sich anders und wandte sich ab, ging zu seinem Schreibtisch und räumte planlos einige Papiere von einer Seite auf die andere. Die altgediente Redakteurin Susanne und die Gräfin betraten den Raum. Die Chefin schoss einen ihrer sezierenden Blicke auf Andy ab. Der kümmerte sich überhaupt nicht darum.

Ich war ihm seit Montagabend aus dem Weg gegangen, völlig unsicher über meine eigenen Gefühle. Nun wollte ich nicht mehr darüber nachdenken, sondern mich auf das Vorstellungsgespräch konzentrieren. Ich setzte mich an meinen Computer, rief eine Datei auf.

Die Gräfin nahm ein Blatt, das Susanne aus ihrem Ablagekorb herausgezogen hatte, entgegen und verließ die Redaktion. Andreas kam um unsere Tische herum, sah, dass sich auf meinem Bildschirm noch nichts tat.

»Ich muss mich auf das Gespräch vorbereiten!«, sagte ich viel zu heftig.

In gewisser Weise wäre das die Lösung, dachte ich. Ich ging nach Rostock und fing dort komplett neu an. Gleichzeitig wusste ich, dass es so einfach nicht war.

Ich hatte es mir mit den Zeitungen auf dem Bett bequem gemacht und ging systematisch die Kulturteile durch. Die meisten Sorgen machten mir die literarischen Neuerscheinungen. Vielleicht sollte ich mir morgen die wichtigsten Bücher besorgen und wenigstens noch die Klappentexte lesen. Aber mehr als aus den Rezensionen würde ich da auch nicht erfahren.

Es klingelte. Da ich ringsumher meine Mitbewohner wieder nur zu deutlich wahrnahm, betätigte ich ohne Bedenken den Haustür-Öffner und wartete an der Wohnungstür. Nach einer Weile erschien Andreas, eine Flasche meines Lieblings-Chardonnays und ein Päckchen im Arm, ein strahlendes Lächeln im Gesicht.

»Unterstützung gefällig?«

»Wie das? Na, komm erst mal rein.«

Er stellte den Wein auf den Tisch und übergab mir das in Papier der Buchhandlung Peterknecht eingeschlagene Geschenk. »Der letzte Roman von Nadine Gordimer. Ich dachte, es wäre sinnvoll, wenn du weißt, wer den Nobelpreis bekommen hat.«

»Danke. Das ist lieb.« Unsicher stand ich vor ihm. Es war lieb. Und ich wollte nicht, dass er sich wieder in mein Herz schlich.

»Wir könnten gemeinsam die Feuilletons durchgehen und besprechen, was wichtig ist.«

»Du glaubst, das wäre effektiv?«, versuchte ich einen lockeren Plauderton.

»Zumindest könnte ich dich so überzeugen, dass ich deine Karriere nicht untergrabe.« Gewinnend strahlten seine grünen Augen mich an.

Warum nicht? Ich willigte ein, und wir arbeiteten zwei Stunden lang konzentriert, tranken den leckeren Weißwein, rauchten. Kurz nach elf schob ich die Zeitungen zusammen und stapelte sie vor dem Bett auf dem Fußboden. Andreas saß neben mir auf der Matratze, den Rücken an die Wand gelehnt. Ich holte tief Luft und erzählte ihm endlich von Angela Heyn und Haffmanns Übergriffen.

»So ein Schwein!«, brauste er auf. »Ich hab's ja die ganze Zeit gewusst – der hatte reichlich Dreck am Stecken.«

»Ja, du hattest ganz klar den richtigen Riecher.«

Einen Moment lang schwiegen wir beide. Mir war klar, dass er auf den gleichen Gedanken kam wie ich, wie Dale, wie wohl jeder, der Angela Heyns Leidensgeschichte noch zu hören bekommen würde.

»Sie hätte«, sagte er schließlich langsam und überlegend, »ein verdammt gutes Motiv gehabt.«

Ich nickte. »Und sie weigert sich zu sagen, wo sie am Mordabend war.« Ratlos schaute ich ihn an. »Irgendwie hoffe ich, dass sie einfach aus Prinzip nichts sagen will. Ich werde überprüfen, ob sie zu der Zeit gearbeitet hat. Das wäre die einfachste Erklärung.«

Andy zog mich an sich. »Nimm dir das nicht so zu Herzen.«

Das hatte ich mir natürlich selbst schon gesagt, dennoch tat mir seine Unterstützung gut. Ich entgegnete nichts, ließ meinen Kopf auf seiner Schulter liegen und spürte ihn atmen. Leicht strich er meinen linken Oberarm entlang und drückte sein Gesicht in meine Haare. Ich ließ mich in seinen Schoß sinken.

Auf einmal hörte ich etwas an der Wohnungstür.

»Kicki, keine Angst, ich bin es.«

Dale kam durch den Flur. Ich war unfähig, mich zu rühren. Er starrte uns an, machte auf dem Absatz kehrt und verschwand wieder.

Nach einem kurzen Moment sprang ich auf und rannte ihm hinterher. Er stand noch vor dem Aufzug, drückte immer wieder auf den Abwärts-Knopf.

»Dale –« Nun wusste ich nicht, was ich sagen sollte. »Dale, ich hätte es dir auf jeden Fall erzählt, morgen.«

Seine Augen schienen pechschwarz, als er mir endlich den Blick zuwandte. »Dann erzähl es mir doch. Morgen.«

Der Aufzug kam, und er machte einen schnellen Schritt in die kleine Kabine. Ich stand davor und suchte noch immer nach Worten, als sich die Türen auch schon schlossen. Wie eine Schlafwandlerin bewegte ich mich zurück in meine Wohnung, zog die Tür hinter mir zu, ging in das Zimmer. Andy saß auf der Bettkante und rauchte. Ich nahm ihm die Zigarette aus der Hand, er steckte sich eine neue an.

»Soll ich gehen?«

Ich schüttelte den Kopf und fing auf einmal an zu weinen. Er nahm mich in den Arm, streichelte meinen Rücken. Schließlich schluchzte ich nur noch ein wenig in sein T-Shirt hinein.

Beklommen stieg ich am nächsten Abend die Treppen zu Dales Wohnung hoch. Er empfing mich kühl, bot mir höflich etwas zu trinken an. Wir setzten uns an den Küchentisch, die Stühle so weit wie möglich voneinander entfernt. Er war bleich und hatte Ränder unter den Augen. Ich sehnte mich danach, ihn in die Arme zu nehmen.

Schließlich versuchte ich, die Geschichte von Sonntag an zu erzählen. Ich gestand, dass ich im Moment überhaupt nicht wisse, was ich für wen empfände, sondern einfach nur vollkommen durcheinander sei. Während er mich mit seinen dunklen Augen unverwandt anschaute, spürte ich, wie verletzt er war.

»Ich habe schon in Berlin so etwas geahnt, als wir telefonierten. Vielleicht ist es das Beste, wir sehen uns eine Zeit lang nicht.«

Ich war schon wieder kurz davor loszuheulen. »Vielleicht, ja.« Ich schluckte. »Und was ist mit dem verdammten Fall?«

»Ich werde Lubin alles, was ich habe, übergeben«, sagte er in neutralem Tonfall. »Ich bin ziemlich weit an Thimm herangekommen und habe einiges erfahren. Pohland und sie sind wohl ein Paar.«

»Aber Pohland hat abgestritten, sie zu kennen.« Eigentlich nicht, dachte ich. Nicht so wörtlich.

»Das ist mir jetzt egal, Kirsten! Richtig weiterkommen kann da sowieso nur noch die Polizei. Lubin kann Thimm vorladen, sie dem Wirt gegenüberstellen und so fort. Ich für meinen Teil werde Andreas morgen eine Rechnung schicken, und damit ist die Sache für mich erledigt.«

Ich wollte ihn halten, spüren; es nicht zu können, zerriss mich innerlich. Mit stockender Stimme verabschiedete ich mich.

Ohne etwas rings umher wahrzunehmen, ging ich im schwachen Licht der wenigen Straßenlaternen zu meinem Käfer. So war ich völlig überrascht, als mir drei Gestalten entgegenkamen, die offensichtlich nicht vorhatten zusammenzurücken, um mich durchzulassen.

Skinheads. Dies war zwar eine ziemlich heruntergekommene Gegend, Glatzen hatte ich hier bislang jedoch noch nie gesehen. Ich tat, was ich in Dortmund in solchen Situationen immer getan hatte: Ich trat zur Seite, um sie nicht zu provozieren, wich auf das Kopfsteinpflaster der Fahrbahn aus. Zum Glück, dachte ich, sah ich in keinster Weise auffällig aus. Ich trug den schwarzen Mantel über einer Jeans, war also weder hippiemäßig noch aufreizend gekleidet. Und ich hatte flache Schuhe an, konnte also zur Not weglaufen, so schnell es das Pflaster zuließ.

Mein Auto war nur noch etwa zwanzig Meter entfernt, es stand direkt vor der Eckkneipe *Nordpol*, aus der das Gegröle eines Besoffenen drang. Ob ich lieber dort hinein flüchten sollte?

Ich beschleunigte meine Schritte, da löste sich der größte der drei Skins aus der Gruppe und trat ebenfalls auf die Straße, kam von rechts auf mich zu, drängte mich an seine Kumpel heran. Ich fingerte in der Manteltasche an meinem Schlüssel herum. Nur die Ruhe. Die wollen sich bloß mal wieder beweisen, was für tolle deutsche Männer sie sind. Als wir nur noch einen Meter voneinander entfernt waren, blieben die drei stehen, bildeten eine schmale Gasse. Ich zwang mich, mit gleichmäßigen Schritten weiterzugehen, zwischen ihnen hindurch.

»Na, Süße, so spät noch unterwegs? Und ganz allein?«

Weitergehen. Gar nicht reagieren.

»Hey!« Der Schmale auf meiner linken Seite hielt mich am Ärmel fest. »Wir reden mit dir.«

»Ich aber nicht mit euch.« Ich versuchte, seine Hand abzuschütteln. Er fasste fester zu.

»So einfach ist das nicht, Süße.«

Die drei bildeten einen Halbkreis vor mir. Jetzt bekam ich wirklich Angst. Der Große machte noch einen Schritt nach vorn. Ich schaute direkt auf seine schwarze Lederjacke. Am Revers steckte eine silberne Nadel. Zwei stilisierte, runenartige »S«. SS, natürlich.

Ruhig durchatmen. Sollte ich rückwärts flüchten? Da machte der Dritte schon eine Bewegung, schob sich in meinen Rücken. Der Anführer kam mir noch ein Stück näher. Jetzt hatten wir Tuchfühlung. Er fasste mir mit der linken Hand unter das Kinn, zog es zu sich hoch, so dass ich ihm ins Gesicht schauen musste. Die Finger waren kalt und kräftig. Ich wollte etwas sagen, brachte jedoch keinen Ton heraus. Er machte noch einen Schritt und drückte mich gegen seinen Kumpel. Immer noch hielt er mein Kinn fest. Ich wagte nicht, ihn abzuschütteln.

»So, du dreckige kleine Nutte. Jetzt hörst du mir mal genau zu, klar?«

Ich regte mich nicht.

»Du hörst mir zu, ja?« Er schüttelte mich ein wenig und zog gleichzeitig die rechte Hand aus der Tasche seiner Jacke. Dabei gab es ein leises, schnappendes Geräusch, und gleich darauf spürte ich etwas Spitzes, Kaltes an meinem Hals.

Ich brachte ein ersticktes Geräusch hervor, das ihm wohl als Antwort genügte.

»Du und deine beiden Zecken, ihr hört jetzt auf mit eurer Rumschnüffelei, klar?«

Ich war kurz davor, hysterisch loszulachen. Ich hatte an Vergewaltigung gedacht, um mein Leben gezittert. Gleichzeitig spürte ich die Klinge an meinem Hals, mit jedem Pulsschlag, jeder kleinen Bewegung.

»Antworte, du verdammtes Luder!«

»Ja.« Mir schnürte sich die Kehle zu. Das hier war ernst. Real. Kein schlechter Film.

Er schob sich noch näher an mich heran, ich roch die Brillantine in seinem Haar und begann zu würgen.

»Ansonsten müssen wir dir dein hübsches Gesichtchen ruinieren, klar?«

Irgendein Teil von mir registrierte, dass sie – oder zumindest er, der eine, der mich hier anfasste, bedrohte, mich noch weiter rückwärts schob, gegen den anderen drängte, nicht von hier kam. Ich zitterte vor Ohnmacht, Wut und Angst.

»So, und nun bewegst du deinen Arsch zurück zu deinem Ami-Freund und bestellst ihm das, ja?« Er nahm die Klinge von meinem Hals und führte das Messer nah an meine Augen, wo er es zusammenklappte. »Um die andere Zecke kümmern wir uns selber.« Abrupt löste er auch seine Hand von meinem Kinn, fasste nach meinem linken Arm und riss ihn mir auf den Rücken. Dann schob er mich vorwärts, bis wir vor Dales Haustür angelangt waren.

»Na los, du hast ja wohl einen Schlüssel!«

Irgendwie schaffte ich es, den Bund aus meiner Tasche zu holen und die Tür zu öffnen. Der Skin stieß mich hinein und ließ meinen Arm los, ich stolperte in den Hausflur und warf mich sofort wieder gegen die Tür, schloss sie zweimal ab und lehnte mich dann mit dem Rücken dagegen, sank langsam zu Boden.

Eine ganze Zeit lang saß ich dort, fühlte die schadhaften alten Steine und die feste Holztür durch meinen Mantel hindurch, starrte ins Leere, würgte, zitterte und dachte, dass das ein äußerst übler Traum war, aus dem ich erwachen wollte.

Nach und nach wurde mir klar, dass es kein Traum war. Ich fror. Die Kälte zog mir in alle Glieder, und da war kein Deckbett, in das ich mich hätte einwickeln können. Das war die Wirklichkeit. Keine Illusion, kein Theaterstück, kein Film. Realität. Ich spürte, wie mir die Tränen übers Gesicht liefen. Andy – sie waren auf dem Weg zu ihm …

»Trink. Vorsichtig.«

Ich öffnete die Lippen und spürte etwas Scharfes auf der Zunge. Als ich schlucken wollte, wurde mir wieder übel. Ich schob die Hand mit dem Glas weg und versuchte, den Brechreiz unter Kontrolle zu bekommen. Endlich ließ das Zittern nach. Irgendwie war ich bis in den zweiten Stock gekommen. Ich kauerte mit angezogenen Beinen auf der Chaiselongue. Dale hockte vor mir, das Glas Cognac in der Hand und schaute mich besorgt an.

»Skinheads«, begann ich. Meine Stimme war ein Krächzen.

Ich meinte, wieder die Klinge an meiner Kehle zu spüren, und begann von Neuem zu schluchzen.

Dale setzte sich neben mich und legte seinen Arm um meine Schulter. Nach und nach brachte ich heraus, was passiert war.

»Wir müssen zu Andy fahren. Wenn die bei ihm sind, und er will sich wehren … Bitte, Dale!«

»Ja«, sagte er bloß. Seine Stimme klang fest und sicher. Ohne ein weiteres Wort stand er auf und ging in den Flur.

Hatte er mir den Mantel ausgezogen? Ich konnte mich an nichts mehr erinnern. Nun musste ich ihn wieder anziehen, wir mussten doch schnell los.

»Du bleibst hier. Ich fahre allein.« Dale kam zurück in die Küche, mit umgelegtem Pistolenhalfter. Im Gehen streifte er seine Lederjacke über. »Öffne unter gar keinen Umständen die Tür!« Dann klappte die Wohnungstür zu.

Lange Zeit saß ich da, starrte ins Leere. Wieder begann ich zu frieren. Mein Kopf befahl den Beinen aufzustehen, aber nichts geschah. Der Körper schien seinen eigenen Gesetzen zu gehorchen. Endlich schaffte ich es, langsam die Füße von der Sofakante zu schieben. Sie rutschten auf den Boden. Ich starrte darauf. Der Teppich war schmutzig. Wie viele von meinen langen Haaren sich wohl darin verfangen hatten? Ich musste jetzt aufstehen, ins Schlafzimmer gehen und mir einen zweiten Pullover überziehen. Dann würde ich aufhören zu zittern. Wie eine Querschnittgelähmte zog ich mich an der Kante des Küchentisches hoch und machte einen zögernden Schritt. Es funktionierte.

Als ich den Kleiderschrank öffnete und Dales Sachen sah, wühlte ich mein Gesicht tief hinein, um den Geruch in mich aufzunehmen. Ich zog ein schwarzes Sweatshirt über, schlang meine Arme fest um mich und ging zurück in die Küche. Anstatt mich wieder hinzusetzen lehnte ich mich an den Kühlschrank und starrte auf das Regal, in dem Dale sein Geschirr und seine Gläser aufbewahrte, als müsste ich mich hinterher an jedes einzelne Teil erinnern.

Ich hatte mich gerade zum zweiten Mal aus meiner Starre gerissen und eine Zigarette angesteckt, als ich endlich hörte, wie die Wohnungstür geöffnet wurde.

»Bist du okay?« Dale blickte mich prüfend an.

Ich nickte.

»Hi!« Andy grinste schief. »Verdammte Faschos.« Er drückte ein Geschirrtuch gegen seine linke Wange. »Keine Panik. Bloß ein kleiner Kratzer.«

Ich spürte, wie ich wieder anfing zu zittern. »Hast du dich gewehrt?«

»Ein bisschen, zuerst. Das ging alles viel zu schnell. Ich wollte noch auf ein Bier in den *Museumskeller*, da haben sie mich direkt vor meiner Haustür umzingelt.« Er krampfte seine rechte Hand zusammen. »Da hab ich dann irgendwas gesagt und den einen weggestoßen –«

»Ich kam in dem Moment, als sie ihn gegriffen hatten«, unterbrach Dale ihn. »Es ist nicht viel passiert. Aber Andreas hatte nichts zum Desinfizieren.«

Er verschwand aus der Küche. Andy streckte seine rechte Hand aus, und ich nahm sie, fragte mich, ob sie womöglich noch kälter war als meine. Als Dale mit einem Fläschchen Jodersatz, Watte und Pflaster zurückkehrte, ließ ich sie wieder los. Mit unbewegter Miene versorgte Dale Andreas' Wunde, der unterdrückte einen Schmerzenslaut. Ich verfolgte ihre Bewegungen, als wäre es ein Film.

Woher wussten diese Glatzen, wo Andy wohnte, wo Dale wohnte, wer ich war, dass wir drei zusammenarbeiteten? Ich nahm das Cognacglas vom Tisch und trank in winzigen Schlucken.

Andys Hand zitterte, als er sich eine Zigarette anzündete. Dale goss ihm ebenfalls einen Cognac ein, den er in einem Zug herunterstürzte.

»Verdammt, was kann man denn gegen solche Schweine machen? Wirklich wehren kann man sich ja anscheinend nur mit einer Knarre!« Andy stand so angespannt da, als wollte er gleich einen Gegner anspringen.

»Also, falls du jetzt davon träumst, einen Waffenschein zu haben, vergiss es!« Dale fuhr sich erregt durch die Haare. »Glaubst du, so etwas ist eine – eine Lebensversicherung? Wenn die mich erwischen wollen, nützt mir der Colt auch nichts!«

Er drehte sich von uns weg und blickte aus dem Fenster. Eine Zeit lang sagte niemand etwas. Endlich wandte er sich wieder um und blickte mich mit festem Blick an. »Ich hätte nie zulassen dürfen, dass ihr mit herumschnüffelt.«

»Quatsch.« Ich versuchte zu lächeln. »Glaubst du, wir hätten es gelassen?«

»Okay.« Entschlossen verschränkte er die Arme vor der Brust. »Gleich morgen früh müssen wir zur Polizei. Wir werden eine ganz gute Beschreibung zusammenbekommen.«

Zehn

Sorgfältig bügelte ich die petrolfarbene Bluse und meinen schwarzen Leinen-Spencer, wozu ich ein Handtuch auf den wackeligen Tisch des Hotels gelegt hatte. Es war Sonntagabend. Vor einer guten Stunde war ich in Rostock eingetroffen und hatte mir eine Pension in der Nähe des Stadthafens gesucht. Keine erstklassige Adresse, aber ich ging davon aus, dass der *Rostocker Anzeiger* lediglich die Fahrtkosten erstattete.

Als die Sachen ordentlich aussahen, hängte ich sie auf einen Bügel und setzte mich mit einer Zigarette ans Fenster. Was ich bisher vom Auto aus von der Stadt gesehen hatte, gefiel mir. Wenn ich auch davon träumte, einmal eine Zeit lang in New York, London oder Paris zu leben, fühlte ich mich doch eigentlich in kleineren Städten immer sehr viel wohler.

Zwei der drei Skinheads, die uns angegriffen hatten, wurden bereits in Zusammenhang mit Straftaten der rechtsextremen Szene gesucht, wie wir bei unserer Anzeige erfahren hatten. Lubin hatte uns fast hundert Fotos vorgelegt. Er war erstaunlich ruhig geblieben, als wir ihm von dem Überfall berichteten, hatte uns mit Sprüchen wie »Ich habe es ihnen ja gesagt« verschont. Dale erkannte er wieder, und nachdem der ihm detailliert alles, was wir bisher zusammengetragen hatten, dargelegt hatte, bedankte er sich sogar sehr freundlich. Ich hatte zögernd noch angefügt, was ich über Frau Heyn wusste.

Andreas war spät und missmutig erschienen und wollte von Lubin quasi als Gegenleistung eine Zusicherung, dass er uns die Ergebnisse seiner Ermittlungen »exklusiv« weitergab. Ich hätte wieder einmal in die Luft gehen können, als ich das Wort hörte, der Kommissar hatte ihm jedoch mit spöttischem Lächeln versichert, dass wir die Ersten seien, die etwas erfahren würden.

Zu Fuß machte ich mich auf den Weg durch die schmalen Gassen der Rostocker Altstadt, um etwas zu essen. Alles war noch eine Nummer kleiner als in Erfurt; gedrungene Häuschen standen nah an der Straße, auf den schmalen Bürgersteigen passten häufig kaum zwei Menschen nebeneinander. Auf mich wirkte es gemütlich.

Donnerstagnacht war ich bei Dale geblieben, und nachdem er Andy nach Hause gebracht hatte, schliefen wir miteinander – wie zwei Fremde. Zwar lagen wir danach noch lange wach und redeten, versuchten, uns wieder näher zu kommen, aber erst, als mir schon die Augen zufielen und ich mich in seinen Arm kuschelte, schien die Mauer zwischen uns ein wenig zu bröckeln. Am nächsten Morgen stand sie wieder fest und stabil.

Im Dunkel der Faulen Straße, ich lachte auf, als ich den Namen auf dem Straßenschild las, sah ich die erleuchteten Fenster eines italienischen Restaurants – wie kam es eigentlich, dass die Italiener überall im Osten die ersten neuen Gaststätten eröffnet hatten? – ging hinein, bestellte einen Pinot grigio und Tortellini. Ohne viel zu schmecken, aß und trank ich, kehrte dann zurück in mein Hotel, zog mich aus und ging zu Bett.

Freitagabend hatte ich mich in meinem Appartement verkrochen, wo mich die Vorstellung von Skinheads, die meine Tür eintraten und mit ihren Messern hereinstürmten, keinen Schlaf finden ließ. Samstag war ich zu Karla gefahren und hatte sie gebeten, mich über Nacht aufzunehmen. Ich heulte mich bei ihr aus, erzählte von dem Überfall, meiner Furcht, aber auch von meinem Gefühlswirrwarr – von dem sie das meiste schon geahnt hatte. Ihr Rat war gewesen, den Aufenthalt in Rostock zu nutzen, um etwas Distanz zu gewinnen und klarer zu sehen.

Also gut, im Moment sehnte ich mich nach Dale, seiner Ruhe, der Geborgenheit, die ich bei ihm fand. Ich stellte mir sein Gesicht vor: Das volle schwarze Haar, die zu breite Nase, den Mund mit den Grübchen rechts und links, die weit auseinanderstehenden, dunklen Augen. Augen, so dachte ich jetzt, die den Atlantik überqueren konnten, in der Lage waren, all das zu überbrücken, was uns trennte.

In diese Augen hätte ich nun gern hineingeschaut, mich in ihnen verloren und wiedergefunden.

»Wissen Sie, ich gehe davon aus, dass wir beide keine Chance haben.«

»Wieso?« Ich saß mit einem Mitbewerber in der riesigen, sich allmählich füllenden Kantine des *Rostocker Anzeigers.* Stefan Heydrich war um zehn Uhr vor das dreiköpfige Komitee getreten und hatte noch mit der Sekretärin um die Übernahme seiner Hotelrechnung verhandelt, als ich das Chefbüro wieder verließ. Ich schaltete mich ein, und als wir schließlich erreichten, dass sie uns Schecks ausstellte, schlug er vor, einen Kaffee zu trinken.

Ich hatte das Gefühl, mich ganz gut verkauft zu haben. Der Chefredakteur hatte meine Arbeitsproben gelobt, der Feuilletonchef zu meinen Statements über die gegenwärtige Lage der Theater in Ostdeutschland beifällig genickt, und beide schienen meinem Lob der Literaturnobelpreisträgerin aus Südafrika zuzustimmen. Der Personalchef hatte zurückhaltend, aber interessiert gewirkt.

Mein Gegenüber beugte sich weit über die schmierige Resopalplatte. »Haben Sie noch nie erlebt, wie solche Stellen vergeben werden? Was haben Sie denn bis jetzt gemacht?«

Ich betrachtete ihn distanziert. Ein untersetzter Mittvierziger mit stark zurückgewichenem Haaransatz, vielleicht ein desillusionierter Ex-68er. Knapp berichtete ich von meinem bisherigen beruflichen Werdegang. Viel gab es da ja ohnehin nicht zu erzählen.

Als er die Stationen seiner Karriere abhakte, konnte ich mein Staunen kaum verbergen: ein Jahr Frankreich, ein Intermezzo beim Fernsehen, Zeitungen in mehreren großen und kleinen Städten Deutschlands. »Und trotzdem, sage ich Ihnen, haben wir beide keine Chance.« Er verschränkte die Arme vor der Brust und lehnte sich zurück.

Ein Trupp älterer Frauen betrat laut redend und lachend die Kantine, reihte sich in die Essensausgabe ein.

»Und verraten Sie mir nun endlich, wieso?« Diese gönnerhafte Art war mir reichlich zuwider. Außerdem: Wenn er schon so tolle Sachen gemacht hatte, warum wollte er dann überhaupt ins kleine Rostock?

Nach einem Blick zur Seite beugte er sich abermals vor. »Ganz einfach. Weil sich eine alte Freundin des Chefredakteurs ebenfalls beworben hat. Eine Frau Lenau, kleine, unbedeutende Lokalredakteurin – nichts für ungut! – in Magdeburg. Damit dürfte die Sache erledigt sein.«

Spontan rückte ich meinen Stuhl ein Stück vom Tisch ab: »Und wieso sind Sie dann noch aus Darmstadt hierhergekommen, wenn Sie sich da so sicher sind?«, fragte ich, ohne meine Abneigung zu verbergen.

»Das habe ich doch heute Morgen erst erfahren. Was meinen Sie, wieso ich so vehement die Übernahme der Hotelkosten verlangt habe?«

Die restliche Woche verging in einem Arbeitsstress ohnegleichen. Markus war krank, und Susanne hatte Urlaub. Dazu kam, dass Karla etwas von einer leer stehenden Wohnung gehört hatte, die vermietet werden sollte. Nach unzähligen Versuchen, die Vermieterin anzutreffen, stellte sich heraus, dass die zwei Räume längst vergeben waren.

Dale sah ich nur einmal. Es war ein schwieriger Abend. Er hielt mich bewusst auf Distanz, und ich wusste nicht, wie ich an ihn herankommen sollte – ohne ihm vorzulügen, alles sei wieder wie zuvor.

Andreas schien ebenfalls schwer mit der Situation klarzukommen. Der Stress in der Redaktion setzte ihm offenbar noch mehr als mir zu, und wenngleich er versuchte, sich locker zu geben, hatte er auch Schwierigkeiten in unserem Umgang.

Am Freitag reichte Karla mir nach der Redaktionskonferenz im Flur einen großformatigen Umschlag mit dem Logo des *Rostocker Anzeigers*. »Die Post kam heute zeitig. Tut mir leid für dich.«

Ich hatte frühestens Mitte der kommenden Woche mit einer Nachricht gerechnet und fühlte mich entsprechend überrumpelt. Der Trubel um mich herum war mir egal. Ich ging, während ich den Umschlag aufriss, in die Lokalredaktion an meinen Schreibtisch.

»Bedauern wir, Ihnen mitteilen zu müssen … anderweitig entschieden … Ihre Unterlagen zu unserer Entlastung zurück.«

Noch während ich las, wählte ich die Nummer im Briefkopf, drückte so lange die Wahlwiederholungstaste, bis ich endlich eine freie Leitung erwischte und in Rostock landete, ließ mich mit dem Chefredakteur verbinden.

»Bertram, guten Tag. Pure Neugierde, aber würden Sie mir verraten, wer die Stelle in Ihrem Feuilleton erhält?«

Nachdem ich mich für die Auskunft bedankt hatte, legte ich langsam den Hörer auf, starrte ins Nichts. »Nach reichlicher Abwägung« war man zu dem Schluss gekommen, die Position mit einer erfahrenen Kollegin aus Magdeburg zu besetzen.

Andreas kam herein, balancierte in der rechten Hand einen rutschenden Stapel Papier, während er mit der linken versuchte, seine Zigarettenschachtel aus der Hemdtasche zu fingern. Ich verfolgte seine slapstickreifen Bewegungen, ohne sie wirklich zu sehen. Als er die Unterlagen auf den Schreibtisch gerettet hatte, grinste er mich unsicher an.

»Wie wäre es morgen mit einem Essen im *Bella Italia*?«, fragte ich.

»Dreh dich mal um und versuch, die Nummer des Wagens hinter uns zu erkennen!«

»Was? Wieso?« Wir hatten soeben den Parkplatz des Wohnheims verlassen, und ich wollte meine Gedanken nur noch von Spinatlasagne zu Tiramisu schweifen lassen.

»Dieser Lada hat mich schon verfolgt, als ich zu dir gefahren bin. Nun mach schon! FGU – drei –« Andreas spähte angestrengt in den Rückspiegel und fuhr sehr langsam.

»Du hast ja Verfolgungswahn!« Trotzdem drehte ich mich um. Ein nichtssagender schmutzigweißer Kombi. »Nicht drei, neun. FGU neun Strich zwei sieben.«

»Im Handschuhfach ist ein Block. Notier das doch mal.«

Das versprach ja ein entspannter Abend zu werden! Seufzend nahm ich den *Tageskurier*-Notizblock aus dem Handschuhfach, suchte ein freies Blatt und schrieb das Kennzeichen auf.

»Hast du? Gut, dann werde ich ihn jetzt abhängen.« Schon bog er abrupt nach rechts in die Mittelhäuser Straße ein, anstatt weiter geradeaus am Roten Berg vorbei in Richtung Stotternheim zu fahren, und jagte die Gänge hoch.

»Du spinnst ja!« Ich krallte meine Hände in die Seiten des Sitzes, während er rasant einen Wartburg überholte. Als ich mich umdrehte, um zu sehen, ob der Lada immer noch hinter uns war, bog Andy schon wieder rechts ab, und ich wurde heftig gegen ihn geschleudert. »Du hast wohl zu viel *Straßen von San Francisco* gesehen!«

Durch die Riethstraße erreichten wir das Gewirr der Einbahnstraßen in der Tiergartensiedlung. Er jagte in einem Wahnsinnstempo über das Kopfsteinpflaster und durch die Schlaglöcher, einmal setzte der Golf auf. Andreas umkrampfte das Lenkrad mit beiden Händen, starrte immer wieder in den Rückspiegel. Ich hielt mich am Griff über der Tür fest.

»So, die wären wir los.«

Wir befanden uns in der Salinenstraße und, wenn meine Orientierung mich nicht täuschte, nun wieder auf dem Weg zu Pasta und Vino.

»Du drehst ja total durch! Glaubst du, die Skins verfolgen uns ins *Bella Italia*?«

»Ich weiß nicht, ob es die Faschos waren, ich glaube eher nicht. Aber jemand hat mich verfolgt.«

»Zuerst dachte ich ja selbst, ich würde weiße Mäuse sehen«, begann Andy von Neuem, nachdem wir uns über der schneeweißen Tischdecke in dem schönen Restaurant zugeprostet hatten.

Ich schaute ihn entnervt an. War er wirklich verrückt geworden? In dem bleichen Gesicht schimmerte die verkrustete Wunde auf der linken Wange braun-rot, seine Augen irrlichterten umher. Ja, vermutlich hatten der Mord, der Überfall der Skinheads und nicht zuletzt unsere ungeklärte Beziehung seine Nerven zerrüttet. Von der Arbeit ganz zu schweigen.

Auf so etwas war ich nicht vorbereitet gewesen. Ich hatte mich nach dieser Woche nur auf ein gutes Abendessen gefreut. Ich kochte so gut wie nie, und wenn ich allein war, aß ich oft genug kaum etwas. Mir jederzeit einen Restaurantbesuch leisten zu können, genoss ich deshalb nach den knappen Jahren in Studium und Volontariat sehr. Von mir aus hätte ich die wilde Jagd überhaupt nicht mehr erwähnt. Ich hatte keine Lust auf irgendwelche Theorien, Spekulationen. Gemäß dem Vorsatz, meinen Frust wegzufuttern und -zutrinken, hatte ich eine Broccolicremesuppe, Tagliatelle mit Schinken-Champignonsoße und dazu einen halben Liter Soave bestellt. Als Nachspeise fasste ich Panna Cotta und einen Sambuca ins Auge.

»Das war am Sonntag. Ich –« Andreas machte eine Pause, setzte neu an: »Am Samstag hatte ich zu viel getrunken, deshalb dachte ich zuerst, ich hätte Halluzinationen, als ich mich mitten auf dem Anger auf einmal verfolgt fühlte. Ich wollte nur ein bisschen frische Luft schöpfen«, er hielt noch einmal inne, steckte sich eine Zigarette an, »da war jemand hinter mir. Die ganze Zeit. Keine Glatzen, die wären mir aufgefallen.«

»Und wer dann?« Meinem Tonfall war die Skepsis unschwer anzuhören.

»Keine Ahnung, aber es ging die Woche über weiter. Ein paarmal habe ich so einen dünnen Typen gesehen, der es hätte sein können, aber –« Er verstummte.

Meine Suppe kam.

»Also, du hast gesoffen.« Er reagierte nicht. »Du hast gesoffen und dann Verfolgungswahn gekriegt!«

Andreas blies den Rauch seiner Zigarette zur Seite, und ich hatte den Eindruck, dass er die Gelegenheit nutzte, um mir nicht in die Augen sehen zu müssen.

Ich legte nach: »Das gerade war doch total bescheuert! Ich würde dir dringend raten, mal ein bisschen kürzer zu treten. In jeder Hinsicht! Hast du schon mal daran gedacht, die Finger vom Alk zu lassen?«

»Verdammt, jetzt tu nicht so, als wär ich ein Suffkopp, der durchdreht!« Erregt beugte Andy sich über den Tisch. »Es stimmt, was ich sage: Jemand verfolgt mich. Und ich werde herausfinden, wer das ist!«

Sonntagmittag, als wir allein in der Redaktion waren, fragte Karla mich, was zwischen Andreas und mir vorgefallen sei. Ich erzählte ihr von unserem Abend und dass wir völlig zerstritten auseinandergegangen waren.

»Bevor ich auch nur einen Bissen von meinen Nudeln gegessen habe, bin ich abgehauen, weil ich es nicht mehr ausgehalten habe.« Ich massierte meine Schläfen. Fast eine halbe Stunde war ich in der Gegend herumgeirrt, bis ich endlich eine Straßenbahnhaltestelle gefunden hatte.

»Glaubst du nicht, dass du die Menschen um dich herum mal etwas ernster nehmen solltest?«

Fahrig blätterte ich auf der Suche nach einem Straßennamen in meinem Notizblock.

Nachdem ich endlich im Wohnheim angelangt war, hatte ich entgegen aller Vernunft bis drei Uhr früh vor dem Fernseher gehockt, mir die unsägliche Samstags-Unterhaltung der Privatsender angetan und den Rest meines Whiskys ausgetrunken, mich gefragt, warum in letzter Zeit einfach alles in Scherben zerbrach. »Ich mach mich wegen dir nicht mehr kaputt«, hatte Andy irgendwann geschrien und in dem eleganten Lokal die Blicke auf uns gezogen.

»Was meinst du damit?«, fragte ich Karla widerwillig.

»Dale will eine feste Beziehung – und du drückst dich vor einer Entscheidung. Andreas verlangt noch nicht einmal das. Er will einfach nur mit dir zusammen sein und ernst genommen werden mit dem, was er erzählt. Aber du setzt dich mit gar nichts auseinander.« Ich hatte die Straße gefunden und schaute auf, wollte etwas entgegnen. Karla war jetzt jedoch richtig in Fahrt. »Er trinkt zu viel, ja. Und vielleicht sind es Hirngespinste, was er sich da zusammengereimt hat. Aber du wolltest nur ein nettes Essen ohne jede Verpflichtung. Das ist nicht fair!«

Darauf gab es nichts zu entgegnen. Sie hatte Recht.

Bis zum Nachmittag hatten Andreas und ich kein Wort miteinander gewechselt. Nun war Karla unterwegs; ich saß allein in der Redaktion, als er von einem Termin zurückkehrte. Er setzte sich an seinen Schreibtisch mir gegenüber, rief eine Datei auf. Schon vormittags hatte ich registriert, dass er deutlich weniger verkatert aussah als ich. Ich steckte mir eine Zigarette an.

»Andy?« Betont cool schaute er auf. »Andy, es tut mir leid. Ich kann immer noch nicht recht glauben, dass da jemand war – aber es sofort als Spinnerei abzutun, war nicht in Ordnung.«

»Okay, Entschuldigung akzeptiert.« Er begann zu schreiben.

Ich saß noch einen Moment unschlüssig da, dann steckte ich Block und Kuli in die Tasche und stand auf. »Also, dann –«

Er wandte den Blick wieder vom Monitor. »Es ging bei unserem Streit doch um ganz was anderes, Kirsten, und das weißt du so gut wie ich.«

»Ja«, gab ich zu. »Aber –« Ich verstummte, wieder fehlten mir die Worte.

Andreas lehnte sich in seinem Stuhl zurück und sah mir in die Augen. »Ich weiß.«

Einen Moment lang schwiegen wir.

»Und Kirsten –«

Jetzt gibt es die Retourkutsche, dass ich mich in Sachen Alkohol an die eigene Nase packen soll, dachte ich.

»Nimm's nicht so schwer.«

Fragend schaute ich ihn an.

»Die Absage. Ich find's schön, wenn du hierbleibst.« Er zwinkerte mir zu.

Als ich von einer Feierstunde in der neu gegründeten Fachhochschule zurückkehrte, telefonierte Andreas.

»... gut, dass ich Sie heute erwische. Es ist wieder etwas vorgefallen. Ich bin verfolgt worden. Können Sie für mich den Halter des Wagens ausfindig machen?«

»Anzeige erstatten? Ich will einfach nur wissen, wer das war.«

»Ja, natürlich, hätte ich mir denken können ... In Ordnung, kümmern Sie sich darum. Also, das Kennzeichen lautet FGU neun Strich zwei sieben. Aber Sie lassen mich dann wissen, was dabei herausgekommen ist, ja?«

Ich schüttelte den Kopf. Hatte er ernsthaft gedacht, Lubin würde ihm den Fahrzeughalter auf dem Silbertablett servieren? Jetzt sah ich, wie sich sein Gesichtsausdruck veränderte. Er schien betroffen.

»Nein, aber ... Hören Sie, das passt doch hinten und vorne nicht. Was ist denn jetzt überhaupt mit Frau Thimm?«

»Ah, ja. Natürlich, ja ... Also, ich würde dann noch einmal bei Ihnen nachhören ... Ja. Auf Wiedersehen.« Er legte auf und wandte sich an mich. »Es ist besser, du setzt dich.«

Ich schob einige Papiere beiseite und lehnte mich gegen seine Schreibtischkante. Andy zündete sich eine Zigarette an, hielt mir die Schachtel hin. »Angela Heyn gilt derzeit wohl als Hauptverdächtige.«

»Oh nein!«

»Lubin hat nicht rausgelassen, was er davon hält, wie üblich, aber sie will einfach nicht sagen, wo sie an jenem Sonntag war.

Das plus die Vorgeschichte und die Tatsache, dass das Kürzel passt, reichen wohl aus, dass sie sie ›näher ins Auge fassen‹ müssen, wie er sich ausdrückte. Auch weil die Thimm ein Alibi hat.«

Betroffen schüttelte ich den Kopf. »Verdammt! Ich schaue gleich heute Abend noch einmal da vorbei und mache ihr klar, dass sie sagen muss, wo sie war.«

Karla kam herein, sie rubbelte ihre kurzen Haare mit einem Handtuch trocken. Der Petersberg auf der anderen Seite des Domplatzes war unter den tief hängenden, finsteren Regenwolken kaum noch zu sehen. Karla ließ ihren klugen Blick von Andreas zu mir schweifen und fragte mich, ob die Zeremonie in der neuen Hochschule als Aufmacher taugte.

»Kirsten«, begann Andreas, nachdem wir den Umfang des Artikels festgelegt hatten, »kann es sein, dass du dich in Hinblick auf die Heyn ein bisschen zu sehr auf dein Gefühl verlässt?«

»Ich weiß ja, wer's sagt«, lautete meine erste Reaktion, froh, wieder den gewohnten Ton ihm gegenüber anschlagen zu können; dann stiegen meine eigenen Zweifel in mir hoch. Ich zuckte die Schultern. »Vielleicht.«

»Ich möchte nicht, dass du allein zu ihr gehst. Nicht nach allem, was passiert ist.«

»Sie wird bestimmt kein Wort sagen, wenn wir zu zweit auftauchen.«

»Dann warte ich vor der Wohnungstür. Da kann man ja jedes Wort verstehen, und zur Not spiele ich den Helden und trete die Tür ein. Okay?«

Als wir den Domplatz hinter uns gelassen hatten, war aus dem Regen des Nachmittags ein Wolkenbruch geworden. Man konnte gerade noch die nächsten Meter Fahrbahn erkennen. Zum Glück bekamen wir einen Parkplatz in der Nähe des Eingangs zu dem lang gezogenen Wohnklotz, in dem Angela Heyn wohnte. Schnell rannten wir die Treppe hoch, um unter die Überdachung zu gelangen. Fast unmittelbar nach meinem Klingeln ertönte ihre Stimme laut und deutlich aus dem Lautsprecher.

»Ich bin es, Kirsten Bertram. Ich muss noch einmal mit Ihnen sprechen.«

»Ich weiß nicht, warum ich mit Ihnen reden sollte.«

»Bitte, Frau Heyn, lassen Sie mich hinaufkommen.«

Nach einer kurzen Pause ertönte der Summer; wir fuhren in den fünften Stock hoch, wo Andy ein wenig zurückblieb, während ich den Flur entlangging, der einen weiten Bogen beschrieb.

Angela Heyn wartete an der Tür und ließ mich, ohne ein Wort zu sagen, eintreten. Ihr Blick war feindselig.

»Was wollen Sie noch von mir, nachdem Sie mir die Polizei auf den Hals gehetzt haben?«

»Ich habe Ihnen die Polizei nicht auf den Hals geschickt, Frau Heyn. Ich musste denen lediglich alles, was ich wusste, sagen. Und –«

»Und leider wussten Sie etwas über mich. Mein Pech.«

Das saß. Sollte ich mich nun rechtfertigen, dass sie mich nicht gebeten hatte, ihre Geschichte für mich zu behalten? Ich hatte nicht gewusst, dass braune Augen so eisig gucken konnten. Wir standen noch immer in dem engen Flur. Sie machte keine Anstalten, weiter in die Wohnung hineinzugehen, und mir war es recht. So konnte ich sichergehen, dass Andy alles, was wir sagten, mitbekam. So verbittert und hart, wie die Frau heute aussah, war sie mir schon ein wenig unheimlich. Unwillkürlich stellte ich mir vor, wie ihr muskulöser Arm zu einem präzisen Karateschlag ausholte. Ich atmete tief ein.

»Sie können zu Kommissar Lubin Vertrauen haben. Sie müssen ihm sagen, wo Sie zum Zeitpunkt des Mordes waren. Sie machen sich nur selbst unnötig Schwierigkeiten, wenn Sie weiter schweigen.«

»Die Zeiten sind vorbei, wo wir der Polizei etwas sagen *mussten*, und ich werde auch nichts sagen!«

»Ist Ihnen denn nicht klar, dass Sie auch nach derzeitigem Recht zu einer Aussage gezwungen werden können, dass man Sie einfach einsperren kann?«

Ihre Hand schnellte vor, und ich zuckte verschreckt zurück. Sie griff nach der Klinke und öffnete die Wohnungstür. »Sollen sie. Auf Wiedersehen.«

Niedergeschlagen und hilflos verließ ich die Wohnung.

Wir beschlossen, im *Stadt Vilnius* direkt gegenüber etwas zu essen. Der Regen hatte ein wenig nachgelassen, trotzdem hingen mir meine Haare in nassen Strähnen in die Stirn, als wir das Gebäude betraten. Ich blieb einen Moment vor einem großen Spiegel in der Eingangshalle stehen und strich sie nach hinten, versuchte, etwas Form hineinzubekommen.

Das *Stadt Vilnius* war eines der letzten Überbleibsel der »sozialistischen« Gaststätten-Kultur. Ich kam selten hierher, obwohl es so nah war. Der Speisesaal war ungefähr so groß und so gemütlich wie eine Uni-Mensa, und noch immer wurde man von den Kellnern »platziert«. Da ich Andy aber nicht zu mir einladen wollte, wo ohnehin Leere im Kühlschrank herrschte, schien es an diesem Abend das Praktischste.

Wir hatten gerade bestellt, als ich auf einmal Dale sah. Er saß mit dem Rücken zu mir einer Blondine gegenüber, mit der er sich angeregt zu unterhalten schien. Ich starrte zu den beiden hinüber.

»Hey, hörst du mir überhaupt zu? Ich habe dich gefragt, ob die Heyn denn jetzt definitiv nicht gearbeitet hat an dem Abend!«

»Entschuldige. Nein, ich weiß es nicht – darum habe ich mich gar nicht mehr gekümmert.«

Die Blonde erhob sich mit einem verführerischen Lächeln und verließ den Raum in Richtung Ausgang, wo sich auch die Toiletten befanden. Gute Figur. Schöne lange Beine in schwarzen Strümpfen und hochhackigen Schuhen, dazu ein bordeauxroter Rock, der knapp ihren Po bedeckte. Hoffentlich schaute Dale sich jetzt nicht um. Ich zwang mich, meinen Blick wieder Andreas zuzuwenden.

»Aber vielleicht liegen wir ja auch ganz falsch, und sie war es wirklich.« Ich sprach sehr leise, als ob Dale, der gute fünf Meter entfernt Rauchringe in die Luft blies und jetzt zwei Tassen Kaffee in Empfang nahm, mich hören könnte.

»Glaubst du das jetzt wirklich?«

»Ach, ich weiß überhaupt nicht mehr, was ich glauben soll!«

Die Blonde kehrte zurück. Auch das Gesicht war hübsch. Stark geschminkt, aber hübsch.

»Was für ein Alibi hat unsere Anne-Marie Thimm denn?«, riss ich mich von dem Bild los.

Der Ober näherte sich mit unseren Tellern.

»Hat Lubin mir nicht verraten.«

Ich stocherte in meinem Zwiebelfleisch herum. Dale signalisierte einem Kellner, dass er zahlen wollte. Er, der so wenig Geld hatte, immer so sparsam war.

»Hast du Dale eigentlich schon sein Honorar gezahlt?«, fragte ich Andreas.

»Ja, habe ich überwiesen.«

Elf

Am nächsten Tag lief ich über den Anger, um Fotos zu einer Reportage über die anstehende Innenstadtsanierung zu machen. In der Fußgängerzone war ebenso viel Betrieb wie in einer westlichen Stadt gleicher Größe. Die meisten Ladenlokale waren verpachtet, für die anderen gab es genügend Interessenten, die nur darauf warteten, dass die Eigentumsfragen geklärt wurden.

Ich vergegenwärtigte mir die Sanierungspläne. In meinem Kommentar würde ich den kritischen Stimmen beipflichten, die sich fragten, wieso der Stadtrat Unsummen in das Vorhaben steckte, während immer mehr Menschen nach dem Auslaufen des Kurzarbeitsgeldes kaum noch wussten, wovon sie leben sollten. Natürlich war es sinnvoll, die Fußgängerzone herauszuputzen, das musste bei diesem begehrten Standort jedoch nicht mit öffentlichen Geldern finanziert werden. Da sollte meiner Meinung nach vorrangig an das Andreasviertel gedacht werden.

Während ich versuchte, das Treiben in dem warmen Herbstlicht einzufangen, sah ich Martina Fürst. Sie stand an einem Kleiderständer vor einer Boutique und begutachtete mit kritischer Miene einen Pullover. Ich zögerte einen Moment, dann ging ich zu ihr hinüber und sprach sie an. Sie reagierte zurückhaltend, drehte an dem Ständer, befühlte einen Wollstoff. Dann schien sie sich einen Ruck zu geben.

»Als Sie das letzte Mal bei mir waren, hatte ich den Eindruck, dass Sie Angela verdächtigen.«

Ich schüttelte den Kopf. »Ich verdächtige sie nicht, aber sie hat sich selbst mittlerweile in die Situation hineinmanövriert, dass die Polizei sie verdächtigt.«

»Wie bitte?«

Ich fragte, ob sie einen Moment Zeit habe, und schweigend gingen wir bis zum Angereck, setzten uns im Restaurant dort an einen Tisch am Fenster. Als wir unsere Kaffeetassen vor uns stehen hatten, zündete ich eine Zigarette an, blies den Rauch an ihr vorbei.

»Sehen Sie, ich habe mich sehr für die Geschichte interessiert und nicht ich allein, sondern auch mein Kollege, den Sie ja kennen, und mein – mein Freund. Er ist Privatdetektiv und hat den Fall untersucht, bis vor einer Woche ungefähr.« Martina Fürst reagierte nicht. »Dann hatten wir das Gefühl, dass uns alles über den Kopf wächst, und so haben wir unsere Informationen Hauptkommissar Lubin übergeben. Ich musste ihre Freundin erwähnen. Ich konnte doch nicht so tun, als wenn ich nie mit ihr gesprochen hätte.«

Sie nickte fast unmerklich. »Ja, das mussten sie wohl.«

»Soviel ich weiß, gibt es keinen konkreten Tatverdacht gegen sie, aber sie weigert sich zu sagen, wo sie zur Tatzeit war. Und das heißt für den Kommissar, dass er nachhaken muss.«

Frau Fürst fuhr sich mit einer heftigen Bewegung durch ihre kurz geschnittenen Haare. »Das ist typisch für Angela, in eine solche Situationen zu geraten. Deshalb habe ich wohl auch so empfindlich reagiert. Sie wissen doch, es gibt Menschen, die erwischt es immer, die geraten einfach ständig in Schwierigkeiten. Dazu gehört Angela.«

»Aber«, ich trank meinen Kaffee aus, »wieso hilft sie dann selbst noch nach? Ich meine, wieso sagt sie nicht einfach, wo sie an jenem Sonntagabend war? Hatte sie nicht vielleicht Dienst?«

Die Hoffnung zerschlug sich schnell. Martina Fürst schüttelte nach kurzem Nachdenken den Kopf. »Nein, sie hatte mit mir zusammen Frühdienst.« Sie seufzte einmal kurz, lächelte dann. »Sie will es wohl einfach nicht sagen. In solchen Dingen ist sie stur wie ein Esel.« Ihre Miene wurde wieder ernst. »Es steckt viel dahinter, was Sie nicht verstehen können. Das, was Angela hier an Bespitzelungen und Demütigungen erfahren hat ...«

Ich wusste nicht, was ich sagen sollte.

Martina Fürst rührte in ihrem Kaffee herum, den sie noch nicht angerührt hatte. »Ich mache mir Sorgen um sie. Zurzeit riskiert sie auch ihren Arbeitsplatz. Sie hatte einen Krankenschein, aber der hätte schon vor drei oder vier Tagen verlängert werden müssen. Sie hat aber nur angerufen und gesagt, sie könne noch nicht wiederkommen.«

Ich schaute auf den Anger, betrachtete die gerade einfahrende Straßenbahn, die Menschen, die Tauben, begann schließlich, gegen die Fensterscheibe zu sprechen: »Aber Sie sind sich absolut sicher, dass sie es auf keinen Fall getan hat?« Nachdem der Satz heraus war, sah ich mein Gegenüber wieder an. Frau Fürst hielt meinem Blick ruhig stand.

»Ganz bestimmt nicht. Ich kann mir sogar denken, wo sie war, wenn sie sich so hartnäckig weigert, damit herauszurücken.« Sie blickte auf ihre Armbanduhr und schob mit einer energischen Bewegung die volle Kaffeetasse von sich. Die braune Flüssigkeit schwappte über den Rand. »Wissen Sie was? Ich habe noch eine Stunde Zeit. Ich fahre zu ihr und versuche, mit ihr zu reden.«

Ich bat sie, mich danach wissen zu lassen, ob sie etwas erreicht hatte. Während ich noch an meinem Kommentar feilte, tauchte Martina Fürst bereits in der Redaktion auf. Sie hatte ihre Freundin nicht angetroffen, ihr jedoch einen Zettel an die Tür geheftet, dass sie mit ihr reden wollte.

Am frühen Abend arbeiteten alle konzentriert auf den Feierabend hin, als das Telefon klingelte. Ich hob ab und klemmte mir den

Hörer zwischen Ohr und Schulter, korrigierte weiter meinen Text. Es war Lubin, der mir mitteilte, dass Angela Heyn Selbstmord begangen habe.

»Ich hatte Ihnen versprochen, Sie über wichtige Entwicklungen zu informieren. Frau Heyn hat Schlaftabletten genommen und einen Abschiedsbrief hinterlassen, in dem sie den Mord an Manfred Haffmann gesteht.«

Mit beiden Händen umklammerte ich die Tischkante und bekam wie in Trance mit, dass die Polizei wiederholt versucht hatte, sie zu erreichen. Schließlich hätten sie sich dazu entschieden, die Wohnungstür gewaltsam zu öffnen. Vermutlich sei die Frau am späten gestrigen Abend aus dem Leben geschieden.

Der Kommissar verabschiedete sich, und ich blieb sitzen, wie ich war. Der Hörer rutschte von meiner Schulter und fiel auf die Tastatur, erzeugte eine wilde Buchstabenreihe. Ohne Zeitgefühl starrte ich so lange auf den Monitor, bis die Buchstaben verschwanden und sich ein schwarzer Schleier vor meine Augen schob. Mein Herz raste, und obwohl ich saß, wurde mir schwindelig. Ich hielt mich mit den Händen am Stuhl fest, mir brach der Schweiß aus, zugleich überkam mich ein Kälteschauer.

Auf einmal spürte ich eine Hand auf meinem Rücken. Andreas stand neben mir, sah mich besorgt an, fragte etwas. Ich wollte ihm sagen, was ich gerade erfahren hatte, aber mir wurde übel. Ich schlug eine Hand vor den Mund und versuchte aufzustehen, aber meine Beine knickten ein. Hätte Andy mich nicht gepackt, wäre ich hingefallen. Ich machte ihm klar, dass ich mich übergeben musste, und er fasste mich fest um die Seite, half mir, die Toilette zu erreichen.

Ich würgte und spuckte, dabei bekam ich grässliche Kopfschmerzen. Als ich die Tür wieder öffnete, wurde mir komplett schwarz vor Augen.

Das nächste, was ich wahrnahm, war das harte Ruckeln und laute Stottern eines Autos. Noch immer war mir kalt, noch immer spürte ich mein Herz sehr schnell pochen. Ich saß neben Andreas in Karlas Trabi, registrierte ich mit einem verwirrten Blick.

Andy steuerte nicht das Rieth an. Von der Nordhäuser Straße bog er nach rechts in eine Einfahrt ein, rief einem Mann im Pförtnerhaus etwas von »Notfall« zu und steuerte quer über einen Parkplatz ein Gründerzeithaus an, sprang aus dem Auto und lief hinein. Kurz darauf waren zwei Männer da und hoben mich auf eine Trage.

»Schwächeanfall – umgekippt – sich übergeben – bewusstlos«, hörte ich Andys Stimme, während über mir eine hohe, weiß gekalkte Decke vorbeizog.

Das Liegen tat gut, mein Puls beruhigte sich. »Mir fehlt nichts«, sagte ich, nachdem ich in einem großen Raum auf eine Liege gehoben worden war.

»Na, junge Frau, wenn einem nichts fehlt, kippt man nicht um.« Die Stimme gehörte einer mütterlich wirkenden Frau im weißen Kittel, die zwei Finger auf die Innenseite meines Handgelenks drückte und auf ihre Armbanduhr schaute. Sie brauchte einige Zeit, um zu einem Ergebnis zu gelangen. Dann legte sie mir eine Blutdruckmanschette um. Aus den Augenwinkeln nahm ich wahr, dass Andreas noch neben mir stand.

»Was ist passiert, bevor Sie umgekippt sind?«, fragte die Ärztin, nachdem die Luft aus der Manschette entwichen war.

Andreas setzte zu einer Antwort an, aber ich hob die Hand und brachte ihn zum Schweigen. »Ich habe eine schlechte Nachricht erhalten.«

»Angela Heyn«, fügte ich für Andy hinzu, dann wurde mir bewusst, dass wir vermutlich in der Medizinischen Akademie waren, wo sie gearbeitet hatte. Hoffentlich kannte die Ärztin sie nicht; ich wollte jetzt nicht darüber sprechen. Andy griff nach meiner Hand, die Miene fragend. Ich versuchte, ihm durch meine Augen die Nachricht zu übermitteln, ich wollte das Wort nicht aussprechen.

Die Ärztin nickte nachdenklich. »Wir würden jetzt noch ein EKG machen, um sicherzugehen, dass Sie keinen Infarkt hatten.«

Unwillkürlich schüttelte ich den Kopf. »Ich bin fünfundzwanzig.«

»Das heißt gar nichts«, beschied sie mich. »Ihr Blut sollte untersucht werden, und Sie bleiben zumindest über Nacht zur Beobachtung hier.« Sie blickte von mir zu Andreas. »Können Sie die nötigen Formulare ausfüllen?«

»Ich werd's versuchen.« Er klang besorgt.

Ich wollte nicht im Krankenhaus bleiben, fühlte mich aber zu schwach, um aufzubegehren.

Die Ärztin machte sich schon an meiner Armbeuge zu schaffen.

»Sie sind sehr dünn«, befand der männliche Arzt am nächsten Tag, und es war kein Kompliment. »Das wird ja heute immer propagiert, aber Sie wären besser dran mit ein paar Pfund mehr. Essen Sie regelmäßig?«

Ich dachte an das pappige Brötchen auf dem Frühstückstablett. »Wenn es mir schmeckt, ja.«

Es war schon später Vormittag, und ich fühlte mich noch immer benommen. Bis zuerst eine Putzfrau, dann eine Krankenschwester mit Fieberthermometer in das Sechs-Bett-Zimmer gekommen waren, hatte ich in tiefem, traumlosen Schlaf gelegen und auch nach einer Tasse dünnem Kaffee – dem Einzigen, was ich zum Frühstück heruntergebracht hatte – war ich immer wieder eingeschlafen. Vermutlich Ergebnis der Infusion, an die man mich angeschlossen hatte. Der Gedanke an Angela Heyn trieb mir sofort wieder kalten Schweiß auf die Stirn. Das konnte nicht sein. Die arme Frau durfte nicht tot sein. Niemals hatte sie Haffmann umgebracht. Ich musste hier raus, ich musste mit Lubin sprechen, etwas unternehmen. Irgendwas.

»Sie sind Raucher?«

Das war kaum als Frage betont, und mit der männlichen Form fühlte ich mich ohnehin nicht angesprochen, also antwortete ich nicht.

»Wie sieht es mit Ihrem Alkoholkonsum aus?«

Ich zuckte die Achseln.

Als er mich darauf festgenagelt hatte, dass ich fast jeden Abend etwas trank, schüttelte er missbilligend den Kopf. Bei der Frage nach den Kaffeemengen schwindelte ich, dennoch schien auch das noch zu viel zu sein.

»Treiben Sie Sport?«

Ich hatte Angst, er könnte mich im Krankenhaus behalten, und antwortete, dass ich mit Joggen beginnen würde.

Er schien mir nicht zu glauben. »Ihre Blutwerte sind noch im Rahmen. Ich betone: noch. Ich rate Ihnen dringend zu gesunder Ernährung und deutlich geringerem Alkoholkonsum. Dass Nikotin Gift ist, muss ich Ihnen ja nicht erklären.«

Natürlich wollte ich genau in diesem Moment nichts anderes als eine Zigarette. Vermutlich sah er mir das an, mit einem strengen Blick durch große Brillengläser fuhr er fort:

»Das EKG war soweit in Ordnung. Dennoch sollten Sie diesen Warnschuss Ihres Körpers ernst nehmen.« Er machte eine Pause. »Ich entlasse Sie jetzt, Sie bekommen ein Rezept für Kreislauftropfen und sollten sich von Ihrem Hausarzt noch ein paar Tage krankschreiben lassen. Wer ist das?«

Als ich gestand, dass ich keinen hätte, seufzte er. »Suchen Sie sich einen und geben Sie uns Bescheid, wo wir den Bericht hinschicken sollen.«

Ich bat darum, mir ein Taxi zu rufen, und ließ mich in die Redaktion bringen.

»Was willst du denn schon hier?«, empfing Karla mich im Flur. Sie trug Jacke und Tasche über dem Arm und war auf dem Weg nach draußen.

»Der Kaffee im Krankenhaus war zu schlecht«, entgegnete ich. »Hat Andreas dein Auto wieder heil zurückgebracht?«

»Die Schaltung hat sich beschwert. Ihr Wessis kennt euch ja mit richtigen Autos nicht aus.«

»Deine Gurke ist einfach nie eingefahren worden«, meldete Andy sich von der Tür zur Redaktion aus. »Hi.« Er studierte mein Gesicht, als suche er Spuren der Nacht in der Klinik.

Karla verabschiedete sich ohne eine Replik auf die Bemerkung; wir gingen zu unseren Schreibtischen.

»Danke«, sagte ich.

Andreas nickte bloß.

»Angela Heyn hat sich umgebracht«, berichtete ich dann so nüchtern wie möglich.

Einen Moment lang regte er sich nicht, dann schüttelte er den Kopf. »Aber –«

Ich zuckte die Achseln. »Keine Ahnung. Lass uns gleich mal zu Lubin gehen, wenn wir hier wegkönnen.«

Der Hauptkommissar saß vor einer aufgeschlagenen Akte. Er lud uns mit einer Handbewegung ein, Platz zu nehmen. Die Luft in dem kleinen Raum war stickig; Lubin sah überarbeitet und älter als sonst aus.

»Danke, dass Sie nichts darüber geschrieben haben, was ich Ihnen gestern gesagt habe. Ich hatte es nicht extra betont, aber …« Er ließ den Satz unvollendet. Unwillkürlich fragte ich mich, ob Andreas eine Meldung gebracht hätte, wenn er Bescheid gewusst hätte. »In diesem Moment geht die offizielle Mitteilung heraus.« Das klang müde.

»Also haben Sie gestern noch ermittelt?«, fragte ich, ohne recht zu wissen, was ich damit meinte.

Lubin blickte mich denn auch nur mit einem undefinierbaren Ausdruck an. »Wenn Sie so wollen.«

»Ich bin sicher, dass Angela Heyn Haffmann nicht umgebracht hat«, sagte ich.

»Sehr schön. Das sagt Ihnen Ihre Intuition?«

»Herr Lubin.« Andreas beugte sich in seinem Stuhl nach vorn, legte die Unterarme auf den Schreibtisch des Kommissars. »Was für ein Alibi hat Frau Thimm überhaupt? Ist das von Jörg Pohland wasserdicht? Und was ist mit den Skinheads? Und dem Wagen, der mich verfolgt hat?«

Lubin lächelte müde. »Sie sind hartnäckig. Aber Sie ziehen nur Nieten.«

»Das ist mir wohl in die Wiege gelegt worden.« Erfixierte den Hauptkommissar.

»Also gut. Ich fange hinten an: Der Wagen gehört einem kleinen Nichtstuer, der keinerlei Verbindung zu den Personen hat, die in diesen Fall verwickelt sind. Die Schläger, die Sie überfallen haben, konnten wir noch nicht fassen. Herr Pohland war an dem Sonntag, an dem Manfred Haffmann ermordet wurde, in Köln. Die Tagung ging bis achtzehn Uhr. Er ist bis zum Schluss dort gewesen. Und Frau Thimm hat an jenem Tag um neunzehn Uhr dreißig mit einer Kollegin in Berlin zu Abend gegessen.«

Andreas lehnte sich wieder zurück und versuchte offensichtlich, seine Gedanken zu sortieren. Ich nahm mir eine Zigarette, immerhin nach einer in der Redaktion erst die Zweite dieses Tages. Lubin schob den vollen Aschenbecher auf unsere Seite des Schreibtisches. Mir kam der Gedanke, dass ich, seit ich ihn kennengelernt hatte, nicht mehr so leichtfertig von »Bullen« sprach. Obwohl er immer sehr verschlossen wirkte, mochte ich ihn. So wie er, dachte ich, würde Dale später einmal auftreten.

Schließlich begann Andy von Neuem: »Aber dieser Wagenbesitzer – haben Sie überprüft, was er Samstagabend gemacht hat?«

»Herr Rönn, bitte! Soll ich jemanden verhaften, weil er durch die Stadt gefahren ist und Sie meinen, er hat Sie verfolgt?«

»Nein, natürlich nicht. Aber es ist doch ein Hinweis.«

»Dieser Mann hat keinerlei Verbindung zu dem Fall.«

»Ich würde trotzdem gern seinen Namen wissen.«

Lubin starrte ihn an, als wolle er ihn hinauswerfen. Ich schaltete mich ein: »Haben Sie den Abschiedsbrief von Frau Heyn hier?«

»Ja.« Er entnahm der Akte eine Plastikhülle mit einem Blatt und gab sie mir. »Bitte. Sie können gern versuchen, hinter das Geheimnis dieser zwei Sätze zu kommen.«

Auf dem einfachen karierten Papier stand: *Ich habe Manfred Haffmann umgebracht. Damit kann ich nicht länger leben.*

Ich schüttelte den Kopf und gab die Hülle an Andy weiter, der einen Blick darauf warf und dann wieder Lubin anschaute.

»Herr Rönn, ich werde Ihnen den Namen des Mannes nicht nennen! Wie ich Sie kennengelernt habe, würden Sie ihn mit Anschuldigungen bedrängen, und an dem Ärger habe ich keinerlei Bedarf. Sie müssen sich damit abfinden, dass der Fall abgeschlossen ist.«

»Abgeschlossen?«

»Ich habe ein Geständnis vorliegen.«

Die Mimik des Kommissars erschien mir ziemlich unschlüssig. »So ganz glauben Sie aber selbst nicht daran, oder?«

Er bedachte mich mit einem kleinen Lächeln. »Tja, Frau Bertram, was ein Kriminalbeamter glaubt und was er tun muss, sind oft zweierlei Dinge.«

So etwas Ähnliches hatte ich auch schon von Dale gehört. Diese Widersprüche waren wohl auf der ganzen Welt die gleichen. Lubin räusperte sich:

»Falls Sie also keine neuen Informationen für mich haben – dieser Fall gilt als gelöst, und ich habe drei andere, um die ich mich kümmern muss.«

Er heftete den Brief, den Andy ihm zurückgegeben hatte, wieder ab und schloss die Akte, reichte uns die Hand zum Abschied.

»Und nun?«, fragte ich desillusioniert, als wir vor der Wache standen.

»Erst mal bringe ich dich nach Hause«, sagte Andreas.

»Unsinn. Was soll ich dort?«

»Dich ausruhen«, verkündete er. »Die heutigen Termine sind verteilt, du bist nicht eingeplant.«

»Schön zu hören, wie leicht man ersetzbar ist«, warf ich ein.

Er legte seine Hände auf meine Schultern. »Bitte. Mir zuliebe.«

Widerstrebend nickte ich. »Okay. Aber fahren brauchst du mich nicht. Ich habe den Käfer ja noch hier stehen.«

»Gut. Leg dich hin, hol ein bisschen Schlaf nach, und heute Abend komme ich mit etwas zu essen zu dir.«

»Nein. Ich koche uns etwas. Was Gesundes«, verkündete ich.

Als es klingelte, dachte ich, Andreas hätte früher Feierabend gemacht. Ich hatte gerade den Spinatauflauf zum Überbacken in den Ofen geschoben, wischte mir die Hände ab und wartete an der geöffneten Wohnungstür. Dale kam den Flur entlang, einen eingewickelten Blumenstrauß in der Hand.

»Hallo. Ich war in der Redaktion, und Karla sagte mir, dass du krank bist.«

»Ach, nein. Nicht wirklich krank. Ich muss mich bloß mal ein bisschen ausruhen.«

»Das kann bestimmt nicht schaden.« Dale riss das Papier auf und überreichte mir einen aufgebundenen Rosenstrauß mit blassroten Blüten. »Auf jeden Fall alles Gute für dich.« Er war besorgt und wollte es nicht zeigen.

»Oh, die sind wunderschön, danke. Komm doch herein.«

Auf dem Weg ins Zimmer warf er einen forschenden Blick in die Küche, wo ich in Ermangelung einer Vase eine Teekanne mit Wasser füllte und den Strauß hineinstellte.

»Darf ich dir einen gesunden Traubensaft anbieten?«

»Du meinst Wein?«

»Nein.« Ich holte die Flasche aus dem Kühlschrank, las vom Etikett ab: »Blutbildend, aufbauend, regenerierend.«

»Nun, gern.«

Ich goss uns beiden ein, und wir stießen mit der hellroten Flüssigkeit an. Es war seltsam, ihn hierzuhaben. Eine ganze Woche hatte ich ihn, abgesehen von Sonntagabend im *Stadt Vilnius*, nicht gesehen. Er trug ein offenes, rostrotes Hemd über einem weißen T-Shirt, und wieder einmal dachte ich, dass er so viel älter und reifer wirkte als Andreas – und auch als ich.

»Warum warst du in der Redaktion?«, fragte ich, die Stimme etwas heiser.

»Ich hatte von Angela Heyns Selbstmord und Geständnis gehört«, antwortete er. »Da wollte ich fragen, wissen –« Auch er war nicht völlig souverän.

»Ob ich es glaube? Nein«, sagte ich entschieden.

Dale nickte nachdenklich. »Ich hatte dich gewarnt, der Frau blind zu vertrauen, aber das kommt jetzt doch sehr überraschend.«

»Allerdings.« Ich war erleichtert, dass auch er angesichts dieser Wendung skeptisch reagierte.

Er zog ein Zigarettenpäckchen und Streichhölzer aus der Tasche seiner 501, schaute mich fragend an. Ich nickte, nahm mir eine. Dale gab uns beiden Feuer.

»Ich habe dich vorgestern gesehen, im *Stadt Vilnius*«, sagte ich.

»Ich euch auch.« Ein ganz feines Lächeln spielte um seinen Mund.

»Was? Wieso hast du mich nicht angesprochen?«

»Ich habe deinen Blick gesucht, als ihr hereingekommen seid, aber du warst nur mit deiner Frisur beschäftigt. Zu eurem Tisch gehen wollte ich nicht.«

»Natürlich nicht. Du warst schließlich in charmanter Begleitung.«

»Ebenso wie du.« Er lächelte, und die Grübchen zogen mich sofort wieder in ihren Bann. »Bei mir war es allerdings nicht privat.« Mit einer langsamen Bewegung strich er Asche von seiner Zigarette.

Ich kam mir reichlich dumm vor. »War das eine Klientin?«

»Nein. Die neue Einnahmequelle lässt noch auf sich warten. Mir hat der Fall auch keine Ruhe gelassen. Ich hatte mich noch einmal mit der Sekretärin bei PLT unterhalten und erfahren, dass sie erst seit Kurzem dort arbeitet. Von ihr bekam ich aber die Adresse ihrer Vorgängerin, mit der ich dann im *Stadt Vilnius* essen war. Sie wohnt nämlich auch hier.«

Ich schaute durch die Durchreiche in die Küche, realisierte, dass ich das Gratin abdecken musste. In mir brodelte ein Gefühlsgemenge aus Erleichterung, Scham und Verlangen. »Hast du etwas Neues erfahren?«, konzentrierte ich mich auf unser Gespräch.

»Ein wenig schon. Nachdem sie sicher war, dass ich nicht von der Polizei komme, war sie recht vertrauens – voll?«

»– selig.«

»Richtig, vertrauensselig.« Es hörte sich witzig an, wie er Silbe für Silbe aussprach. »Sie hat bestätigt, dass Pohland nicht über den Weg zu trauen ist. Er hat wohl einmal ihren Verlobten für etwas benutzt, was nicht ganz koscher war – sie wollte sich dazu nicht näher äußern, und sie befürchtet, dass das jetzt noch einmal passiert ist.«

»Was? Dass ihr Verlobter Haffmann umgebracht hat?« Ich war kurz davor aufzuspringen.

»Nein.« Wieder lächelte er, und es war wie früher. »Glaubst du, dann würden wir jetzt so hier sitzen? An jenem Sonntag waren die beiden zusammen. Etwas – etwas Kleineres. Dieser Verlobte ist wohl so ein Gelegenheitsgangster. Sie weiß nur, dass er auf einmal wieder Geld hat und keine Zeit für sie.«

»Aktuell? Jetzt?« Ich ging in die Küche, deckte Alufolie über die Auflaufform, in der der Käse schon zerlaufen war.

Dales Stimme kam mühelos bei mir an: »Seit über einer Woche, und am Sonntag war er auch noch unterwegs, ohne ihr zu sagen, was er tut.«

Es klingelte. Ich drückte die Haustür auf und öffnete die Wohnungstür, kehrte ins Zimmer zurück. »Das wird Andreas sein«, sagte ich.

In Dales Gesicht spiegelte sich ein »das habe ich mir doch gedacht«, er äußerte sich jedoch nicht dazu.

Andy kam herein, in den Armen einen riesigen Obstkorb. »Hi! Da du ja jetzt gesund leben willst, bekommst du Früchte anstatt Blumen.« Erst, als er den Korb abgesetzt hatte, sah er Dale. »Hallo.« Das klang sehr viel gedämpfter.

»Dale hat das von Angela Heyn erfahren«, sagte ich. »Er glaubt es auch nicht.«

Dale zuckte die Schultern, Andreas ließ sich auf einen Stuhl fallen.

Ich verschwand wieder in der Küche. »Du isst doch etwas mit, oder?«, fragte ich Dale so cool wie möglich und stellte für Andy ein Glas in die Durchreiche.

»Gern«, gab Dale zurück. Er nahm das Glas und füllte es mit Traubensaft, schob es Andreas hin.

Ich schaltete den Backofen aus, holte Teller und Besteck aus dem Schrank, reichte es den Männern an. »Also länger als eine Woche«, dachte ich laut über das nach, was Dale gesagt hatte. »Es könnte sein, dass dieser Typ Andreas verfolgt hat.«

»Verfolgt? Wann? Wo?«

Mit einem auffordernden Nicken in Andys Richtung wandte ich mich von der Durchreiche ab. Während ich die Brötchen, die ich in Ermangelung von Baguette gekauft hatte, in einen Korb legte und das Gratin aus dem Ofen holte, hörte ich, wie Andreas berichtete. Er klang zögerlich, als er zum Schluss gekommen war, fragte er jedoch eilig nach, um was für einen Mann es sich handelte.

»Ein kleiner Gangster«, entgegnete Dale knapp.

»Weißt du zufällig, was für ein Auto er fährt?« Ich stellte den Brotkorb und die dampfende Form bereit.

»Nein. Aber ich habe seinen Namen und seine Adresse«, antwortete Dale.

»Und zwar?« Obwohl Andreas noch immer der Zusammenhang fehlte, fragte er nicht, er forderte.

Dale schüttelte den Kopf. »Ich finde das heraus«, beschied er ihn und stand von seinem Stuhl auf, um das Essen auf den Tisch zu stellen.

»Was willst du jetzt beweisen?«, fuhr Andy ihn an.

Ich ging zu ihnen ins Zimmer und verteilte den Auflauf.

»Was willst du beweisen, wenn du hinfährst?«, parierte Dale.

»Er hat mich verfolgt«, beharrte Andreas.

»Das müssen wir erst herausfinden.« Dale klang nach wie vor ruhig.

»Würdet ihr bitte essen?«, versuchte ich, die Stimmung aufzulockern. »Schließlich koche ich höchstens dreimal im Jahr, ihr solltet das würdigen.«

Tatsächlich stach Dale mit der Gabel in den Spinat, Andy nahm sich ein Brötchen und brach es in der Mitte durch.

»Warum fahrt ihr nicht zusammen?«, schlug ich nach einem Bissen vor.

»Wenn dieser Typ wirklich auf Andreas angesetzt war, hättest du das Überraschungsmoment auf deiner Seite«, wandte ich mich an Dale. »Und zu zweit bekommt ihr vielleicht mehr aus ihm heraus als du allein.«

Begeistert sahen beide nicht aus. Andy schaufelte sich eine große Ladung Gratin in den Mund, Dale trank einen Schluck Saft und sagte nach einer Pause:

»Okay, aber ich bestimme, wie wir vorgehen.«

Zwölf

Als ich die beiden an der Tür verabschiedet hatte, kehrte ich zum Tisch zurück, auf dem noch das schmutzige Geschirr stand. Ich rauchte eine Zigarette – Nummer sieben des Tages – und dachte darüber nach, was für Volten mein Leben seit sechs Wochen schlug. Von außen betrachtet war die Vorstellung von Dale und Andreas bei solch einer gemeinsamen Aktion fast witzig. Ihre Hahnenkämpfe …

Ich stand auf und schaltete »DT64« ein, freute mich über den Doors-Titel »People are strange«.

Wenn Angela Heyn ihren verhassten früheren Chef nicht umgebracht hatte, trug ich dann Schuld an ihrem Selbstmord? Das war – allerdings ohne das Fragezeichen – mein erster Gedanke gewesen, als Lubin am Vortag angerufen hatte. Bevor mir schwarz vor Augen geworden war.

Mir hallte die anklagende Stimme noch im Ohr: »… leider wussten Sie etwas über mich.« Und Martina Fürsts Aussage, dass ich nicht nachvollziehen könnte, was ihre Freundin durchgemacht hatte.

Jim Morrison war verklungen, und der Sprecher verkündete, dass er jetzt etwas Besonderes hätte, die Vorabveröffentlichung eines Songs. »Das lange erwartete Album wird erst im März herauskommen, dafür soll es dann gleich einen Doppelpack geben. Die Zukunft des Rock'n'Roll wurde er genannt, aber auch mit Bob Dylan verglichen. Ich denke, mehr muss ich gar nicht sagen …«

Schlagzeug und Gitarre stimmten eine locker-leichte Melodie an, dann erklang eine Stimme, die ich zunächst nicht erkannte, die mich aber frappierend an Dale erinnerte. Älter zwar, aber ebenso rau, locker und warm verkündete sie: »Well, you can go out with him, play with all his toys – but taking care of you baby, ain't for one of the boys – Loving you's a man's job.«

Das war Bruce Springsteen – und zwar mit einem entsetzlichen Macho-Song! Trotzdem ich verärgert das Radio ausmachte, hatte sich der Refrain in meinen Kopf festgehakt, und ich hörte immer weiter: »Lovin' you darlin' is a man's man's job.«

Ich nahm einen Apfel aus Andys Obstkorb und biss nachdenklich hinein.

Wenn Frau Heyn unschuldig war, hätte sie sich nicht umgebracht. Oder?

War es denkbar, dass jemand sie gezwungen hatte, diesen Abschiedsbrief zu schreiben, und sie dann tötete? Oder der Brief war gefälscht. Ob Lubin das überprüfte? Wohl eher nicht. Für ihn war der Fall ja abgeschlossen.

Was, wenn Haffmann nicht nur Angela Heyn missbraucht hatte, sondern noch weitere untergebene junge Frauen? Dann gäbe es doch etliche potentiell Verdächtige. Ich stöhnte auf.

In letzter Zeit hatte Haffmann jedoch für eine reifere Frau geschwärmt, eine, die offenbar in einer ganz anderen Liga spielte als er selbst: Anne-Marie Thimm. Jörg Pohlands Partnerin.

Pohland, der vielleicht jemanden beauftragt hatte, Andreas zu verfolgen. Stand damit nicht fest, dass er Dreck am Stecken hatte – und Angst vor der Aufdeckung? Aber falls er Haffmann umgebracht hatte – warum? Was war das Motiv? Ich konnte mir einfach nicht vorstellen, dass jemand wie er für 12.000 Mark einen Mord beging. Ebenso wenig wie Anne-Marie Thimm.

Ich stellte das Geschirr in die Durchreiche, ging in die Küche, begann zu spülen. Diese Frau Thimm … Was hatte Dale gerade beim Essen über sie erzählt? Sie war seit vier Jahren in Berlin bei der Pressestelle des Senats. Sie besaß einen Doktortitel, hatte einen recht aufwändigen Lebensstil, verkehrte in teuren Läden und Lokalen – und es war schwer, an sie heranzukommen. Ich grinste, als ich an diesen Teil des Gesprächs dachte. Andy hatte verkündet, dass er noch einmal nach Berlin fahren wollte, um mehr über die Frau herauszufinden. Daraufhin meinte Dale, dass sie nun bestimmt nichts mehr von sich preisgeben würde.

»Als ich in Berlin war, hatte sie noch gar keinen Grund, besonders misstrauisch zu sein, aber nachdem wir einige Minuten miteinander geredet hatten, war sie es.«

»Dann hast du wohl in den paar Minuten etwas falsch gemacht«, nutzte Andy prompt die Vorlage.

Ich hatte gefragt, wie Dale überhaupt an sie herangekommen war.

Seine Antwort: »Ganz klassisch. Ich habe sie verfolgt. Am Morgen von ihrer Wohnung zur Arbeit und am Nachmittag von dort wieder zurück. Sie ging dann noch in Wilmersdorf bummeln. Dort sind viele hübsche, kleine Antiquitätenläden und dergleichen.«

Einwurf Andy: »Yuppie-Läden.«

»Als sie ein Café besuchte, habe ich sie angesprochen und ein wenig mit ihr geflirtet. Sie ging auch darauf ein, und wir plauderten eine Weile. Schon bald zog sie sich jedoch zurück und lehnte auch jeden Vorschlag ab, den Abend zusammen zu verbringen.«

Und wieder Andy: »Tja, wahrscheinlich warst du einfach nicht ihr Typ! Das soll's ja geben.«

Ich stellte den letzten Teller in das Abtropfgitter, trocknete meine Hände ab und kehrte ins Wohnzimmer zurück, wo ich das Radio wieder einschaltete, um diese Stimme mit ihrem »… it's a man's job« aus dem Kopf zu kriegen. Okay, eine alte Bluesnummer.

Andreas war dabei geblieben, dass er noch einmal selbst sein Glück bei Frau Thimm versuchen wollte, während Dale meinte, zum jetzigen Zeitpunkt könnte man eher in Köln als in Berlin etwas in Erfahrung bringen – zum Beispiel Pohlands Alibi überprüfen.

Mit Kuli und Notizblock setzte ich mich hin, verkniff mir eine weitere Zigarette. Sorgfältig teilte ich ein Blatt mit einem senkrechten Strich in zwei Hälften. Dann schrieb ich in die linke obere Spalte THIMM, in die rechte POHLAND, darunter alles, was ich über die beiden wusste.

Viel war es nicht. Bei beiden fiel der Lebensstandard ins Auge, der eigentlich ein höheres Einkommen verlangte. Bei Pohland lag der Gedanke an Karriere nahe – Suerth war fort, der Weg nach oben frei. Dieser Gedanke hatte sich nach der Bewerbungsfarce in Rostock endgültig in meinem Kopf festgesetzt, zumal Andy erzählt hatte, dass er seit der Nachricht von Suerths Rückversetzung alle wichtigen Zeitungen nach der Stellenanzeige durchgesehen hatte. Bisher war die Programmleitung nirgendwo ausgeschrieben gewesen.

Aber Suerth war nicht umgebracht worden, sondern Haffmann, und Suerth wäre sowieso geschasst worden, wenn das mit dem Betrug aufgeflogen wäre. Dann hätte Pohland also niemals Haffmann ermordet, weil der plaudern wollte.

Andererseits gingen wir ja davon aus, dass Pohland in der Geschichte mit drinsteckte.

Wenn er aber wirklich Karriere machen wollte, hätte er sich dann an so einem kleinen, miesen Betrug beteiligt? Oder war alles ganz anders geplant gewesen? Sollten die Mädchen ursprünglich wirklich »verkauft« werden – schließlich war Haffmann ja in der *Saline* gewesen – und dann war etwas schief gegangen?

So viel stand fest: Eine Verbindung von Pohland zu dem Verrechnungsschwindel war nicht nachzuweisen. Zumindest nicht mit den Unterlagen, die wir gesehen hatten, dem, was wir wussten. Also hatte er doch auch nichts zu befürchten. Oder? Was meinte Dale, gab es in Köln herauszufinden? Mir schwirrte der Kopf, und ich steckte mir doch noch eine Zigarette an.

Und sie? Pressesprecherin. Bei großen Firmen meist ein sehr gut bezahlter Job, beim Land nach BAT-Tabelle vergütet. Alles andere als schlecht, aber nicht überragend. Dieser Doktortitel … Ich kannte Intellektuelle, die sich lieber mit Taxifahren durchs

Leben schlugen als eine Stelle anzunehmen, wo sie sich verbiegen mussten – dieser Typ schien sie jedoch kaum zu sein.

Nach dem, was sie Dale gesagt hatte, war sie ebenso wie Pohland immer irgendwo in der Verwaltung gewesen. Mit den Worten »ganz langweilig« hatte sie das Gespräch darüber beendet. Aber musste sie als Pressesprecherin nicht zumindest eine journalistische Ausbildung haben? Sorgfältig malte ich das Kürzel »an« unter ihren Beruf und nahm mir vor, das zu überprüfen.

Eine einzige Unvorsichtigkeit war ihr unterlaufen: Sie hatte gesagt, dass ihr Lebensgefährte auch in Erfurt lebte. Wenn das überhaupt ein Fehler gewesen war. Auf die Frage hin, ob sie dann nicht ebenfalls nach Thüringen ziehen wollte, hatte sie abgewunken.

Ich seufzte und stand auf, ging zum Fenster und teilte den Vorhang, warf einen Blick nach unten. Still und dunkel lag der Plattenweg da. Ich hatte Dale und Andreas gesagt, sie sollten noch einmal klingeln, wenn sie bei dem Verlobten der Sekretärin etwas in Erfahrung gebracht hatten, eigentlich rechnete ich jetzt aber nicht mehr damit. Ohnehin war es kaum vorstellbar, dass sie noch einmal zu dritt hier am Tisch sitzen wollten.

Rod Stewart sang den »Motown Song«.

Hoffentlich teilte Martina Fürst Lubin von sich aus mit, wo Angela Heyn ihrer Meinung nach zum Zeitpunkt von Haffmanns Ermordung gewesen war. Ich war einfach zu feige, sie aufzusuchen und darum zu bitten.

Anne-Marie Thimm. Ich hatte einen Abzug von Andys Foto in meiner Tasche. Als ich es hervorholte und betrachtete, dachte ich wieder daran, wie sie auf dem Weinfest vor mir davongelaufen war. Ein Paradiesvogel. Vielleicht hatte sie sich mit ihrem Lebenswandel in Schulden gestürzt und war deshalb auf diesen Betrug angewiesen gewesen.

Es war nach eins. Die letzte Nacht hatte ich im Krankenhaus verbracht; ich sollte jetzt wirklich ins Bett gehen, anstatt weiter herumzugrübeln.

Ich nahm mir eine allerletzte Zigarette – immerhin blieb ich in puncto Alkohol eisern, wischte ich das schlechte Gewissen beiseite – und notierte »jop« auf Pohlands Seite der Liste.

Und die Alibis? Er war um sechs noch auf der Tagung in Köln gesehen worden, und sie hatte um halb acht mit einer Kollegin in Berlin gegessen. Ich starrte ins Leere, lauschte der letzten, langsam ausgeblendeten Aufforderung, die eigenen Motown-Platten mitzubringen, und stand dann energisch auf, stellte den Aschenbecher weg, schaltete das Radio aus und ging ins Bad, um mir die Zähne zu putzen.

Aber auch als ich im Bett lag, kam ich nicht zur Ruhe. Lubin hatte bestimmt nicht überprüft, ob die beiden für den Zeitpunkt von Angela Heyns Tod ein Alibi hatten. Das war doch ein Ansatzpunkt. Dale könnte das herausfinden.

Hellwach starrte ich die in fahles Licht getauchte Zimmerdecke an.

Vielleicht würde ein wenig Fernsehen mich schläfrig machen. Nach einigem Herumzappen blieb ich bei einem Schwarz-Weiß-Film hängen, es sah nach einem alten Hitchcock-Werk aus. Gerade näherte sich ein Propellerflugzeug einem Mann, flog sehr tief, schien ihn geradezu zu jagen. Weit und breit gab es keine Möglichkeit, Deckung zu beziehen, ringsumher lag nur ein riesiges Kornfeld. In Panik warf der Mann sich zu Boden.

Nein, das war weiß Gott nicht dazu angetan, mich zu beruhigen. Ich schaltete den Fernseher aus und zwang mich, die Augen zu schließen.

Lange Zeit wälzte ich mich noch herum. Das Zifferblatt einer kargen, alten Bahnsteiguhr schwebte vor meinen Augen, als ich endlich einschlief. Der Stundenzeiger verhöhnte mich durch sein wildes Kreisen.

Ich schreckte aus einem Alptraum hoch. Draußen begann es gerade zu dämmern; es war sechs Uhr. Seufzend ließ ich mich wieder zurücksinken.

Was war das für ein Traum gewesen? Zum Schluss hatte mich die Film-Szene heimgesucht, allerdings war der Mann, der von dem Flugzeug gejagt wurde, Andy.

Ich zog die Decke fester um mich, wühlte mein Gesicht in das Kopfkissen. Es war bloß ein Traum, ihm ist nichts passiert, sagte ich mir. Dale war dabei, er hat aufgepasst. Ich drehte mich auf die andere Seite und versuchte, wieder einzuschlafen. Einen Moment später fuhr ich wie elektrisiert hoch. Ein Flugzeug! Natürlich, das war es! Pohlands Alibi betraf die direkte Tatzeit, aber ihres nicht – und ein Flug von hier nach Berlin konnte schließlich kaum eine halbe Stunde dauern.

Eilig stieg ich in eine Jeans, zog Pulli und Jacke über, schnappte mir meine Tasche und stürmte hinaus.

Soviel ich wusste, war der kleine Flughafen Erfurt-Bindersleben ein ehemaliger Militärflughafen, der zu DDR-Zeiten kaum genutzt worden war. Ich meinte jedoch, einmal etwas von innerdeutschen Linienflügen gehört zu haben, die es jetzt geben sollte. Als ich um kurz nach sieben dort eintraf, konnte ich problemlos direkt an dem marode wirkenden Abfertigungsgebäude parken; alles wirkte leer und behelfsmäßig.

Aber im Innern lief der Betrieb. Zumindest war einer der fünf Check-In-Schalter geöffnet – für, wie die Anschlagstafel verkündete, die Maschine um 7.55 Uhr nach Berlin-Tempelhof! Ich musste an mich halten, um nicht laut zu jubeln. Etwa zehn Menschen standen davor, nachdem sie abgefertigt waren, sprach ich die blau-gelb uniformierte Frau an.

Ich stellte mich wahrheitsgetreu mit Bertram, *Tageskurier*, vor und fragte, wie lang die Flugzeit nach Tempelhof sei. Antwort: knapp 40 Minuten. Die Morgenmaschine stünde dort um

8.35 Uhr auf dem Plan. Meist ginge es aber sogar noch etwas schneller, da auch in Berlin nicht viel Betrieb herrsche.

»Bei den kleinen Flughäfen müssen die Piloten nie lange auf Landeerlaubnis warten, das ist unser Vorteil.«

Sie lächelte, und ich fragte mich, wie sie es schaffte, so früh am Morgen so freundlich zu sein. Ich war getrieben von einem Adrenalin-Kick, der dazu führte, dass ich mich nicht mit Smalltalk aufhalten wollte. Also nickte ich bloß und fragte, wie viele Flüge am Tag nach Berlin gingen.

»Bloß zwei, leider. Dieser jetzt und die Abendmaschine um achtzehn Uhr fünfundzwanzig.«

Die Antwort hatte weniger aufputschende Wirkung. Wenn Haffmann um kurz vor sechs umgebracht worden war, konnte sein Mörder – seine Mörderin? – dann um fünf vor halb sieben schon im Flieger gesessen haben?

»Das könnte ein wenig knapp werden«, improvisierte ich. »Wie lange im Voraus muss ich für den Flug hier sein?«

»Möchten Sie Gepäck aufgeben?«

»Nein.«

»Dann können Sie geradewegs durchgehen, da reicht eine halbe Stunde.« Sie sah mein zweifelndes Gesicht und zwinkerte mir aufmunternd zu: »Wenn Sie um kurz nach sechs hier sind, kommen Sie auch noch mit.«

Ein älteres Paar trat an den Schalter, und ich machte ihnen Platz, überlegte fieberhaft, wie ich jetzt nach Anne-Marie Thimm fragen konnte. Ich verfluchte die Müdigkeit, die sich gerade mit Macht ihren Weg in jede Zelle meines Körpers bahnte. Die beiden waren abgefertigt, ich wandte mich wieder der Frau zu.

»Entschuldigen Sie, noch etwas anderes: Ich habe versprochen, in einer Familienangelegenheit zu helfen und diese Frau ausfindig zu machen.« Ich legte das Foto auf den Schalter. »Sie heißt Anne-Marie Thimm, und ihre Tochter vermutet, dass sie am Sonntag vor drei Wochen von hier nach Berlin geflogen ist. Ich weiß, dass das vermutlich gegen Ihre Richtlinien verstößt, aber könnten Sie vielleicht einmal die Passagierlisten durchsehen? Die Tochter ist wirklich verzweifelt. Es gab einen fürchterlichen Streit zwischen den beiden, und sie hat seitdem nichts von ihrer Mutter gehört.«

Was erzählte ich da?

Es schien jedoch, als hätte ich Erfolg. Der Blick der Angestellten wurde mitfühlend.

»Ausnahmsweise.« Nach einem Blick in den Raum, ob sich jemand ihrem Schalter näherte, tippte sie auf ihrer Tastatur herum. »Vor drei Wochen – also am sechsten Oktober?«

»Nein, am neunundzwanzigsten September.«

Sie klickte, schüttelte dann den Kopf.

»Am achten September sehe ich den Namen hier, danach allerdings nicht mehr.«

Immerhin, sie hatte den Flieger genutzt. Das Bild des älteren Paars von vorhin erschien vor meinen Augen. Ich hatte ihrem Einchecken zugeschaut, ohne wirklich hinzusehen, jetzt wurde mir aber etwas klar:

»Man muss hier bei Ihnen gar keinen Ausweis vorlegen, richtig?«

»No. Wenn Sie ein gültiges Ticket haben, nicht.«

Zweifelte sie nun den Zusammenhang mit dem Mutter-Tochter-Streit an? Schnell schoss ich die Frage hinterher: »Und später? Beim Einsteigen? Braucht man da einen Pass?«

»Bei innerdeutschen Flügen in der Regel nicht.« Das kam deutlich distanziert und klang nach Lehrbuch. Ich hätte sie umarmen können.

»Sie haben mir – und der verzweifelten Tochter – sehr geholfen. Vielen Dank!«

Der Übergang zu den Gates befand sich ein paar Meter weiter rechts. Ein Mann und eine Frau standen gelangweilt dort herum.

Ich grüßte und zeigte ihnen das Foto, fragte, ob sie die Frau schon einmal gesehen hätten.

Der Mann sagte zögernd, es könnte sein, dass sie schon einmal bei ihm durchgekommen sei, die Frau zuckte nur abwehrend die Achseln.

»War das vielleicht am neunundzwanzigsten September?«

»Gute Frau! Das ist ja fast ein Monat her! Nein, tut mir leid. Möglich, dass die Dame mal hier war, wenn, dann ist das bestimmt auch schon länger her – aber wann genau, das kann ich Ihnen nun beim besten Willen nicht sagen.«

Das war das Problem. Am kommenden Sonntag waren vier Wochen vergangen, seit Andreas Manfred Haffmann tot aufgefunden hatte. Da erinnerte sich kaum noch jemand an Details.

So früh war ich noch nie in der Redaktion gewesen. Um halb neun saß ich mit frisch gekochtem Kaffee und einem belegten Brötchen aus der Bäckerei in der Marktstraße an meinem Platz. Kurz hatte ich erwogen, bei Dale oder Andreas vorbeizufahren, dann aber gedacht, dass ich so, wie die Dinge standen, um diese Uhrzeit bei keinem von beiden unangemeldet hereinschneien sollte.

Nach meinem Frühstück arbeitete ich vor, sichtete die anstehenden Termine und überlegte zwischendurch, was ich jetzt noch in Sachen Anne-Marie Thimm tun konnte. Die Flüge von hier nach Berlin kosteten bestimmt ein Vermögen. Noch ein Beleg, dass die Dame über ihre Verhältnisse lebte.

Man müsste tatsächlich noch einmal nach Berlin, dachte ich gähnend. Aber wie, bei all der Arbeit? Um halb elf gab es eine Pressekonferenz im *Erfurter Hof* zu der neuen Rundfunkanstalt für Thüringen, Sachsen und Sachsen-Anhalt, genannt

Mitteldeutscher Rundfunk – MDR. Mitteldeutsch? Wie weit nach Osten sollte das neue Großdeutschland denn noch gehen?

Ob dabei auch die Privatsender wie PLT zur Sprache kamen? Mit Bleistift trug ich mein Kürzel ein und hoffte, dass Thomas einverstanden war, wenn ich diese Story übernahm.

Als ich vom Kalender aufschaute, betrat Andy die Redaktion. Für ihn war selbst neun Uhr noch früh.

»Guten Morgen, was ist denn mit dir los? Da hätte ich ja gerade doch bei dir vorbeischauen können, direkt nach meiner Entdeckung!«

»Klar, warum nicht?«, tat er so, als sei er immer um diese Zeit auf den Beinen. »Was für eine Entdeckung?«

Er sah wieder einmal sehr bleich aus, dachte ich und berichtete von meinen Überlegungen und dem, was ich in Bindersleben herausgefunden hatte. Gebannt starrte er mich an:

»Natürlich, das ist es! Du bist genial!« Er zog mich zu dem Erfurter Stadtplan an der Wand. »Die Strecke vom Steinplatz nach Bindersleben ist ja ein Klacks.« Er suchte einen Moment, zeigte dann auf den PLT-Standort. »Sie musste nur auf die Wilhelm-Pieck-Straße, in einem Bogen nördlich um die Innenstadt und ab auf die Binderslebener Landstraße«, er fuhr die Strecke mit dem Zeigefinger ab, »raus zum Flughafen.« Triumphierend tippte er auf den Punkt, der das kleine Bindersleben anzeigte. »An einem Sonntagnachmittag keine Viertelstunde.«

»Ja.« Seine Begeisterung tat mir gut. »Ich denke auch, dass das passen kann. Allerdings hatte sie hier in Erfurt höchstwahrscheinlich keinen Wagen, also musste sie sich erst ein Taxi besorgen. Und in Berlin hätte sie es dann geschafft, spätestens eine halbe Stunde nach der Landung bei ihrem Essen zu erscheinen. Vermutlich hat sie sich sogar noch umgezogen, denn wenn sie in Erfurt in ihrer üblichen Aufmachung gestartet wäre, würde sich bestimmt jemand an sie erinnern.«

»Das Taxi hier kann sie im Voraus bestellt haben.« Er hielt mir seine Zigarettenschachtel hin, ging mit schnellen Schritten zur Fensterbank, auf die er seine Cordjacke gelegt hatte, zog aus der Innentasche einen weiteren, reichlich zerknickten Stadtplan. »Und Berlin ist überhaupt kein Problem. Du weißt doch, Tempelhof ist dieser Innenstadt-Flughafen. Luftbrücke und so.« Er nahm sich ebenfalls eine Zigarette, gab uns beiden Feuer, schlug den patentgefalteten Plan auf. »Ich habe quasi nebenan gelebt, hier in Neukölln.«

»Ach ja!« So wenig ich von Andys Vergangenheit wusste – dass er gleich nach dem Abitur nach Berlin gegangen war, hatte er mir erzählt.

»Dale wusste, wo dieses Essen stattfand.«

Täuschte ich mich, oder schwang da ein seltsamer Tonfall mit?

»Hier in der Belziger Straße in Schöneberg.« Er fand die Straße fast auf Anhieb. »Das sind kaum zehn Minuten. Man kann es sogar gut in fünf schaffen.« Triumphierend blickte er mich an. »Sie hatte Zeit zum Umziehen, zum Schminken, für alles!«

Das konnte die Lösung sein! Ich spürte, wie meine Müdigkeit ein weiteres Mal verflog. »Man müsste wirklich jetzt noch einmal in Berlin recherchieren«, sagte ich.

»Mein Reden! Lass uns fahren, jetzt sofort.«

Er wirkte aufgeputscht, allerdings nicht fröhlich-unternehmungslustig wie in jener Nacht, als wir eine Spritztour nach Weimar gemacht hatten, um an der Ilm spazieren zu gehen, sondern eher fiebrig. Ich fragte mich, warum er den Berliner Stadtplan in seiner Jackentasche gehabt hatte.

»Komm! Wir machen einfach blau – wann hast du das das letzte Mal gemacht?«

»Auf jeden Fall noch nie, wenn andere Leute so darunter leiden würden«, beschied ich ihn. »Kannst du dir vorstellen, wie der Laden hier laufen soll, wenn wir beide verschwinden?«

»Dann am Wochenende – wir haben beide frei, und ich kann uns problemlos bei Freunden unterbringen.« Sein Blick hatte etwas Beschwörendes.

»Mal sehen, vielleicht.« In diesem Moment kamen Markus und Susanne herein. »Aber jetzt erzähl du doch erst mal: Wie ist es denn gestern Nacht mit diesem Typen gelaufen?«

Andy schaute zu den beiden Kollegen hin, nickte ihnen zu. »Ganz gut«, murmelte er. »Trapp – so heißt er – ist auf der Wache. Er ist der Typ mit dem Lada.«

»Super! Dann löst sich ja alles auf.« Ich fühlte mich, als würde ich schweben.

Thomas kam herein, und ich ging zu ihm, um nach dem Rundfunk-Termin zu fragen.

Als ich die Treppen hinunterlief, um rechtzeitig im *Erfurter Hof* zu sein, stolperte ich fast in Dale hinein.

»Hallo, ich bin spät dran. Willst du mich begleiten?«

»Gern.« Sein Gesicht erschien mir angespannt. Aber meine Erkenntnisse über die Flugverbindungen würden auch ihn aufmuntern, war ich überzeugt und begann sofort zu erzählen.

Tatsächlich schien er angemessen beeindruckt, meinte ebenfalls, dass das passen könnte, und lobte mich. So ganz schien er jedoch nicht bei der Sache. Wir standen schon an der Schlösserstraße, wo wir eine Straßenbahn passieren lassen mussten, als er sich räusperte:

»Dank Andreas wäre ich gestern Nacht beinahe erschossen worden.«

Dreizehn

»Was?« Die Straßenbahn war durchgefahren, die Glocken der Predigerkirche verkündeten, dass mein Termin gerade begann, ich stand wie angewurzelt da.

»Er ist auf den Mann losgegangen, anstatt sich hinter mir zu halten, wie ich ihm gesagt hatte, aber der hatte eine Waffe. In dem Moment, in dem ich Andreas wegstieß, drückte er ab.« Dale hob Daumen und Zeigefinger der rechten Hand, um den Abstand anzuzeigen, um den die Kugel ihn verfehlt hatte. Es waren höchstens drei Zentimeter.

»Das darf doch nicht wahr sein! Dieser Spinner, dieses, dieses – Kind!« Ich war außer mir vor Zorn.

»Ja, das trifft es wohl.« Dales Blick war ernst. »Ich konnte Trapp dann überwältigen, und es ist alles gut gegangen, aber das war reines Glück.«

Der Termin zog an mir vorbei. Zwar schrieb ich die Fakten mit, fühlte mich dabei jedoch wie betäubt. Immerhin, so hatte Dale es sarkastisch formuliert, sei mit dem Vorfall gesichert, dass Friedhelm Trapp erst einmal im Gefängnis bleiben würde. Unerlaubter Waffenbesitz und versuchte Körperverletzung reichten als Anklagepunkte. Lubin konnte nun versuchen, die Verbindung zu Pohland zu beweisen.

Auf dem Rückweg kochte meine Wut auf Andreas erneut hoch. Da wollte er mich überreden, mit ihm nach Berlin zu fahren, dabei hatte er wenige Stunden zuvor Dales Leben riskiert. Der sollte mich kennenlernen!

Als ich die Redaktion betrat, bekam ich allerdings mit, dass jemand mir zuvorgekommen war. Die Gräfin stand an Andys Schreibtisch:

»Ich hatte gehofft, Sie würden einmal wieder Ihr altes Format erreichen, Herr Rönn. Aber das war wohl ein Trugschluss!« Wie immer strahlte die zierliche Person jede Menge Autorität aus.

Andreas war zusammengezuckt. »Was meinen Sie, Frau Graf?« Er klang unsicher.

»Das fragen Sie noch? Ach so, Sie haben es natürlich nicht nötig, die Konkurrenz zu lesen! Dann darf ich Sie höflich bitten, es heute ausnahmsweise einmal zu tun.«

Sie drehte sich um, rauschte mit einem »Sie betrifft das genauso!« an mir vorbei in den Flur und knallte Andy kurz darauf die *Prima* auf den Tisch, die auf der Eins mit »Lesbische Mörderin – Mord an PLT-Angestelltem aufgeklärt« aufmachte.

»War das nötig, dass uns diese Story vorgesetzt wird? Sie beide hatten Narrenfreiheit für die PLT-Geschichte, Ihre Kollegen haben für Sie mitgearbeitet, und dann bringen Sie nur die Pressemitteilung der Polizei zum Selbstmord der Mörderin?«

Ich war an den Tisch getreten, ohne Andreas eines Blickes zu würdigen, und überflog den Artikel.

Andy holte hörbar Luft: »Wir gehen davon aus, dass Angela Heyn nicht die Mörderin war. Deshalb haben wir noch nichts weiter veröffentlicht.« Ich spürte, wie er mich ansah.

»Deshalb spielen Sie also Sherlock Holmes, verstehe! Wir machen hier aber eine Zeitung, Herr Rönn, dafür sind Sie angestellt und dafür werden Sie bezahlt. Nicht fürs Saufen, nicht fürs Rauchen und auch nicht fürs Detektivspielen!« Ohne ein weiteres Wort verließ sie den Raum.

Ich ließ mich auf meinen Schreibtischstuhl fallen. Fast hatte der Auftritt der Gräfin mir den Wind aus den Segeln genommen. Fast.

»Du Idiot hast dafür gesorgt, dass Dale beinahe abgeknallt wurde!«, herrschte ich Andreas an.

»Wer denkt denn auch, dass der Typ eine Knarre hat? Das ging alles so schnell, ich wollte doch nicht, das war doch –«, sprudelte es aus ihm heraus.

»Dale wusste schon, warum er dich nicht dabeihaben wollte!«, schleuderte ich ihm voller Verachtung entgegen. »Immer große Klappe, immer vorneweg, und wenn dann was schief geht, kannst du nichts dafür. Du kotzt mich an!«

Andreas wich zurück, als hätte ich ihm ins Gesicht geschlagen, stand auf, nahm seine Jacke und ging. Ich spürte, wie Markus an seinem Schreibtisch versuchte, sich unsichtbar zu machen; ich ignorierte ihn. Ich war bloß froh, dass Andreas weg war. Innerlich eiskalt und leer begann ich mit meinem Text über die neue Sendeanstalt.

Als ich den letzten Punkt gesetzt hatte, klopfte jemand an den Türrahmen. Martina Fürst. Schnell stand ich auf und winkte sie herein.

»Es tut mir so leid«, sagte ich anstelle einer Begrüßung.

Sie nickte bloß. »Sie sagten neulich, dass Ihr Freund Privatdetektiv ist.«

»Ja.«

»Ich frage Sie im Auftrag von Yvonne Gelsen, Angelas Freundin – Ex-Freundin. Sie ist unten geblieben.« Martina Fürst wartete mit trauriger Miene meine Reaktion auf diese Eröffnung ab. Als ich nichts entgegnete, fuhr sie fort: »Es war so, wie ich vermutet habe: Angela war an dem Tag, an dem mein Schwager ermordet wurde, bei ihr. Gerade hat Yvonne bei der Kriminalpolizei ihre Aussage gemacht.«

»Das ist gut«, sagte ich erleichtert. Wenigstens im Nachhinein war die unglückliche Frau nun von dem Mordverdacht befreit.

»Aber Yvonne will außerdem Ihren Freund beauftragen. Sie hat vor zwei Wochen die Beziehung zu Angela beendet und fühlt sich nun schuldig, dass alles so gekommen ist.«

Noch jemand, dachte ich und hatte auf einmal das Nina-Hagen-Poster in Angela Heyns Wohnung vor Augen. Auch die Stationshelferin hatte so stark gewirkt. Ich räusperte mich. »Weil sie weiß, dass ihre Ex-Freundin Haffmann nicht umgebracht hat, glaubt sie auch nicht an den Selbstmord?«

»Glauben Sie es?«

»Nein.« Ich schüttelte den Kopf und gab ihr Dales Adresse.

Sollte ich jetzt einen Artikel verfassen, der Angela Heyn rehabilitierte?, fragte ich mich. Ich hatte keine Ahnung, was die Gräfin erwartete. Mich hatte sie ja bei ihrer Gardinenpredigt verschont, vermutlich meines Zusammenbruchs wegen. Andreas würde heute gar nichts mehr schreiben, da war ich mir sicher. Wenn er nicht nach Berlin gefahren war, saß er in einer Kneipe und ließ sich volllaufen. Es war mir egal.

Ich könnte alles richtigstellen, aber vielleicht war es besser, den Täter vorerst in Sicherheit zu wiegen. Ich dehnte und streckte mich auf meinem Stuhl, beschloss, mir einen weiteren Kaffee gegen die Müdigkeit zu holen. Im Flur sah ich, dass ein Fax von Bettina Krämer aus Düsseldorf gekommen war.

Jörg Pohlands Privatleben schien es bis in die Zeitgeist-Medien geschafft zu haben. Unsere ehemalige Kollegin Bettina berichtete, dass er nach seiner Scheidung vor sieben Jahren Affären mit attraktiven Frauen der »Society« gehabt habe, darunter auch eine prominente Schauspielerin. Zu seiner beruflichen Laufbahn gab es die Stationen: Ausbildung als Verwaltungsbeamter in Arnsberg, im Anschluss Stadtverwaltung Köln, schließlich, vor vier Jahren, Wechsel zur Landesregierung in Düsseldorf. Nach der Wende dann auf einmal PLT Thüringen. *Über die Hintergründe/Motive dafür scheint hier niemand etwas zu wissen. Liebe Grüße, ihr Puffbohnen, Bettina.*

Ich schrieb nichts über Angela Heyns Alibi, auch sonst nichts im Zusammenhang mit dem Mordfall; ich kümmerte mich um die aktuelle Zeitung, bei der es dank Andys Verschwinden etliche Lücken zu füllen gab. Bis zum Nachmittag hatte noch niemand gefragt, wo er war, wann er seine Texte liefern würde. Ich stellte einen Artikel über einen Erfurter Kabarettisten, den ich vor etlicher Zeit angefangen hatte, fertig, legte Karla das Foto dazu auf den Schreibtisch.

»Der Text ist in meinem Verzeichnis, Stichwort Annel. Ich kann mir vorstellen, dass ihr heute noch Material braucht, und ich bin jetzt weg.«

»Andreas?«

Abwehrend hob ich beide Hände, schnappte mir Mantel und Tasche und verschwand. Im Treppenhaus fragte ich mich, warum ich Andy selbst jetzt noch half.

Mittlerweile war ich so müde, dass ich fast über meine eigenen Füße stolperte, aber ich konnte noch nicht nach Hause. In der einsetzenden Dämmerung fuhr ich zu Dale, parkte den Käfer und stieg die Stufen zu seiner Wohnung hoch.

Er begrüßte mich, als habe er mich erwartet: »Ich habe gerade Tomatensuppe gekocht. Magst du einen Teller mitessen?«

»Gern.« Wieder einmal hatte ich außer dem Brötchen am frühen Morgen nichts zu mir genommen – und dank der Aufregung und des Ärgers auch keinen Hunger gehabt. Jetzt, wo mir aus der Küche das süßliche Aroma in die Nase zog, kam der Appetit.

Während ich in die Chaiselongue gekuschelt zusah, wie Dale in dem großen Topf rührte, dachte ich, wie gern ich die Zeit zurückdrehen würde bis zu jenem Abend, an dem er die Minestrone nach dem Rezept seiner Mutter für mich gekocht hatte.

Obwohl sich so viel geändert hatte, fühlte ich mich hier noch immer geborgen, beschützt.

»Bitte sehr.« Er stellte einen vollen Teller vor mich hin. »Bleibst du auch bei nicht-alkoholischen Getränken? Ich begnüge mich mit Wasser.«

Ich stimmte zu; nach einem Glas Wein wären mir vermutlich die Augen zugefallen. Er erzählte, dass Martina Fürst und Angela Heyns Ex-Freundin bei ihm gewesen waren, um ihn zu engagieren.

»Lubin sagte ihnen, dass er den Fall wieder aufnehmen wird, soweit es ihm möglich ist. Aber nur neben seiner sonstigen Arbeit und nicht offiziell.«

»Was? Warum das?« Ich hatte erwartet, dass sich der Kommissar erneut mit vollem Einsatz auf die Ermittlung stürzen würde.

»Ich vermute, weil er zu viel zu tun hat. Und er hat ein Geständnis.«

»Und ein Alibi«, versetzte ich.

Dale schüttelte den Kopf. »Ein Alibi von der Freundin, selbst von einer Ex-Freundin, gilt nicht viel.« Er nahm einen Löffel Suppe. »Das sind immer die schwierigsten Situationen, in denen du so ein Alibi glaubst, aber genau weißt, wie wenig es für den Staatsanwalt und die Gerichte zählt.«

Auch ich aß erst etwas, genoss die würzige Wärme, die durch meinen Körper strömte. »Hat Lubin denn Pohlands und Thimms Alibis für den Zeitpunkt von Angela Heyns Tod überprüft?«, fragte ich schließlich.

»Ich weiß es nicht, ich habe ja noch nicht mit ihm gesprochen. Aber er wird es bestimmt tun. Er ist einer von den Guten.« Dale zwinkerte mir zu.

»Apropos: Andreas ist heute Mittag verschwunden.« Fast hätte ich angehängt: Und ich bin froh darüber, das erschien mir aber doch zu billig, nach allem, was vorgefallen war.

»Verschwunden? Wohin?«

Ich zuckte die Achseln. »Keine Ahnung. Ich tippe auf Berlin.«

Dale nickte, kehrte sofort zu unserem Thema zurück. »Auf jeden Fall werde ich Lubin bitten, Angela Heyns Brief einem Handschriften-Experten zu zeigen. Er muss gefälscht sein.«

»Es ist aber schwer vorstellbar, dass sie jemanden, den sie nicht kannte, in ihre Wohnung gelassen hat«, wandte ich ein. »Bei meinem letzten Besuch war sie total misstrauisch und abweisend.«

Er nickte nachdenklich. »Ein wichtiger Punkt. Aber es gibt immer Personen, denen die Leute die Tür öffnen. Frau Heyn war krank – da wird sie jemanden von ihrem Arzt oder der Apotheke nicht weggeschickt haben.«

»Oder ihrer Krankenkasse«, überlegte ich laut.

»Siehst du, es gibt viele Möglichkeiten.«

Ein Teil von mir war fasziniert, einen anderen Teil beschlich ein diffuses Unbehagen. Ich aß den letzten Löffel Suppe. »Und vermutlich ist es auch nicht schwer, unbemerkt Gift in ein Getränk zu träufeln«, sagte ich, Angela Heyns Teebecher vor Augen.

Dale stimmte mir zu. Auch er hatte seine Mahlzeit beendet und stand auf, beschickte die Kaffeemaschine.

»Was wirst du jetzt tun?«, fragte ich.

»Köln ist noch immer wichtig. Wer weiß, vielleicht hat Anne-Marie Thimm da auch einmal gelebt und gearbeitet. Die beiden könnten ja schon so lange zusammen sein.«

»Eher nicht.« Das Fax von Bettina hatte ich fast vergessen. »Das ist heute gekommen.« Ich zog das Papier aus meiner Tasche, legte es auf den Tisch.

Dale las die Zeilen aufmerksam. »Interessant«, meinte er dann. »Also haben die beiden sich wohl nach seiner wilden Zeit kennengelernt. Wahrscheinlich in Düsseldorf.« Er hatte die Stirn in Falten gelegt. »Ist es in Deutschland üblich, von einer«, er schaute auf das Fax, um das Wort abzulesen, »Landesregierung zu einem privaten Medien-Konzern zu wechseln?«

»Ehrlich gesagt: Ich weiß es nicht. Eher nicht, würde ich denken, aber mit der Wende hat sich auch im Westen so viel verändert … Es ist möglich, dass er einfach etwas ganz anderes machen wollte und nach dem Mauerfall die Möglichkeit dazu sah.«

Fragend hielt Dale die Kaffeekanne hoch, füllte, als ich nickte, zwei Tassen. »Diese Bettina Krämer könntest du auch noch einmal anrufen und nach Anne-Marie Thimm fragen, oder?«

»Ja, kein Problem. Du willst also nicht nach Köln fahren.« Ich war froh, dass er hierbleiben würde.

»Wenn es nicht sein muss, nein.« Er bot mir seine Zigaretten an.

Einige Minuten lang schwiegen wir, tranken den Kaffee, rauchten. Im Kohleofen fielen durchgeglühte Briketts zusammen.

Nach einem Blick auf die große Bahnhofsuhr, die der in meinem Traum ähnelte, wie ich jetzt feststellte, lächelte Dale mich liebevoll an: »Glaube mir, du bist der letzte Mensch, den ich wegschicken möchte, und du kannst gern hierbleiben, aber ich muss jetzt noch einmal fort.«

»Wohin?« Es war kurz nach sieben.

Sein zweifelnder Blick zeigte, dass er nicht sicher war, ob er mich einweihen sollte. Dann gab er sich einen Ruck: »In Pohlands Wohnung. Die Thimm ist in der Stadt, und die beiden sind heute Abend weg. Also kann ich ungestört herumschnüffeln.«

Die Frage, woher er das wusste, stellte ich hintenan. »Nimm mich mit, bitte!«

Er habe direkt nach dem Gespräch mit Martina Fürst und Yvonne Gelsen einen Versuch gemacht, bei Pohland angeklingelt und sich als Mitarbeiter der Hausverwaltung ausgegeben, der die Heizungen überprüfen solle, erzählte Dale, als wir in seinem Fiesta zwei Häuser entfernt von der Rubensstraße 15 standen. Nachdem ich ihm hoch und heilig versprochen hatte, genau das zu tun, was er sagte, hatte er schließlich eingewilligt, mich mitzunehmen.

»Sie hat die Tür geöffnet. Zum Glück trug ich Arbeitshose, Basecap und eine Brille mit Fensterglas, so dass sie mich nicht wiedererkannt hat. Sie bot mir an, die Anlage sofort anzuschauen; ich behauptete, dazu bräuchte ich spezielles Werkzeug, und fragte, ob es heute Abend möglich sei. Da kam die Antwort: Leider nein, dann wären sie nicht da.« Dale grinste und genoss meinen erstaunten Blick. »Ich sage ja, es gibt immer jemanden, den die Leute hereinlassen.«

»Genial!«, sagte ich. Ich fühlte mich großartig und war gespannt auf unser gemeinsames Abenteuer, illegal in eine Wohnung einzudringen. Dass wir es im gediegenen Daberstedt, einem Stadtteil südöstlich der Altstadt, tun würden, erhöhte nur den Reiz, fand ich.

Als wir eine Viertelstunde im Auto gesessen hatten, spürte ich allerdings doch wieder meine Müdigkeit. Gerade als ich herzhaft gähnte, sagte Dale ruhig:

»Da kommen sie.«

Jörg Pohland und Anne-Marie Thimm gingen hintereinander die drei Stufen vor der Haustür hinunter. Beide waren wieder auffallend gut gekleidet. Er trug einen Mantel, der nach Kaschmir aussah, sie ein matt schimmerndes Cape. Sie schritten zu ihrem Wagen, der einige Meter vor uns in der schmalen Straße stand, stiegen ein. Der Saab scherte aus der Parklücke aus, ich zog das Gummi aus meinen Haaren und band sie neu zusammen.

Zügig gingen wir auf die schön sanierte Stadtvilla zu. Die Fenster der Wohnung im ersten Stock waren ebenso dunkel wie die von Pohland im Hochparterre. Im zweiten Geschoss gab es einen schwachen Lichtschein. Ringsum war alles totenstill. Ich drehte mich immer wieder um, sah jedoch nirgendwo eine Menschenseele.

»Cool, ganz cool«, beschwichtigte Dale mich. Eine seiner Instruktionen hatte gelautet, sich auf der Straße unauffällig zu verhalten.

Ich riss mich zusammen und versuchte, möglichst entspannt hinter Dale auf dem Treppenabsatz zu stehen, während er mit Dietrichen an dem Türschloss hantierte. Erstaunlich schnell befanden wir uns im Hausflur. Mit der Angst im Nacken, dass ein anderer Hausbewohner auftauchen könnte, horchte ich nach oben. Dale bewältigte Pohlands Wohnungstür jedoch noch zügiger, und wir betraten einen Eingangsbereich, dessen kühle Eleganz selbst im schwachen Licht unserer Taschenlampen zur Geltung kam.

»Also: So wenig wie möglich anfassen, nichts verrücken«, erinnerte Dale mich. Ich machte ein zustimmendes Geräusch.

Der riesige Wohn-Essraum lag zum Glück auf der der Straße abgewandten Seite, außerdem hingen schwere, bordeauxrote Vorhänge vor den Fenstern. Dale schaltete die Deckenbeleuchtung ein. Das Zimmer war mindestens dreißig Quadratmeter groß und sah fantastisch aus. Möbel im Bauhaus-Stil waren mit Antiquitäten kombiniert. Eine riesige, massive Schatulle barg die Hausbar, allein sieben oder acht Whiskys, deren Namen ich noch nie gelesen hatte, standen darin. Im Regal sah ich Kunstbände, für die ich sonst was gegeben hätte, sowie eine teure Stereoanlage und zahlreiche CDs; ein glänzend-schwarz lackiertes Sideboard trug einen modernen, seltsam querformatigen Fernseher samt Videorekorder. Auf dem weißen Ledersofa lag eine Hochglanz-Modezeitschrift. Zwei hohe Sektflöten standen auf dem zierlichen Jugendstiltisch. An einer haftete eine dunkelrote Lippenstiftspur.

Rechts neben dem Sofa glänzte ein dunkelblaues Telefon auf dem hellen Parkett. Während ich noch darauf starrte und die Schnur mit den Augen bis zur Anschlussbuchse verfolgte, fasste Dale mich auch schon am Arm:

»Die beiden konnten sich also jederzeit verständigen!«

Ich nickte. Wir waren wie selbstverständlich davon ausgegangen, dass er kein Telefon hatte – keins haben konnte, weil quasi niemand hier eines hatte. In diesem Moment fiel mir ein weiterer möglicher Denkfehler ein:

»Weißt du, ob man einen innerdeutschen Flug ohne Ausweis buchen kann?«

»Keine Ahnung.« Dale wirkte verdutzt, fing sich aber schnell wieder. »Vielleicht finden wir ja einen gefälschten Pass.«

Gemeinsam verließen wir den Raum und betraten das gegenüberliegende Arbeitszimmer. Hier gab es keine verdunkelten Fenster. Dale schirmte seine Taschenlampe mit der Hand ab, inspizierte mit schnellem Blick ein weiteres Fernsehgerät samt Videorekorder, einen verschlossenen Aktenschrank, ein Regal sowie einen lang gezogenen Schreibtisch. »Hier hat sie gearbeitet.«

Ich trat zu ihm. Neben einem klobigen Metallkasten lagen etliche Papiere, zwischen denen ein Aschenbecher mit lippenstiftverschmierten Kippen stand.

»Das sind PLT-Unterlagen. Schau du das einmal durch. Du kannst Deutsch schneller lesen.« Er machte sich an der Kiste zu schaffen.

Warum beschäftigte sich die Thimm mit Interna des Senders? Ich bemühte mich ebenfalls, so wenig Licht wie möglich streuen zu lassen, während ich die oben liegenden Blätter überflog, sie dann vorsichtig zur Seite schob und die darunter sichtete.

Ein leises »Wow!« von der Seite ließ mich innehalten. Dale hatte den Kasten geöffnet. Dessen Deckel war ein Computer-Bildschirm, unter dem ein bunter, angebissener Apfel leuchtete, das Unterteil die Tastatur.

»Ein tragbarer Apple! Weißt du, was so etwas kostet?«

Ich hatte bislang noch nicht einmal gewusst, dass es etwas Derartiges gab. »Wo ist der Rechner?«

Dale unterdrückte ein Lachen. »Alles hier drin.« Er suchte und fand einen Schalter, und tatsächlich, der Monitor flackerte auf, und das Gerät wurde hochgefahren. Kurz darauf erschien die Aufforderung, ein Passwort einzugeben.

Dale kaute auf seiner Unterlippe herum, versuchte nacheinander »Anne-Marie« und »Jörg«, gab einen unterdrückten

Fluch von sich, als ihm der Zugang verweigert wurde, und schaltete den Computer aus. »Möglich, dass drei falsche Versuche hinterher angezeigt werden«, erklärte er, bedeutete mir dann, dass er sich in den übrigen Räumen umsehen würde.

Ich wandte mich wieder den Unterlagen zu. Es handelte sich um normale Geschäftspapiere. Die Daten deckten das gesamte letzte Jahr ab. Etat, Programmplanung, Stellenschlüssel, alles war vertreten, ein System nicht erkennbar. Dann fiel mein Blick auf eine Anweisung aus Köln, der Herausforderung durch die neuen öffentlich-rechtlichen Rundfunkanstalten im Osten Deutschlands offensiv zu begegnen.

Was war auf der Pressekonferenz am Vormittag bekannt gegeben worden? Auf die Minute genau zu Beginn des neuen Jahres sollte das MDR-Programm in Thüringen, Sachsen und Sachsen-Anhalt ausgestrahlt werden und damit die bisherigen mehr oder weniger umstrukturierten DDR-Sender ablösen – wodurch auch mein geliebter »DT64« wegfallen würde. Dieser MDR sollte alle Altersgruppen und alle Zielgruppen ansprechen. Attraktives Vollprogramm, zahlreiche Regionalfenster. Ja, das konnte schon etwas werden, wovor so ein schmieriger Privatsender sich fürchten musste.

Die weiteren Papiere offenbarten nichts Interessantes mehr. Die Schubladen unter der Tischplatte waren abgeschlossen, ebenso wie der Aktenschrank. Im Regal fanden sich zahlreiche juristische Nachschlagewerke und ein zwanzigbändiger Brockhaus. Außerdem ein dickes Handbuch: *Apple PowerBook*.

In dem schwarz gekachelten Bad sah ich im Schein meiner Taschenlampe neben seiner Flasche *Antheus* auch einen Flakon *Trésor* sowie diverse kostspielige Schminkutensilien. Ich nahm eines der hellgrauen Handtücher, öffnete damit die Türen des Spiegelschranks – und hielt erstaunt inne: Zwei der drei Schrankteile schienen ihr, einer ihm zu gehören.

Eine Packung Anti-Baby-Pillen, diverse Parfümflakons, Tönungsshampoo Mahagoni, Cremespülung und -packung,

Conditioner, drei Haarbürsten, diverse Haarbänder und -spangen, ein Toupierkamm und genug Make up für einen Kosmetiksalon waren da verteilt. In einem schweren Whisky-Glas steckten Echthaarschminkpinsel in allen Größen.

Dale erschien in der Türöffnung. »Auf jeden Fall verkleidet sich die Lady mitunter.«

Er nahm meine Hand und zog mich mit sich. Die Schlafzimmerfenster waren mit Jalousien verdunkelt. In der Mitte des großen Raumes stand ein breiter Futon, bei dessen Anblick mich der Wunsch überkam, Dale auf die cremefarbenen Satinlaken zu ziehen. Er wies auf den Schrank, der die gesamte Breite des Raumes einnahm.

Hier schien die Aufteilung gleichberechtigter. Hinter zwei der Kirschholz-Türen hingen seine Anzüge, Seidenhemden, Markenpullover, die andere Hälfte war mit ihrer exquisiten Kleidung gefüllt. Dale zeigte auf das oberste Fach. Ich reckte mich auf die Zehenspitzen, sah jedoch erst etwas, als Dale mich hochhob. Dort lagen, im Unterschied zur sorgfältig aufgehängten Kleidung darunter, gedrängt zusammengestopfte Jeans, Pullis, Sweatshirts und obenauf eine blau-grau karierte Schlägermütze. Ich zog sie heraus.

»So eine wollte ich schon immer haben. Lass mich mal runter!«

Vor dem großen Spiegel an der rechten Wand wollte ich sie aufsetzen.

Dale fiel mir in den Arm. »Nicht. Deine Haare! Schau lieber einmal, ob unter den Sachen noch etwas liegt.«

Er hob mich wieder an, und ich untersuchte ergebnislos alle oberen Fächer.

Während Dale sich mit dem Dietrich an den Schlössern im Arbeitszimmer versuchte, inspizierte ich im Schein meiner Taschenlampe die Küche. Hinter einer Glastür konnte man eine große Terrasse ahnen, unter dem Fenster stand ein kleiner, rot lackierter Frühstückstisch mit zwei Stühlen, zwei Wände wurden von einer grauen Einbauküche eingenommen. Ich hatte gerade die ersten Türen geöffnet und das Porzellan bewundert, als ich hörte, wie Dale halblaut nach mir rief. Er kam mir auf dem Flur entgegen.

»Die Küche ist sauber.« Er klang frustriert und leicht ungeduldig. »In den Schreibtisch-Fächern ist nichts von Interesse, und mit dem Schloss des Aktenschranks gibt es Probleme. Scheint ein Spezielles zu sein. Ich habe Angst, Kratzer zu hinterlassen, wenn ich es weiter versuche.«

»Und nun?« Wir standen wieder im Wohnbereich.

»Hast du dir diese Mappen schon angeschaut?« Dale zeigte auf drei hochformatige Plexiglasboxen im Regal. Als ich den Kopf schüttelte, nahm er die Erste heraus. Ich hockte mich zu ihm auf den Boden und beschäftigte mich mit der Zweiten.

»Bedienungsanleitungen: Mikrowelle, Waschmaschine, Geschirrspüler, Trockner, Fernseher, Video, Stereoanlage, Induktionsherd.« Ich blickte auf. »Was ist das?«

Falls Dale es wusste, verriet er es mir nicht, er schüttete den Inhalt seiner Box vorsichtig auf den Boden: »Kochrezepte, eine Broschüre über Rheinwein, Modezeitschriften. Bleibt die Dritte.«

Ich fächerte den Inhalt der letzten Box vor uns auf. Viele lose Fotos, vor allem eine wunderschöne Anne-Marie Thimm in allen Lebenslagen, einige Zeitschriftenartikel mit Film- und Jazzplattenkritiken, Mode- und Einrichtungstipps aus den einschlägigen Blättern des gehobenen Geschmacks. Dale griff in das Durcheinander und zog einen Bogen Papier heraus.

»Das wollten sie bestimmt noch abheften.«

»Schade. Davon hatte ich mir mehr versprochen.«

Wir saßen im Fiesta. Dale drehte sich um und griff nach einer Wasserflasche auf der Rückbank, trank einen großen Schluck, steckte sich eine Zigarette an. Er wirkte enttäuscht.

»Aber wir wissen doch jetzt, dass sie praktisch mit ihm dort wohnt. Obwohl sie dir gegenüber so getan hat, als käme das nicht in Frage. Und beide leben eindeutig über ihre Verhältnisse. Dieser Vertrag über die Ratenzahlung für die Küche –« Ich nahm ihm die Flasche aus der Hand. »Wir sollten irgendwo einen Sekt trinken! Was meinst du?«

Dale lächelte leicht. »Lieber nicht. Der Vertrag besagt wenig. Viele Leute kaufen auf Raten.« Er ließ den Wagen an und scherte aus der Parklücke aus.

»Aber die geben für eine Küche mehr Geld aus als andere für eine Eigentumswohnung.« Ich gönnte mir ebenfalls eine Zigarette. »Und der Apple und der Fernseher und ihre Klamotten. Sag, was du willst: Die pokern ganz schön!«

Er bremste ab, um auf die Clara-Zetkin-Straße einzubiegen, und sah mich an, er wirkte amüsiert. »Kicki, wach auf!« Es war das erste Mal seit jenem unseligen Abend im Wohnheim, dass er meinen Kosenamen verwandte. »So fühlt sich jeder Cop nach seinem ersten wichtigen Einsatz. Egal, was dabei herausgekommen ist.«

Ich zog eine Grimasse, zwang mich, meine Euphorie zu zügeln. »Was glaubst du, was wir jetzt haben?«

»Ein neues Rätsel.« Er ließ den Wagen langsam stadteinwärts rollen, wich einem großen Schlagloch aus. »Sie haben etwas zu verbergen. Warum sonst würde er in seiner Wohnung Unterlagen einschließen?«

»Genau!«

»Und ja, sie scheinen hier zusammenzuleben – wie ein Lord sogar.«

Ich nickte eifrig.

»Du denkst, dass die Thimm ihrem Liebsten Suerths Stelle beschaffen will, richtig?«

Wieder nickte ich. Dale hatte die Stirn in Falten gelegt.

»Demnach hätte sie geplant, Haffmann umzubringen, damit Suerth gefeuert wird?«

»Ja.« Ich klang trotzig. Es war weit hergeholt, das wusste ich selbst. Aber schließlich war der Programmdirektor in Folge der Mordermittlungen versetzt worden. »Dass Suerth weg vom Fenster ist, scheint Sinn zu machen. Von Haffmanns Tod hatte doch niemand etwas.«

Dale drückte seine Zigarette aus. »Das ist unlogisch«, befand er dann. »Es hätte doch bestimmt eine andere Möglichkeit gegeben, Pohland die Stelle zu verschaffen – ohne zwei Morde. Und ganz generell: Ich halte sie nicht für den Typ Frau, der viel für andere tut.«

Ich erinnerte ihn an das Fax von Bettina Krämer. »Wenn er so ein Aufreißer ist, versucht sie vielleicht, ihn auf die Art an sich zu binden.«

Er schüttelte den Kopf und guckte auf seine Armbanduhr. »Ich fahre nach Berlin und versuche, in ihrer Wohnung etwas Handfesteres als einen Ratenvertrag finden.«

Wir hatten die Weimarische Straße über- und die Bahngleise unterquert und befanden uns bereits auf der Wilhelm-Pieck-Straße.

»Ich komme mit!«, verkündete ich enthusiastisch.

»Nein, das mache ich allein«, antwortete Dale, ohne eine Sekunde zu zögern.

»Aber warum? Ich halte mich an deine Anweisungen, es hat doch gut geklappt gerade.«

»Es ist etwas anderes, hier in Erfurt in eine Wohnung einzusteigen als in Berlin-Wilmersdorf«, lautete die Begründung. »Bitte, Kirsten, keine Diskussion. Das ist nichts für dich.«

Vierzehn

»Herr Rönn, Frau Bertram!« Die Gräfin rauschte in die Konferenz. »Warum lese ich heute immer noch nichts über die lesbische Mörderin in unserem Blatt?« Erst als sie vor unseren Schreibtischen stand, registrierte sie, dass Andreas fehlte.

»Herr Rönn ist schon zu einem frühen Termin.« Ich ignorierte Thomas und konzentrierte mich auf die Chefin. »Wir sind an der Geschichte dran und wissen, dass es sich ganz anders verhält als es den Anschein hat.« Was für Worthülsen produzierte ich hier? Und warum ließ ich Andy nicht wenigstens jetzt auffliegen?

»Haben wir das exklusiv?«

»Ja.«

»Wann?«

»Wie gesagt. Wir sind dran …«

»Sie hatten mehr als genug Zeit. Ich will einen schönen Knaller für die die morgige Ausgabe«, beschloss sie, nickte Thomas auffordernd zu und verschwand aus der Redaktion.

Ich wich Thomas' Blick weiter aus, er ließ mich jedoch nicht davonkommen: »Also halte ich euch den Aufmacher frei. Und du schickst Andreas bitte zu mir, wenn er von diesem frühen Termin zurück ist, ja?«

Nach der Konferenz versuchte ich, Bettina Krämer in Düsseldorf zu erreichen, und hatte auf Anhieb Glück.

»Anne-Marie Thimm? Warte mal, da hat mir neulich eine Kollegin etwas erzählt. Was war das bloß? Nein, ich komm jetzt nicht drauf. Ich melde mich bei euch, wenn ich es wieder auf dem Schirm habe, okay? Und sonst? Alles easy?«

Und wie, dachte ich. Ich fühlte mich auf die Ersatzspieler-Bank abgeschoben, wo ich im Hintergrund agieren durfte, während die Männer auf gefährliche Mission ausgezogen waren. Sauer auf Andy und Dale suchte ich aus dem Telefonbuch die Nummer eines Reisebüros heraus, wählte und behauptete, Monika Neumann zu heißen und einen Flug von Erfurt nach Berlin buchen zu wollen.

»No, gern, das machen wir. Wann möchten Sie reisen?«

Wir klärten Daten, Zeiten und den wie erwartet hohen Preis, dann sagte ich:

»Ich würde das Ticket am liebsten gleich heute Nachmittag bei Ihnen abholen und bar bezahlen. Allerdings habe ich keinen Ausweis dabei. Ist das ein Problem?«

»Nein«, versicherte die freundliche Angestellte. »Den benötigen wir nicht. Da kommen Sie mal, wann Sie es einrichten können.«

Als ich aufgelegt hatte, stieß ich ein triumphierendes »Ja!« aus. In diesem Moment betrat Dale die Redaktion. Übernächtigt, aber mit einem optimistischen Lächeln auf den Lippen. Ich sprang auf.

»Die Flugbuchung ist geklärt! Man braucht keinen Ausweis.«

»Gut, sehr gut.« Er lehnte sich an meine Schreibtischkante.

»Und du? Du bist früh zurück! Was hast du gefunden?«

»Well, ganz klar: Frau Thimm lebt viel eher in Erfurt als in Berlin. Zum Beispiel, sie hat viel mehr Kleidung hier als dort.« Er musste sehr müde sein, wenn sein Deutsch so amerikanisch klang. »Dort sie hat aber noch eine Menge Sportsachen – auch einen Karateanzug!«

»Super.« Kurz dachte ich, wie gern ich bei dem Fund dabei gewesen wäre, aber die Hauptsache war schließlich, dass es endlich einen konkreten Hinweis gab.

»Und sie hatte ein Verhältnis mit Haffmann.« Er griff in seine Lederjacke und zog einen einfachen weißen Briefumschlag heraus, reichte ihn mir. Darin steckte nur ein Blatt:

Liebste Anne-Marie, ich muss Dir einfach schreiben, wie schön die letzte Nacht für mich war. Mit Dir bin ich im Paradies und will nie wieder zurück.

Ja, wurde mir klar, der vierschrötige Manfred Haffmann war nicht nur von Anne-Marie Thimm, sondern von ihrem ganzen Lebensstil überwältigt gewesen. Nicht schwer nachzuvollziehen, wenn man an das kleine Haus in Egstedt dachte. Ich überflog einige holprige Schwärmereien, las dann den Satz: *Natürlich hast Du völlig Recht, und ich werde den Plan mit den Mädchen aufgeben. Ich würde nichts tun, was Du nicht gutheißt.*

Ich ließ den Bogen sinken und blickte Dale entgeistert an: »Ist das jetzt der Beweis, dass Haffmann die Prostitutionsgeschichte allein geplant hat?«

Er hatte sich eine Zigarette angezündet, rauchte mit langsamen Bewegungen: »Scheint so. Das Datum stimmt.«

Der Brief stammte vom 12. Mai.

»Verdammt, warum guckst du dann so zufrieden? Jetzt wissen wir doch, dass wir sie damit nicht kriegen können!«

»Aber Haffmann war ihr Lover und ihr absolut, wie sagt man –«

»– hörig, ergeben, was auch immer. Also war es einfach eine ganz profane Dreiecksgeschichte, und er wurde ihr lästig?« Ich war frustriert.

»Möglich.« Dale zuckte die Achseln. »Sei nicht so ungeduldig. Wir sind auf dem Weg. Alles wird sich klären mit ein bisschen Zeit.«

Hatte die lange Nacht ihn mystisch werden lassen?

»Tu nichts, ohne zu reden mit mir.« Er nahm mir den Brief aus der Hand. »Ich muss ein wenig Schlaf bekommen, dann wir sehen weiter. Bye.«

Eine Stunde später klingelte das Telefon. Andreas meldete sich. So kühl wie möglich sagte ich: »Hallo.«

»Die Thimm hat die ganze Woche frei«, platzte er heraus, ohne sich von meinem Tonfall irritieren zu lassen.

»Ich weiß, sie ist hier in Erfurt.«

»Sie kann also am Dienstag Frau Heyn umgebracht haben!«

»Ja.«

Es gab eine kurze Pause, in der ich das Klicken eines Feuerzeugs durch die rauschende Leitung hörte. Karla schaute aufmerksam zu mir herüber, ich zog eine Grimasse.

»Sie ist hier unter den Berliner Kollegen mehr als bekannt.«

Ich ging auf die Vorlage nicht ein, nahm mir ebenfalls eine Zigarette. Wie sollte ich in dieser Situation nicht rauchen?

»Ein Kollege nennt sie eine geschickt platzierte Lobbyistin.«

Ich schwieg weiter.

»Seit Jahren hat sie einen Sender bevorzugt mit Informationen versorgt.«

»Vermutlich PLT«, sagte ich möglichst emotionslos.

»Richtig.« Er klang, als erwarte er Beifall. Ich sagte nichts.

»Kirsten, ich … du –«, begann er nach einer Pause sehr viel unsicherer.

»Ich hab zu tun«, fiel ich ihm in sein Gestammel. »Und du solltest schleunigst zurückkommen, sonst grillt dich die Gräfin.«

Pressekonferenz der EVAG, der Erfurter Verkehrsbetriebe. Gleiserneuerungsarbeiten, Zeit- und Umleitungspläne, Havariehaltestellen. Ich gähnte erleichtert, als es endlich vorbei war. Die

Informationen hätten sie auch auf einem Fax zusammenstellen können. Auf dem Weg hinaus schloss Petra, die Volontärin von PLT, zu mir auf. Sie hatte mir schräg gegenüber gesessen, und ich hatte sie um ihren Kassettenrecorder beneidet, mit dem sie alles aufzeichnete, während sie halb schlafend im Stuhl hing. Jetzt fragte sie, ob ich Zeit für einen Kaffee hätte.

»Eigentlich nicht.«

»Und uneigentlich? Na, komm schon. Nach so einem Krampf!«

Ihr freches Lachen war ansteckend, und ich willigte ein. Wir setzten uns in eine kleine Eckkneipe in der Spittelgartenstraße. Als wir den Kaffee bestellt hatten, schaute ich auf die Uhr.

»Lange kann ich nicht bleiben. Andreas glänzt durch Abwesenheit, und der Rest von uns rotiert.«

»Schick Andreas doch mal zu uns in die Redaktion, ich stutz ihn schon zurecht! Aber entspann dich, vielleicht habe ich sogar was für dich. Du hast dich doch vor einiger Zeit für unseren Laden interessiert.«

»Ja.« Nun war ich ganz Ohr.

»Nächste Woche kommt unser neuer Programmdirektor. Suerths Posten ist neu besetzt, dabei war die Stelle zumindest bei uns nicht mal ausgeschrieben.«

»Woanders auch nicht«, rutschte es mir heraus. Petra war jedoch zu sehr damit beschäftigt, ihren Zigarillo anzustecken, um zu reagieren.

»Eine Dame aus Berlin soll es sein. Niemand weiß, wieso und weshalb.«

»Was? Ich dachte, Pohland kriegt die Stelle!«

»Hätte ich auch getippt, aber es wird eine Frau Thimm. Entschuldigung: Frau Doktor Thimm.«

Ich verabschiedete mich ohne Erklärung, ohne auch nur den Kaffee, mit dem die Bedienung gerade unseren Tisch ansteuerte, zu bezahlen, stolperte die Magdeburger Allee entlang und versuchte, trotz Lärm und Abgasdunst meine Gedanken zu ordnen. Setzte mich in meinen Käfer, startete, fuhr los.

Als ich mich vergewissert hatte, dass ich noch eine Weile auf der rechten Spur bleiben konnte, bevor ich die Abfahrt auf den Ring nehmen musste, ging ich die ganze Geschichte noch einmal von vorn durch.

Diese Frau hatte einen Brief des Mannes, der ihr völlig ergeben gewesen war, behalten. Die ganze Art von Haffmanns Schreiben ließ mich annehmen, dass es mehrere davon gegeben haben musste. Aber sie hatte den einen aufbewahrt, mit dem sie ihn zu allem anderen auch noch juristisch unter Druck setzen konnte. Nein, juristisch wohl nicht – aber sie hätte ihn zumindest um seinen Arbeitsplatz bringen können.

Warum hätte sie ihn dann noch umbringen sollen?

Weil er trotz allem etwas ausplaudern wollte.

Ja, dafür, dass Haffmann Andy sprechen wollte, hatte es einen Grund gegeben. Seine Liebe musste ins Gegenteil umgeschlagen sein. Er hatte gesehen, wie die Thimm wirklich war.

Karla und Thomas saßen in der Redaktion. Ich nickte ihnen zu, ging an meinen Schreibtisch, legte noch im Stehen eine Textdatei an, zog meinen Mantel aus, warf ihn auf die Fensterbank, holte Zigaretten und Feuerzeug aus der Tasche, setzte mich und zog die Tastatur heran.

Jetzt, da ich dieses Rätsel endlich gelöst hatte, sprudelten die Worte nur so. Alle Sätze über die Betrugsgeschichte hatte ich seit Tagen im Kopf, bezogen auf die anstehende Beförderung ihres Lebensgefährten. Aber es ging nur um sie! Sie bekam Suerths Stelle, sie, die unter Berliner Journalisten schon lange als Lobbyistin für PLT galt.

Der erste Entwurf stand, als Andreas auftauchte, in einer Hand einen gigantischen Blumenstrauß, in der anderen eine Plastiktüte vom KaDeWe. Thomas schoss einen scharfen Blick auf den Beutel ab und fragte mit beißender Ironie, wie der Termin gelaufen sei.

»Gut«, antwortete Andy bloß beiläufig in seine Richtung, trat dann neben meinen Stuhl. »Bitte.« Er reichte mir die Blumen. »Und hier ist ein Whisky für Dale.« In der halb geöffneten Tüte erkannte ich das Etikett einer Flasche aus Pohlands Spirituosen-Schatulle wieder. »Kirsten, es tut mir unendlich leid, was passiert ist. Bitte, das musst du mir glauben!«

Ohne darauf einzugehen stand ich von meinem Platz auf und lud ihn mit einer Handbewegung ein, sich zu setzen und den Text zu lesen. Ich ging in den Flur und suchte etwas, das ich als Vase benutzen konnte, fand für den riesigen Strauß jedoch nur den Putzeimer.

Als ich damit zurück in die Redaktion kam, starrte Andreas wie gebannt auf den Monitor, die KaDeWe-Tüte noch auf dem Schoß. Ich nahm sie ihm ab, legte sie zu meinen Sachen auf die Fensterbank, steckte zwei Zigaretten an, reichte ihm eine.

Mittlerweile war die Spannung im Raum mit Händen zu greifen. Thomas hatte darauf verzichtet, Andreas die Leviten zu lesen, sondern verfolgte unsere Handlungen wie ein Filmzuschauer; selbst Karla verkniff sich eine Bemerkung.

Endlich schaute Andy zu mir auf. »Das ist es!« Während er sich aus seiner Jacke wand, drehte er sich zu Thomas um. »Können wir in Dortmund noch was auf der Eins anmelden?«

»Ich versuch's«, lautete die Antwort. Der Chef stand auf und verließ den Raum.

Karla folgte ihm, kurz darauf stellte sie uns zwei Becher Kaffee hin. Noch immer schwieg sie.

Andreas hatte sich schon wieder dem Text zugewandt. »Natürlich: Sie hatte Haffmann eigentlich doppelt und dreifach in der Hand. Als sie ihn loswerden wollte, hat er begriffen, dass er nur ein Bauer in ihrem Spiel war. Dass sie ihn ohne Skrupel opfern würde. Vielleicht hat sie ihm ja sogar gesagt, dass sie den Betrug auffliegen lassen würde. Und damit wäre nur er dran gewesen. Auch wenn sie im Hintergrund die treibende Kraft war – ihr

Name taucht nirgendwo auf, Haffmanns Kumpel Dreesch hatte nie von ihr gehört …« Er lehnte sich zurück und rieb sich die Augen. »Also wollte er mir alles erzählen, bloß hat er ihr das dummerweise angekündigt. –

Aber«, er hatte sich wieder vorgebeugt und blickte konzentriert auf den Bildschirm, »du musst viel vorsichtiger formulieren. Hier: Dass sie ›zunächst Haffmann benutzt hat, um einen Betrug zu organisieren‹ –, das kannst du nicht beweisen. Und der Brief, wo ist der aufgetaucht?«

Ich platzte mit einem hysterischen Lachen heraus: »Dale war heute Nacht auch in Berlin. Der Brief stammt aus ihrer Wohnung.«

Andreas ließ sich keine Regung anmerken. »Das kannst du natürlich nicht schreiben.«

»Klar.« Mit Mühe riss ich mich zusammen.

»Okay. Also hier kommt deine geniale Herleitung: ›Sie hatte es durch diesen Betrug, an dem ihr keine Beteiligung nachzuweisen war, in der Hand, Suerth loszuwerden. Sie hätte bloß die Tatsache, dass so etwas direkt unter seinen Augen passieren konnte, publik machen müssen.‹ – Wir müssen ihr ja am Anfang völlig gelegen gekommen sein! – ›So konnte sie über ihre Beziehungen die Position erreichen, die sie schon längere Zeit anstrebte.‹«

»Ja, wahrscheinlich schon bevor der Sender überhaupt in den Osten ist. Nach der Wende muss sie gedacht haben, dass ihre Chance da war. Vermutlich ist sie davon ausgegangen, dass die Ost-Zentrale nach Berlin kommt. Wäre ja auch logisch gewesen.«

Andy nickte.

»Aber es wurde Erfurt, mit Suerth als Boss. Seitdem hat sie geplant, den abzusägen, weil sie dann endlich dran wäre. Dafür hatte sie schon gesorgt. Und so, wie die Wohnung hier in der Rubensstraße aussieht, war sie von Anfang an für Pohland und sie gedacht, darauf möchte ich wetten.«

»In die Wohnung ist Dale auch eingestiegen?« Da war so etwas wie Bewunderung zu hören.

»Wir beide.« Inmitten der Anspannung genoss ich es, das cool hinzuwerfen.

Karla tauchte wieder neben uns auf, legte ein Fax auf den Tisch. Es war von Bettina:

Hab meine Kollegin gefragt. Diese Thimm hat hier Mitte der 80er reichlich Seilschaften geknüpft – vor allem mit PLT (damals grade gegründet). War wohl hart am Skandal. Dann ist sie verschwunden, und jetzt sagt die Buschtrommel, dass sie Chefin von PLT Ost wird. Viel Spaß mit der Dame wünscht Bettina.

Wieder steckte mir ein ungesundes Lachen in der Kehle. Ich drängte es zurück. »PLT sollte es sein. Und zwar nicht als Pressesprecherin, sondern als Chefin. Sie hat sich mehr Spannung davon versprochen als von ihren bisherigen Jobs. Plus Auftritte in der Öffentlichkeit, Ansehen. Und nicht zu vergessen das Geld.« Ich zwang mich, ruhig durchzuatmen. »Wir müssen das juristisch wasserdicht hinkriegen.«

Andy versuchte, mit der linken Hand eine Zigarette aus meiner Packung zu ziehen, während er die Rechte auf der Maus ließ. »Das schaffen wir. Ich fürchte bloß, du wirst deinen Text nicht wiedererkennen. Darf ich?«

»Nein, stopp! Das will ich schon selbst machen.«

»Okay, hast ja Recht, jetzt ist es deine Geschichte.« Widerstrebend machte er mir den Platz frei. »Du kannst alles nur als Spekulation bringen. Sie hätte dies und das machen können, dann wäre das passiert und jenes nicht. Und das muss dann so logisch sein, dass die Leser selbst die Schlussfolgerungen ziehen.«

Ich zog eine Grimasse. »Ich weiß, wie bei den Zeitungen, zu denen du so einen fatalen Hang hast.«

»Tja, Baby, manchmal muss es eben sein. Den Brief zum Beispiel kannst du nehmen, aber er wurde dir ›zugespielt‹.« Andy lachte, als er meinen Gesichtsausdruck sah. »Ich fahre in die

Rubensstraße und versuche eine Aussage von einer Nachbarin zu bekommen, dass Pohland und Thimm da zusammen und über ihre Verhältnisse leben.«

»Okay. Und ich überlege noch mal in Ruhe, wie ich das aufziehe.«

Diese Ruhe fand ich nicht eben leicht. Thomas hatte signalisiert, dass Dortmund sechzig Zeilen nehmen würde, für unsere Ausgabe hatte er gut das Doppelte eingeplant. Redaktionsschluss war in einer Stunde.

Was waren die Fakten? Woran war nicht zu rütteln?

»Natürlich, der zweite Mord«, murmelte ich vor mich hin. Angela Heyn hatte ein Alibi, sie hatte Haffmann nicht umgebracht. Sie hätte niemals freiwillig dieses Geständnis geschrieben.

Ich griff nach dem Telefonhörer und wählte die Hauptwache an. Hauptkommissar Lubin war nicht im Haus. Ich wurde mit seiner Mitarbeiterin verbunden.

»Bertram, *Tageskurier*. Frau Lokowski, es geht immer noch um den Mord an Manfred Haffmann. Ich habe Informationen vorliegen, dass Frau Doktor Thimm die Geliebte von Haffmann war, dass sie vermutlich an dem Verrechnungsbetrug beteiligt war und dass sie zum ersten November Suerths Stelle bei PLT antritt.«

»Können Sie damit zu uns kommen?«

»Das ist leider nicht möglich.« Ich holte tief Luft. Die grundlegenden Regeln des Boulevard-Journalismus beherrschte ich auch. »Aber unter diesen Umständen nehmen Sie die Ermittlungen auch offiziell wieder auf?«

Sie zögerte kurz. »No, das möchte schon sein, aber –«

Schnell bedankte ich mich und legte auf, begann von Neuem zu schreiben.

»Nervennahrung!« Andy reichte mir eine Bratwurst, setzte sich mit einer Zweiten mir gegenüber. »Und ich habe folgende Aussage.« Er zwinkerte mir zu und zückte sein Notizbuch. »*Herr Pohland und seine Geliebte, eine ganz extravagante Person, leben hier auf großem Fuß. Da muss man schon sehr viel mehr verdienen als das normale Volk, um sich das leisten zu können.* Ihren Namen möchte die Frau Nachbarin allerdings nicht in der Zeitung lesen.«

Ich guckte ihn skeptisch an. »Du bist bloß in Ruhe einmal über den Domplatz geschlendert, stimmt's?«

»Das ist eine infame Unterstellung!«

Es war wieder wie früher, und ich konnte nicht anders als es zu genießen. Während wir aßen, überlegten wir gemeinsam weiter.

»Die Kürzel hat Haffmann also nur für sich erfunden?«

»Scheint so. Thimms und Pohlands Pech, dass er sich überhaupt etwas notiert hat.«

»Als wir«, begann Andreas mit vollem Mund, »immer weiter herumgeschnüffelt haben, muss sie Angst bekommen haben. Deshalb hat sie die Skinheads und diesen Trapp angeheuert.«

»Vermutlich hat Trapp uns belauscht, und so hat sie von Angela Heyn erfahren.« Ich schüttelte mich. »Da war dann der nächste Schritt, das Geständnis und den Selbstmord zu inszenieren.«

Andreas nickte, schaute auf die Uhr und ließ sich die Serviette geben, mit der ich das Brötchen gehalten hatte. Ich stürzte mich wieder auf den Text.

Spät standen wir auf dem Domplatz; ich fühlte mich erschöpft und leer. Es war dunkel und kalt, ein leichter Regen setzte ein, in dem sogar schon eine Ahnung von Schnee steckte. Zwei Frauen hasteten vorüber, ich hielt den Kragen meines zu dünnen Mantels am Hals zu und zog die Schultern hoch.

»Und nun?«, fragte Andy unternehmungslustig. »Feiern wir die Auflösung? Deine Geschichte, meine Geschichte, unsere Geschichte …«

Ich hielt den großen Blumenstrauß in der linken Hand und kramte mit der rechten nach Zigaretten, als mir einfiel, dass meine Packung samt allen guten Vorsätzen dem konzentrierten Schreiben zum Opfer gefallen war. Andreas zog seine Schachtel aus der Jackentasche, wir standen im stärker werdenden Regen und rauchten. Ich müsste zu Dale fahren, dachte ich. Er wusste noch überhaupt nichts von all den Schlussfolgerungen. Die hoffentlich stimmten.

»Wir haben doch nichts übersehen, oder?«

»Nein. Wir sind doch alles tausendmal durchgegangen.« Leicht legte Andy seinen linken Arm um meine Schulter, zog mich an sich. Ich ließ den Kopf gegen seine feuchte Jacke sinken.

Am nächsten Morgen waren alle Bedenken wie ausgelöscht. Ich hatte wie ein Baby geschlafen und war mit wahrhaft euphorischen Gefühlen aufgewacht, überzeugt, dass ich das Richtige getan hatte. Während der Kaffee durchlief, sang ich den alten Talking-Heads-Hit auf »DT64« laut mit, bis mir die Ironie bewusst wurde: »Road to nowhere«. Nein, ich würde jetzt nicht an dumme Vorzeichen glauben.

Lange stand ich vor meinem Kleiderschrank, an diesem Tag wollte ich etwas Besonderes tragen. Schließlich entschied ich mich für eine schwarze Marlene-Dietrich-Hose, dazu die petrolfarbene Seidenbluse und ein Herren-Sakko, dessen Ärmel ich umkrempelte, so dass man das helle Innenfutter mit den feinen Nadelstreifen sah. Ich schlüpfte in hochhackige Pumps und schminkte mich sorgfältig.

In der Redaktion hatte ich kaum meinen Mantel im Flur aufgehängt und mir einen Becher Kaffee genommen, als die Gräfin aus ihrem Zimmer kam.

»Guten Morgen, Frau Bertram. Sind Sie sicher, dass Sie sich mit Ihrem Aufmacher nicht zu weit vorgewagt haben?« Zusammen gingen wir in die Lokalredaktion, in der außer Andy schon alle auf den Beginn der Konferenz warteten. »Ich hatte gerade einen Anruf von Sächler, was wir uns dabei gedacht hätten.«

Ich warf einen Blick auf die Titelseite der Zeitung. In großen Lettern sprang mich die Überschrift an: *Karriere auf Leben und Tod.* Nun erschien mir das doch wieder arg reißerisch.

»Was haben Sie Sächler gesagt?« Ich hörte mich an wie ein kleines Mädchen, dachte ich.

»Dass ich darauf vertraue, dass Sie wasserdichte Informationen haben. Ich hoffe, das stimmt auch«, entgegnete die Gräfin trocken.

In diesem Augenblick stürzte Andreas in den Raum: »DT64 hat es gerade gebracht. Noch keine Stellungnahme von PLT Köln, Frau Doktor Anne-Marie Thimm kündigt rechtliche Schritte an. Die Geschichte kommt ins Rollen!« Er strahlte und wirkte so sicher, dass ich mich auch wieder stärker fühlte.

Alle schauten mich an. Ich zuckte die Schultern. »Dann drückt mir mal die Daumen.«

Das Telefon klingelte. »Können Sie mir sagen, warum Sie mich nicht verständigt haben, bevor Sie diesen Artikel geschrieben haben?« Lubins Stimme klang eisig.

Ich bat ihn, in der Leitung zu bleiben, und ging ins Zimmer der Gräfin, um mich in Ruhe verteidigen zu können. Ich erklärte ihm, dass ich keine Zeit gehabt hätte, weil ich mich viel zu schnell entscheiden musste.

Natürlich ließ er solche Argumente nicht gelten. »Kommen Sie sofort herüber!«

»Sie haben mir einen Grund geliefert, Frau Thimm noch einmal vorzuladen, das hätten Sie aber auch haben können, indem Sie mir einfach Ihre Geschichte erzählt hätten!« Ärgerlich stand Lubin hinter seinem Schreibtischstuhl, beide Hände auf die Lehne gestemmt. »Dann hätten wir bei dem Verhör mehr Aussicht auf Erfolg gehabt.«

»Jetzt ist es publik und sie in der Defensive.«

»Aber ansonsten hätten wir den Überraschungseffekt auf unserer Seite gehabt!« Er drehte den Stuhl herum, setzte sich rittlings darauf. »Also: Was haben Sie an Beweisen?«

»Keine. Jedenfalls keine, die sich vor Gericht verwenden lassen«, gestand ich und berichtete, woher der Brief kam. »Und sie hat einen Karateanzug in ihrer Wohnung«, hängte ich eifrig an.

Damit hielt er sich gar nicht auf. »Wunderbar! Das einzige Indiz besteht in einem entwendeten Liebesbrief!« Lubin schüttelte den Kopf und starrte auf die vor ihm liegende Zeitung. »Immerhin: Heute früh habe ich den Bericht unseres Handschriftensachverständigen erhalten. Das Geständnis von Frau Heyn ist gefälscht.«

»Dann können Sie sie doch damit packen!«

»Sie stellen sich das sehr einfach vor! Packen kann ich sie damit noch lange nicht.«

»Was ist mit ihrem Alibi für Angela Heyns Tod?«

»Pohland. Die beiden geben an, die Nacht und den folgenden Tag gemeinsam verbracht zu haben. Vielleicht kann ich in dem Punkt etwas erreichen. Ich werde sie jetzt sofort zum Verhör holen und mir Pohland danach vornehmen. Vielleicht ergeben sich Widersprüche.« Sehr ernst sah er mich an. »Das ist die einzige Chance, die ich sehe.«

Hatte ich alles falsch gemacht? Langsam ging ich auf meinen hohen Absätzen zwischen den Marktständen auf dem Domplatz zurück. Was, wenn ich verantwortlich dafür war, dass die Thimm davonkam?

Unsinn! Ich hatte die Dinge in Bewegung gesetzt, und das war richtig gewesen.

Ich kaufte ein Kilo Äpfel und begann, an einem herumzuknabbern. Auf einmal spürte ich wieder ein hysterisches Lachen in der Kehle. Heute war ein ganz normaler Arbeitstag! Wahrscheinlich durfte ich gleich los zu einer Schuleröffnung, einer Gewerkschaftsversammlung oder auf eine Baustelle.

Ich riss mich zusammen und steuerte so rasch wie möglich das Redaktionsgebäude an. Als ich den Treppenabsatz im ersten Stock erreicht hatte, hörte ich schnelle Schritte hinter mir. Ich blickte mich um und sah Dale, der auf mich zustürmte.

»Bist du verrückt geworden, alle Karten auf den Tisch zu legen!«

»Nein, ich denke, dass es das einzig Richtige war.«

»Du hast alles aus der Hand gegeben! Warum hast du mich nicht informiert?«

»Weil ich keine Lust hatte, mir von dir sagen zu lassen, was ich tun soll«, zischte ich viel zu giftig, ließ ihn stehen und lief in die Redaktion.

Andy kam mir entgegen. »Du wirst schon sehnlichst erwartet. Die Thimm ist da drin.« Er nickte zum Chefbüro hinüber. »Zusammen mit der Gräfin.«

Dale tauchte neben uns auf, richtete einen feindseligen Blick auf Andreas, setzte an, etwas zu sagen.

»Okay«, kam ich ihm zuvor, gab Andy die Äpfel und meinen Mantel, strich mir die Haare zurück, holte tief Luft. »Dann ruf mal sofort Lubin an, dass er Frau Doktor hier abholen kann.«

Nach kurzem Anklopfen betrat ich den Raum, begrüßte den Gast mit einem Nicken.

Auf dem Aktenschrank unter dem Fenster stand neben Thermoskanne, Milchkännchen und Zuckerdose eine Kaffeetasse für mich. Ich schenkte mir ein und setzte mich. Ich hätte sonst etwas für eine Zigarette gegeben und hoffte bloß, dass es der Thimm genauso ging.

Sie war von Kopf bis Fuß die arrivierte Managerin. Zu einem streng geschnittenen, dunkel-violetten Hosenanzug aus knittrigem Leinenstoff trug sie Bluse und Halstuch in der gleichen Farbe, eine Nuance heller. Ihre Pumps wiesen keine Absätze mit ungesunder Höhe auf, das Leder schimmerte matt-bläulich. Die Haare hatte sie im Nacken zu einem strengen Knoten zusammengefasst. Abgesehen von einem goldenen Ring mit einem tiefblauen Stein trug sie keinen Schmuck, dafür umgab sie ein samtiger Duft. Jetzt, aus der Nähe, konnte ich auch ihre ausgeprägten Gesichtszüge betrachten. Die gerade, schmale Nase, die hoch liegenden, markanten Wangenknochen, die großen, grau-grünen, dezent geschminkten Augen. Alles an ihr schien perfekt – und alles wirkte kalt, einschüchternd und beängstigend.

Ich blickte von ihr zu Heidrun Graf hinüber, die in ihren engen Jeans und mit den kurzen Haaren neben Anne-Marie Thimm wie ein Schulmädchen wirkte. Bis sie sprach und ihrem Spitznamen alle Ehre machte:

»Frau Bertram, Frau Doktor Thimm ist gekommen, um mit Ihnen persönlich über den Inhalt Ihres Artikels zu reden. Sie gedenkt, rechtliche Schritte einzuleiten. Während wir darauf warteten, dass Sie von dem Termin zurückkehrten, hat sie mir ihre Gegendarstellung gezeigt.«

Die Gräfin reichte mir einen Bogen Papier. Gut, sie hatte also nicht verlauten lassen, dass ich bei Kommissar Lubin gewesen war. Ich überflog den Text, schob dann meine Jackettärmel noch etwas höher und legte die Unterarme auf den Tisch, schaute der Thimm in die Augen. Sie hielt meinem Blick ohne Schwierigkeiten stand.

»An dem, was ich geschrieben habe, ist also kein Wort wahr?«

»Wahr ist, dass ich ein kurzes Verhältnis mit Manfred Haffmann hatte und dass ich jetzt Programmdirektorin von PLT Ostdeutschland bin.« Ihre Stimme klang dunkel, rauchig, beherrscht. »Was Sie mir hier allerdings vorwerfen, könnte man absurd nennen, wenn es nicht so ernst wäre. Ich habe Ihrer Chefin schon gesagt, dass Ihnen aufgrund Ihrer Jugend eine blühende Fantasie zugestanden sei. Vielleicht sollten Sie sich allerdings eher als Drehbuchautorin versuchen.«

»Sie streiten ab, dass Sie gemeinsam mit Manfred Haffmann und Jörg Pohland jenen Verrechnungsbetrug geplant und begangen haben?«

»Selbstverständlich streite ich das ab!« Es lag genau das richtige Maß Empörung in ihrer Stimme. »Ich würde mich nie auf solche Machenschaften einlassen.«

»Höchstens dann, wenn es mehr als etwas Geld zu holen gäbe.« Die Nähe der Gräfin tat mir gut; sie stand hinter mir, dessen war ich mir sicher. »Und hier gab es für Sie sehr viel mehr zu holen: die Stelle des Programmdirektors nämlich. Durch den Betrug hatten Sie die Möglichkeit, Herrn Suerth um seinen Posten zu bringen und endlich selbst diese Position zu erreichen.«

»Frau Bertram, ich bin keineswegs hergekommen, um mir Ihre Geschichten noch einmal anzuhören!«

Ich nahm es als gutes Zeichen, dass sie trotz der Entschiedenheit in ihrer Stimme keine Anstalten machte aufzustehen, und fuhr fort: »Aber Haffmann durchschaute diesen Plan irgendwann, er erkannte, dass er wie eine heiße Kartoffel fallengelassen würde und selbst noch mit einer Anzeige wegen Betrugs rechnen musste. Daraufhin wollte er die Flucht nach vorn antreten und meinem Kollegen alles erzählen – und Sie haben ihn zum Schweigen gebracht. Wie lange machen Sie schon Karate? Dieser Schlag an die Halsschlagader soll ja nicht einfach sein.«

Auf ihrem Gesicht zeigte sich keine Reaktion. »Machen Sie sich nicht lächerlich.« Sie wandte sich der Gräfin zu. »Ich verlange, morgen früh eine Richtigstellung und öffentliche Entschuldigung zu lesen. Weitere Schritte behalte ich mir selbstverständlich vor.«

»Sie sind an dem Abend, an dem Manfred Haffmann ermordet wurde, auf dem Erfurter Flughafen gesehen worden«, behauptete ich blitzschnell und wurde mit einer winzigen Reaktion belohnt. Nach dem kurzen Zusammenzucken und einem nervösen Blick hatte sie sich jedoch sofort wieder unter Kontrolle.

»Das kann ich mir kaum vorstellen. Ich war an jenem Abend nicht in Erfurt«, antwortete sie kühl.

»Warum sind Sie auf dem Weinfest vor mir davongelaufen, Frau Thimm?«

Sie blickte wieder zur Gräfin, die wie unbeteiligt dasaß und zuhörte. »Ich soll vor Ihnen davongelaufen sein? Also, Frau Graf«, sie stieß ein leises, kehliges Lachen aus, »vielleicht überfordern Sie die jungen Leute hier ja doch. Frau Bertram scheint mir etwas mit den Nerven herunter zu sein.«

Die Gräfin lächelte unbestimmt. »Ich kenne Frau Bertram eigentlich als sehr zuverlässige Beobachterin. Wenn ich Sie einmal etwas fragen dürfte, Frau Thimm?«

Ich schlug die Beine übereinander. Mein ganzer Körper war so angespannt, als müsste ich gleich zu einem Hundert-Meter-Lauf starten. Als ich meine Hose glatt strich, hinterließen die Hände Schweißflecken.

»Bitte.«

»Mich würde es interessieren, wie eine Stellenvergabe für die Programmdirektion ohne Ausschreibung vonstattengehen kann. Keine einzige Anzeige in *FAZ* oder *ZEIT* ...?«

»Es gibt interne Ausschreibungen.«

»In diesem Fall jedoch nicht«, schaltete ich mich ein.

Für einen kurzen Moment flackerte Thimms Blick erneut. »Woher wollen Sie das nun wieder wissen?« Die Stimme klang etwas schrill.

Ich scheute mich, Petras Namen zu nennen, und schwieg.

Sie hatte wieder festen Boden unter den Füßen. »Ich wusste von meinem Lebensgefährten davon, dass die Stelle zu besetzen ist. Sie können mir vorwerfen, dass ich meine Beziehungen genutzt habe, um mich rechtzeitig zu bewerben. Den Zuschlag habe ich allerdings aufgrund meiner Qualifikationen bekommen.«

»Und nicht etwa, weil die Position Ihnen schon zur Gründung von PLT Ostdeutschland versprochen war? Frau Bertram sagte mir, dass ihr diesbezügliche Aussagen vorliegen.«

Einen Augenblick lang dachte ich, dass dieser Bluff wirken würde. Die Thimm stand auf, ihr Blick war jetzt eisig.

»Ich sehe, dass es keinen Sinn hat, weiter mit Ihnen zu reden. Ich erwarte die Gegendarstellung, dann sehen wir weiter. Einen schönen Tag noch.«

Mit entschlossenen Schritten ging sie zur Tür, öffnete sie und stockte dann. Ich hörte Lubin, der sie aufforderte mitzukommen. Die Gräfin und ich blickten uns an. Auch sie schien unsicher, ob wir vielleicht eine Chance verspielt hatten, ob wir sie hätten in die Ecke treiben können, wenn wir geschickter gewesen wären. Fast gleichzeitig zuckten wir die Schultern.

Ich ging in die ausgestorbene Lokalredaktion, ließ mich auf meinen Stuhl fallen, schloss für einen Moment die Augen. Als ich sie wieder öffnete, las ich den Zettel, der auf der Tastatur lag:

12 Uhr Centrum/Hertie Warenhaus, 15 Uhr Künstlergruppe »Pergamenter« (Restitutionsansprüche Andreasviertel), 18 Uhr Kleingartenanlage Marbach (50 Jahre).

Ich lehnte mich zurück und lachte, bis mir die Tränen kamen.

Nachwort

Viele Leserinnen und Leser haben sich seit Erscheinen meines Debüts »Dresdner Silberlinge« 2001 für das wechselhafte Privatleben meines Ermittler-Trios Kirsten Bertram, Andreas Rönn und Dale Ingram interessiert. Nicht selten tauchte auch die Frage nach der Erfurter Vorgeschichte der drei auf. Dann erzählte ich von jenem Manuskript, das seit vielen Jahren in meiner Schublade schlummerte …

Seit 1991, um genau zu sein. Jenem Jahr, in dem der vorliegende Roman spielt, jenem Jahr, in dem ich selbst eine Zeit lang in Erfurt gelebt und gearbeitet habe. Durch eine Freundin bekam ich ein Redaktions-Praktikum bei dem neugegründeten Tochterblatt einer westdeutschen Regionalzeitung und war sofort von Job und Stadt begeistert. Ich wäre gleich dageblieben, jedoch gab es zu dem Zeitpunkt einen Einstellungsstopp für »Wessis«. Beim Mutterhaus in der nordrhein-westfälischen Provinz hätte ich anfangen können, das wollte ich aber nicht. Stattdessen beschloss ich, endlich mein ungeliebtes Studium in der alten Heimat abzuschließen und dann neu mein Glück im Osten zu versuchen.

Um die Magisterarbeit zu schreiben, lieh ich mir einen »Schreibautomaten« aus – einen Vorläufer der PCs – und hatte somit die Ausrede, dass ich mich erst mit der Technik vertraut machen musste, um anstatt der wissenschaftlichen Arbeit meinen ersten Krimi zu beginnen, mit dem ich sogleich nach Erfurt und zur Zeitungsarbeit »zurückkehrte«. So entstand die allererste Fassung von »Auf Sendung« in langen Nächten in meiner Dortmunder Studentenwohnung.

Die bescherte mir die Teilnahme an einem Krimiautoren-Seminar der Bertelsmann-Stiftung sowie einige begründete und im Tenor positive Absagen von Verlagen – was schon etwas bedeutet, wenn man als absoluter Newcomer sein Manuskript an Rowohlt und dtv schickt!

Ich hatte mittlerweile endlich meinen Abschluss gemacht und war nach Stationen in NRW glücklich bei einer Thüringer Zeitung gelandet – wenn auch nicht in Erfurt, sondern in Suhl bei »Freies Wort« – und die literarischen Ambitionen traten für eine Weile in den Hintergrund.

Erst nach meinem Umzug nach Dresden ging ich das belletristische Schreiben wieder entschieden an, ließ meine Figuren ebenfalls weiter ostwärts ziehen – und es entstanden die bisherigen sechs Bände der Kirsten-Bertram-Reihe.

Die ganze Zeit aber hat es mich gereizt, jenes allererste Manuskript, quasi meine »Episode One«, doch noch herauszubringen. Nach dem Angebot des Sutton Verlags unterzog ich es einer gründlichen Überarbeitung, in deren Folge ich eigentlich ein neues Buch geschrieben habe, da die heutigen Ansprüche natürlich sehr viel höher sind als die damaligen.

Dabei habe ich bereits viele gerauchte Zigaretten, viele getrunkene Biere, viele sinnlos mit dem Auto in der Innenstadt gefahrene Strecken herausgekürzt. Es sind dennoch viele geblieben. Was soll ich sagen? Damals war es eben so. Heute nur noch schwer vorstellbar, kein gutes Vorbild für die Jugend, aber so ist das mit Literatur …

Beate Baum
Dresden, im Sommer 2013

PS. Um noch eine weitere gern gestellte Frage an dieser Stelle zu beantworten: Figuren und Geschichte sind – auch wenn ich gerade meinen persönlichen Bezug zu Erfurt und einer Zeitung in der Thüringer Landeshauptstadt erläutert habe – frei erfunden. Inspiriert von meinem damaligen Aufenthalt in Erfurt, dennoch: Fiktion.

Bitte beachten Sie auch die folgenden Buchhinweise.

Buchhinweise

Tod im Eichsfeld

Astrid Seehaus

12,00 €
978-3-86680-992-5

Während eines Sommergewitters wird Georg Stahlmann auf seinem Hof in Böseckendorf brutal mit der Mistgabel erstochen. Schnell ist klar, dass der Tod des wohlhabenden Großbauern, der 1991 aus dem Westen zurückgekehrt ist, so manchem in dem ehemaligen Grenzdorf gelegen kommt. Kriminalkommissar Frank Rothe, frisch von Erfurt nach Heiligenstadt versetzt, hätte sich nie träumen lassen, welche Abgründe sich hinter der friedlichen Fassade des Dörfchens auftun. Hass, Neid und Gier brodeln unter der Oberfläche. Fast jeder hat ein Motiv, doch wer ist der Täter? Wie tief in der Vergangenheit muss Rothe graben?

Der Verlobte
Vom Heucheln und Meucheln

Christine Sylvester

9,90 €
978-3-86680-757-0

Eigentlich sollte es ein entspanntes Wochenende werden. Natürlich waren Lilly und Tillmann etwas nervös, schließlich war es das erste Treffen mit Lillys etwas exzentrischer Großfamilie. Als Lillys Cousine tot im Stall aufgefunden wird, scheint noch ein Unfall denkbar. Aber schnell bleiben immer mehr Plätze an der Familientafel leer. Wer lichtet so erbarmungslos die Reihen von Lillys Familie? Wer spielt falsch und wem kann Tillmann noch trauen? Ein famoser Krimispaß in bester angelsächsischer Tradition.

SUTTON KRIMI

Buchhinweise

Mörderische Landschaften
Kriminelles aus dem Osten

Ruth Borcherding-Witzke, Christine Sylvester (Hg.)

12,00 €
978-3-86680-872-0

Katzenkiller in Cottbus, gewaltsame Nachbarschaftshilfe in Marzahn, Verwaltungsquerelen in Magdeburg, Senf-Alarm in Erfurt, gefährliche Ostalgie-Partys im Harz, theatralischer Tod in Chemnitz und Immobilien-Intrigen an der Küste: Im Osten geht's mordsmäßig zur Sache. Mögen Sie's eher blutig oder eher ironisch? Lakonisch oder quirlig? Streifen Sie gern durch den Großstadtdschungel oder hätten Sie's lieber ländlich-sittlich? 16 bitterböse Geschichten beleuchten die dunklen Seiten der ostdeutschen Seele.

Zeppelin 126
Ein Krimi aus der
Weimarer Zeit

Gunnar Kunz

9,95 €
978-3-95400-166-8

1924. Langsam erholt sich Deutschland von der Inflation. Hendrik Lilienthal, Professor für Philosophie, und Diana, die Frau seines Bruders und Assistentin von Max Planck, nehmen an einer Probefahrt des Zeppelins LZ 126 teil, bevor dieser als Reparationsleistung an die US Navy geliefert wird. Doch die Mitreisenden entpuppen sich als schwierig, unter der Oberfläche gären mühsam verborgene Spannungen, es kommt zu Handgreiflichkeiten. Schließlich geschieht ein Mord.

SUTTON KRiMI